法醫

墮落天使

Fallen angel

為了女兒陷入瘋狂的眼科醫生、
剛捐完器官就跳樓的善心人士、
缺頭斷手的美麗女孩們、
被封口的「天使」……

因為二十年前的傷痛，她成為法醫，
盡力為痛失親人的家屬們做出一點貢獻，
為偵破案件提供有用線索。

面對一位又一位熟人的屍體，
她的心幾近崩潰……

骨頭之語，無聲證據！
法醫從業者的半寫實懸疑小說

戴西—著

目錄

目錄

第一章　可怕現場

　　房子外屋是一間狹小的廚房，章桐沒見到炊具，只看到了冰冷油膩的灶臺。空中不斷地飛舞著嗡嗡作響的大蒼蠅，這是屍體腐爛後的第一批訪客。透過口罩，章桐仍能清晰地聞到裡屋飄來的讓人頭暈的惡臭。同樣全副武裝的助手潘建拍了拍章桐的肩膀，示意屍體肯定在裡面。她點點頭，繼續向裡屋走去。

第一章　可怕現場

　　仲夏的天長市，天氣異常悶熱。儘管太陽已經快下山了，人們流汗的速度卻絲毫沒有減弱。大家匆匆忙忙地往家趕，沒人有心情欣賞落日餘暉的美景。似乎只有待在涼爽的空調間裡，才能暫時逃避幾乎能讓人窒息的酷暑的威力！

　　偏偏在這樣的日子裡，天長市警局的中央空調出了問題。大樓裡所有辦公室中正在忙碌的人們都大汗淋漓，早已棄置不用的電風扇被搬了出來，連灰塵還來不及清洗，就被迫不及待地插上了電源，「呼呼」作響，極不情願地工作了起來。

　　就在此時，警局的玻璃大門被一個中等個頭、身材肥胖的男人用力推開了。他滿頭大汗，氣喘吁吁。進來後，第一個動作就是掏出手帕猛擦額頭上的汗，邊擦還邊嚷嚷：「我要報案，我老婆失蹤了！誰負責這事的？」

　　大廳保全見此情景，趕緊把他帶往接警室。看著他搖搖晃晃的背影，周圍忙碌著的人絕對不會想到他們即將面對的是一個多麼嚴峻的考驗。

＊　　＊　　＊

　　在天長市的另一端，有一個「城中村」。所謂「城中村」，就是指一些正在快速發展的城市中還未來得及開發的一片老城區，這裡住的是這個城市最早的居民，房子一般都是自建的，比較凌亂。很多房子都以極為低廉的價格租給了外來工作者，所以，「城中村」的人員非常複雜，治安方面的案子層出不窮，讓人頗為頭痛。

　　此刻，「城中村」的一間出租屋門口，房東趙先生正在用力拍打著房門，一邊拍一邊有些生氣地大叫：「快開門！裡邊有人嗎？」原來，早已遷居另一個區的趙先生有幾間舊房子在這個「城中村」出租，他拍打房門的這間正是他的資產之一。已經有好幾天了，住在隔壁的房客老是投訴說這

間屋子裡有一股怪味，天氣越熱，聞起來就感覺越噁心。

　　沒辦法，趙先生今天下班後特地趕過來看看。租住在這間屋的房客是個生意人，經常不在家，房租給得倒是很爽快，一次性付清一年，還是現金。趙先生作為房東，可不願意失去這個有錢的房客。但是他敲了好久，房內一點聲響都沒有，異味卻越來越濃。旁邊看熱鬧的人不知誰嘀咕了一句：「不會是有什麼東西爛在裡面了吧？」趙先生的心裡更急了，但是由於房客爽快地付清了房租，他一時大意也沒留下房客的聯繫電話，再說又禁不住房客的要求，總共三把鑰匙都交給了他。

　　當時心想也不會出事，誰想到才過了一個月，他就不得安生了。於是，他敲門更用力了，終於，他再也忍不住了，敲門演變成了捶門，最後變成了踢門，但門好像還是跟他過不去似的。可憐的趙先生又急又熱，旁邊有好事之人就撥打了110。沒過多久，「城中村」派出所就來了兩個值班警察，他們仔細核對了房東趙先生的訊息，並登記下來，接著打電話叫來了開鎖匠。經過了十多分鐘的等待，這把老式卻又極度牢固的鎖終於被打開了。

　　趙先生長長地鬆了口氣，一邊推開門，一邊正要向他們道謝，一股刺鼻的惡臭卻從房間裡飄了出來，正端著晚餐看熱鬧的幾個人當場就嘔吐了。人們驚恐地四散分開，見此情景，兩個警察的臉色立刻變得很凝重，其中一個點頭示意趙先生一起向房間裡走去，另一個守在了門外。職業的敏感使他們覺察到眼前的情況不對勁！

　　房間裡一片漆黑，趙先生拉下了電燈開關，眼前出現的一幕讓他靈魂都險些出了竅！他先是傻傻地愣了兩秒鐘，然後「嗷」的一聲慘叫，撒腿就往門外跑去。一到門口，兩眼一黑，暈了過去。和他一起進去的年輕警

察也好不到哪裡去，臉色慘白，勉強掙扎到門口，衝愣在一旁不知所措的同伴大聲叫了起來：「快！快！快通知刑警隊，有謀殺案……」

＊　　＊　　＊

現場排程電話打來時，章桐正準備換衣服下班。今天整個法醫室的人出奇地多。章桐不是單指那些沒有生命的人，而是包括一些找藉口來坐一下的同事。整棟大樓的中央空調都壞了，光靠那為數不多的幾臺電風扇是根本解決不了問題的，而法醫室由於工作性質特殊的緣故，空調系統是獨立的，所以也就成了這次「機器罷工」的唯一倖免者。平時冷冷清清的法醫室居然成了很熱門的地方，聽著真一句假一句的誇獎，章桐和值班的主任唯有無奈地苦笑。

總算熬到了下班的時間，電話鈴聲卻在此刻響了起來。章桐皺了皺眉，無奈地搖了搖頭，放下手中的包，接起了電話：「你好，這裡是法醫室。」

「章法醫，雲羅區發生凶殺案，請您即刻趕往現場，地址是雲羅區『城中村』甲字四十五號。」排程機械化的聲音在章桐的耳邊顯得很刺耳，沒辦法，案子是不會按規定時間發生的。章桐記下地址後，提起了放在工具櫃裡的鋁製工具箱，匆忙推門走了出去。

當章桐在門口準備上車時，迎面碰到了正來上晚班的助手潘建。聽說有案子，他頓時兩眼放光，主動要求和章桐一起去。由於拗不過他，另一個開車的助手就無奈地讓出了位子。

由於交通擁擠，當法醫通勤車趕到「城中村」案發現場時，時間已經過去了整整半小時。好奇的人們把這裡圍了個水洩不通。章桐真是不明白，明明知道是讓人恐懼的凶殺案，卻還是有那麼多圍觀者，不過還好無

孔不入的媒體沒在現場出現，要是他們在的話，那就更麻煩了。

　　遠遠地就能看到王亞楠臉色很不好，站在門口一副心事重重的樣子，章桐心裡猛地一沉，她的出現，意味著這個案子不簡單，肯定是重案，不然排程是不會通知身為隊長的王亞楠的。再一個，那就是神情，因為合作這麼久以來，章桐從沒在她的臉上看見過這種神情。章桐感覺到右邊太陽穴在陣陣反射性地跳痛。

　　王亞楠一看見章桐，眼中一亮，趕緊站了起來，走到警戒帶邊，一邊登記一邊對章桐說：「妳來接這個案子真是太好了。我總算可以鬆口氣了。」章桐一臉狐疑地瞪著她，不知道她為何感到慶幸。

　　走到屋子門口的時候，一股熟悉的惡臭撲面而來，章桐心裡清楚，屋裡肯定有一具高度腐敗的死屍。於是，回頭示意潘建馬上穿上防護服，然後才進入現場。

　　章桐和助手潘建戴上口罩，穿上連體的白色防護服，把頭髮塞進了連衣帽子裡，還各自套上了鞋套，以免一會兒在屍體周圍留下腳印。接著，章桐就小心翼翼地第一個走進屋內，左手提著笨重的工具箱，右手的指尖滑過冰冷的牆面。

　　房子外屋是一間狹小的廚房，章桐沒見到炊具，只看到了冰冷油膩的灶臺。空中不斷地飛舞著嗡嗡作響的大蒼蠅，這是屍體腐爛後的第一批訪客。透過口罩，章桐仍能清晰地聞到裡屋飄來的讓人頭暈的惡臭。同樣全副武裝的助手潘建拍了拍章桐的肩膀，示意屍體肯定在裡面，她點點頭，繼續向裡屋走去。

　　腳剛邁進裡屋，就踩到一種黏糊糊、溼漉漉的東西，差點滑倒。一具已經呈現高度腐敗跡象的屍體出現在眼前，屍體赤身裸體地被綁在一張木

椅子上，面朝北，正對著裡屋的進門處，手臂扭在背後，而且被細繩綁在椅子的靠背立柱上，雙腿也分別被綁在兩側的椅子腿上，身上的皮膚也因腫脹而被撐破。最恐怖的是，本應是腦袋的地方，現在卻空空蕩蕩，脖子上是一道非常整齊的斬切口。透過變形腫脹的屍體，章桐勉強分辨出死者的性別，從屍體嬌小的形態特徵，再加上屍體表面赤裸的器官，章桐能夠肯定，面前的這位慘死的受害者是一位女性。

屋子裡到處都是血，彷彿一幕復仇悲劇裡的恐怖場景。章桐已經不會思考了。勘查過那麼多的凶殺案現場，從未見過這麼血腥的一幕。章桐的耳邊似乎聽到了淒厲的慘叫聲和哀求聲。這使她忍不住打了一個寒顫。

章桐找了一個乾淨一點的角落，放下工具箱，開始了工作。

不知過了多久，時間彷彿都已經靜止了。當兩人終於把屍體小心翼翼地塞進大號裝屍袋，用擔架抬出屋子的時候，屋外頓時死一般的寂靜，眾人的目光齊刷刷地射向了他們，讓章桐感覺渾身都不自在。走過王亞楠身邊的時候，章桐點頭示意現場勘查組可以進入了。作為法醫，章桐只負責屍體，現場所有的證據自然會有專門的人員採集。

車子飛快地離開了現場，章桐和潘建都沒有說話，想著後車廂裡放著的那個沉重的大號裝屍袋，誰的心情都好不起來。

回到局裡後，無論章桐怎麼勸說，潘建都不肯去吃晚餐。確實，在目睹了剛才那麼噁心的一幕後，誰還能有胃口吃東西啊。此刻，早已經過了晚餐的時間，章桐一點都不感覺餓，似乎周圍始終散發著一股惡臭。

足足花了兩個小時，章桐才結束驗屍工作。沒有能夠證明屍體身分的證件和物品，連頭顱都已不見蹤影，章桐沒有辦法確定死者的身分，就只能提取屍體的組織樣本，送往痕跡檢驗鑑定室進行 DNA 辨認。但是局裡

的 DNA 資料庫還不夠完整，所以對於結果章桐不抱太大希望。屍體被凶手處理得很乾淨。

　　屍體表面聚集了很多蛆蟲，可以分辨出這屬於麗蠅的蟲卵。一般來說，麗蠅是在人死後二十個小時開始在屍體表面生成的，但是為了進一步確定，章桐還是提取了相關標本，以方便確認其發展的階段。

　　屍體是殘缺不全的，除了失去頭顱外，章桐沒有找到屍體應有的兩個手掌，斷腕處依舊是乾脆俐落的一道切口，從傷口處烏黑乾結的血跡，章桐得出結論 —— 死者是在活著的時候被生生砍斷手掌的。除此以外，由於天氣炎熱，屍體的腐敗已經進入了第三期，很多表面的傷口章桐已經無法用肉眼辨別了。無奈之下，在盡可能地提取了所有證物後，章桐示意潘建可以使用一種特殊的方法來得到受害人的骸骨，說得通俗一點，就是「高溫水煮」。

　　所謂「高溫水煮」是指，如果一具屍體實在沒有辦法確定身分，又沒有相應的 DNA 資料庫來進行比對，就只有採用提取骨架的方法。這樣做可以進行面部重建，通俗一點說，那就是在確定骨齡和性別後，使用黏土根據頭骨重建死者的面部特徵。這種重建部分基於仔細的測量，部分基於重建者的想像。現在不同於以前，這些工作可以透過電腦掃描來進行分辨和重建，比人工要精確多了！雖然沒有旁人的證言，法醫無法判定死者的胖瘦，但是，一個大概的容貌還是可以確定的，這對尋找屍源有很大的幫助。另外，有時候，人類的骸骨可以忠實地記錄下死者所受的致命傷，比如說骨折之類，哪怕骸骨上的細小的裂痕，對於法醫推斷死者的死因都有很大的幫助。而面對腐屍，要想盡快取到完整的骨架，就只能夠利用高溫水煮，殺菌又高效，只是過程難免有些讓人的心理接受不了。高溫水煮在殺死屍體表面細菌的同時，也能盡快使骨頭和肉分離。既然對屍體表面已

經束手無策，那麼忠實的骸骨或許能給大家一個滿意的答案。

面對著整齊擺放在解剖臺上的潔白的骨架，章桐仔細地檢視著每一根骨頭，希望從中找到能辨明死者身分以及死者真正死因的線索。但是，她失望了，除了得出死者的性別、大致年齡以及沒有生育過的結論外，一無所獲。

章桐嘆了口氣，看著靜靜躺在面前的骨架，喃喃自語：「你是誰？在你身上究竟發生了什麼可怕的事？你為何會遭此厄運……」

此刻，一臉疲憊的王亞楠也正苦惱地盯著面前解剖臺上的這副無名氏的骨架發愁。她的臉色比在現場時好了一點，但是接下來所要面對的問題卻讓她更加頭痛。凶手的殘忍手段在天長市的歷史上可以說是獨一無二的，無孔不入的媒體就像聞到腥味的蒼蠅，很快就會把天長市警局圍個水洩不通。見過現場的人，哪怕只是看過現場照片的人，都會很容易地感覺到那即將到來的「暴風雨」。

良久，王亞楠才艱難地抬起頭：「有線索嗎？」

章桐很無奈地說道：「很少。凶手的手法很乾淨，屍體上沒有任何遺留物。」

「直接死因？」王亞楠追問道。

章桐感覺到王亞楠的聲音就像汽車突然煞車時發出的聲音那麼刺耳。她伸手在屍體脖頸斷口處比劃了一下：「乾脆俐落，一刀致命！」

忽然，章桐又想到了什麼，於是來到工作臺前，取出放大了的屍體相片，伸手指著脖頸處整齊的切口，說道：「妳看，斷口處遺留的黑色血跡表明死者是在活著的時候被斬去頭顱的。」

把相片放回去後，章桐又來到冷凍櫃前，取出冷凍之後死者切口處

的肌肉樣本，轉身遞給了王亞楠：「凶手的刀非常特殊，而且異常鋒利。我取下了這些切口處完整的肌肉樣本，希望能在資料庫中找到匹配的線索。」王亞楠點點頭，正要轉身離去，章桐卻叫住了她：「亞楠，找到她的頭顱後，請盡快通知我！」

章桐沒有想到，第二天一早就在江濱公園的湖中找到了一個死者的頭顱，看樣子，它已經漂浮在那裡有兩天了。當她在現場打開包裹著頭顱的黑色塑膠袋時，忍不住倒吸了一口冷氣，凶手太殘忍了！

＊　　＊　　＊

此刻，王亞楠正站在一旁，詢問發現死者頭顱的釣魚愛好者。他們的臉色早已被嚇得煞白，其中的一個小夥子更是臉都發綠了，渾身顫抖，驚恐的眼神還時不時地朝這邊瞄著，彷彿死者頭顱會隨時爆炸一樣。

章桐相信他們很長一段日子裡都不會再去釣魚了，而做噩夢肯定也是免不了的事。不過還真得感謝他們的好奇心，雖然在現場還無法確定手中這已高度腐爛的頭顱屬於哪個不幸的人，只能依稀判斷出這是一個女性，但從她死後，腦袋被人像一袋垃圾一樣扔到這湖水裡的結局可以斷定，她身體其餘的部分也不會好到哪裡去。

章桐低下頭，仔細地審視著面前這個無名頭顱，長長的頭髮就像稻草一樣纏結在一起，毫無光澤可言。臉被浸泡得嚴重變形，部分皮膚已經有脫落的跡象。死亡和湖水的浸泡已經使這張臉變得足夠可怕了，但是更恐怖的是那兩個黑黑的死死瞪著人的眼眶，裡邊沒有眼球。

章桐戴著手套翻遍了整個塑膠袋，也沒有找到死者的眼球。塑膠袋被結結實實地打了好幾個結，這說明眼球不可能是被魚吃了或是掉到河裡了，於是可能性只剩下了一種。想到這裡，章桐的心猛地往下一沉，雙手

捧著頭顱，把黑黑的眼眶對準太陽仔細檢視，果然，從接近腐爛的眼部組織殘餘肌肉上，可以清晰地看到乾淨俐落的刀痕。

雖然章桐對眼科並不怎麼精通，但是她已經能夠得出一個明確的結論——死者的眼球被乾乾淨淨地摘除了，就像從樹上摘一個果子那麼俐落。這到底是什麼人幹的？想到昨天所見到的那具恐怖的無頭女屍，章桐渾身直起雞皮疙瘩。

儘管此刻還未到中午，但氣溫已經明顯高過了人所能忍受的極限，章桐大汗淋漓，頭髮都溼透了，而頭頂的樹蔭一點作用都沒有，感覺就像抱著個大火爐。現場圍觀的人卻絲毫沒有散去的跡象，議論紛紛，章桐彎著腰蹲在那裡仔細勘查，後背感覺人們那道道射向自己的目光，像針一樣扎著。

在做完所有現場必須的工序後，章桐把頭顱連同黑色塑膠袋一起放進了裝屍袋裡，然後提上了法醫現場車。關上後車廂門的時候她突然想到，昨天，也是同樣的車、同樣的裝屍袋，一具腫脹變形的無頭屍體好不容易才被塞了進去，而今天，袋子顯得很空蕩，就一個頭顱。章桐不知道這兩天的發現是否冥冥之中有著連繫，但是她卻感到一種莫名的恐慌，心情沉重極了。

面對無頭屍體，章桐可能會束手無策，但是一個頭顱，卻容易辨明死者的身分。除去「顱面呈像法」以外，還有一種辦法，就是提取死者的牙髓進行 DNA 檢驗。人類的牙髓中保留著完整的 DNA 鏈條，提取牙髓在系統已知資料庫中進行檢索對比，確定她的身分就多了一種可能實現的途徑。

章桐深感慶幸的是，死者的牙齒很完整，所以提取工作非常順利。在

送走相關檢驗樣本後，她開始進行進一步的檢驗工作。

　　她提取了死者牙齒的釉質，轉身來到工作臺邊的儀器上進行碳同位素鑑定。結果很快就出來了，死者年齡在二十四至二十五歲之間。接著章桐又仔細觀察了死者頭顱的 X 光片，讓章桐深感憤怒的是，死者的顱骨表面有兩道很深的傷痕，傷口呈奇異的圓錐體狀，雖不致命，但也足以使死者陷入昏迷狀態，嚴重的話，也會導致腦死亡！死者的鼻梁骨也被打骨折了，左面頰骨粉碎性骨折。放下手中的 X 光片後，章桐看著眼前擺放在解剖臺上的這顆孤零零的頭顱，因為腫脹變形而張大的嘴彷彿被牢牢地凝固在了死亡降臨的那一刻。章桐搖搖頭，不忍再看。

＊　　＊　　＊

　　王亞楠還沒走進解剖室的大門，沉重的腳步聲就已經傳進了章桐的耳朵。章桐完全能夠理解她目前的心情，宛如一隻在風箱中受困的老鼠。來自頂頭上司李局的壓力和媒體的不斷狂轟濫炸，讓她連喘氣的精力都沒有了。接連發生兩起凶案，凶手的手段極度殘忍，王亞楠此時的心情能好才怪。

　　果然，她一言不發地走進來，還沒開口，就深深地嘆了一口氣，緊接著來到章桐身邊，朝解剖臺上的頭顱努了努嘴：「情況怎麼樣？」

　　「我還在等痕檢組的 DNA 鑑定報告。但是有一點可以確定，透過儲存完好的牙齒，檢驗得知死者是一個年齡在二十四至二十五歲之間的女性。死前飽受了非人的折磨。」章桐拿出了那張 X 光片，透過頭頂的光線，向她指出了傷痕所在地。章桐看到，王亞楠緊閉著嘴唇，一臉前所未有的凝重。

　　接著章桐又指出了兩個讓她深感困惑的發現。她走到解剖臺前，伸手

指向頭顱脖頸處的斷口，說：「亞楠，妳看死者頸部的切口，是否感覺到了什麼？」

王亞楠兩眼死死地盯著：「太整齊了！」

「對，要知道切人腦袋可不同於切一塊豆腐，輕輕地不費吹灰之力就行了，即使斷了，也會有明顯的參差不齊的創面。但是這裡沒有。」章桐感覺聲音冷酷得連自己都快認不出來了，「這把刀太快了！」章桐最後說道，話語中透露出一絲難以掩飾的恐懼。

王亞楠突然皺眉說道：「昨天發現的屍體上也是這麼乾脆俐落的一刀！」

「對！我已經把斷口處的取樣送往痕檢組了，希望我的判斷是錯誤的。」章桐的聲音越來越低，心情也變得很沉重。

「還有別的發現嗎？」王亞楠的口氣變得很急切。

章桐點點頭：「目前我還不敢肯定與這件案子有關聯，但妳來看！」章桐來到解剖室牆上掛著的燈箱旁，打開了燈，指著那幅頭顱斷層掃描圖，向站在身旁的王亞楠解釋說，「妳看，在中腦前丘和丘腦之間，本有一個豆狀小體，那就是我們通常所說的『松果體』，我們每個人都有。它能合成、分泌多種生物膠和肽狀物質，主要具有調節神經的分泌和生殖系統的功能等。通俗一點說，就是我們大腦的最中心也是最重要的區域。但是，」章桐神色嚴肅地回頭看著王亞楠，「她的松果體不見了。或者說，是被摘除了。」

「凶手不會連這都偷吧？」王亞楠一臉的疑惑，「有什麼用嗎？」

章桐搖搖頭：「目前還不知道，我也無法確定是否與這個案子有關。我還得查些資料來證實一下。」

沒過多久，章桐最擔心的消息終於來了……

王亞楠打來電話的時候，章桐正手忙腳亂地拽著母親奔波於醫院的門診室和繳費處之間。

電話響了老半天章桐才聽到，整個點滴室裡充斥著小孩的哭喊聲，可憐的章桐根本無暇顧及電話聲響。還是精神稍微好一點的母親用手碰碰章桐，示意包裡的手機正在狂響個不停。章桐趕緊拿出來，一看是王亞楠打的，她馬上跑出點滴室，站在走廊裡，幾乎以吼的聲音接起了電話：「喂，亞楠，有事嗎？」

「DNA 報告出來了。」

「我馬上回來！」

助手潘建正在埋頭處理一具傍晚章桐下班後才送來的因一氧化碳中毒而死的屍體。死者是一位才十七歲的少年，後來聽說是因為功課壓力太大而在家裡開煤氣自殺的。

章桐打開了辦公桌上的檯燈，怕不夠亮，乾脆把大燈也打開了。面前放著好幾份剛出爐沒多久的檢驗報告。因為檢驗程序都比較複雜，章桐知道，今天痕檢組肯定為了自己而忙個不停。

在看到第二份有關牙髓組織提取的 DNA 檢驗報告時，一條額外的標註讓章桐愣了一下，上面寫著：與失蹤人口庫有匹配，號碼1187。章桐趕緊打開電腦，按照號碼輸入搜尋。這個號碼是才登記不久的，應該很快就能尋找到。這真得感謝局裡有關領導的英明決定，從上個月開始，在失

蹤人口資料庫中加入了 DNA 辨識一項，並明確要求報案的家屬盡可能多地向警局提供失蹤人員的可供提取 DNA 的隨身物品，包括牙刷和髮梳之類。目前，因此辨識了兩具無名屍體的身分。儘管親人的逝去是讓人痛心的，但能找到親人的遺體，對家屬來說，又何嘗不是一種安慰。章桐眼前的電腦螢幕上很快就跳出了一個檢索結果：失蹤人員是一個二十四歲的容貌秀麗的年輕女性，叫趙月娥，家住天長市城南新明區開禾小區三十二棟二十七號。報案者是她的丈夫。報案時間就是昨天傍晚。在得知這個寶貴消息後，章桐立刻打電話通知了王亞楠，後者在電話中無奈地嘆了口氣。章桐理解她的心情，沒有哪個警察願意上門通知被害者家屬其親人的死訊。

章桐掛上電話後，心情變得極度沉重起來。雖然一開始章桐就早有心理準備，這兩天所發現的殘缺不全的屍體是屬於兩個人的，但是當自己真正面對檢驗報告所證實的殘酷現實時，心卻又不由得如墜冰窟。在這兩個可憐的女人身上不知道發生了怎樣令人難以想像的殘忍事件。現在最主要的問題是，她們身體其餘的部分在哪裡？是否能找到？雖說章桐還不能完全肯定這是同一個凶手所為，因為刀痕報告還未出來，但是章桐心中隱隱地感覺到不安。如果真是一個人幹的，真不敢想像以後將會發生什麼，還會有多少無辜的女性喪命在他的刀下！

＊　　＊　　＊

很快，110 又接到了群眾發現殘缺屍塊的報警電話。出現在章桐面前的這一幕，彷彿就是五天前的再現！

一個多鐘頭前，當「天馬小區」的業務員帶著標準的職業笑容，殷勤地替今天第一個預約客戶推開樣品屋的硃紅色大門時，她做夢都不會想

到，兩天前還是裝修得好好的上等的房間，只過了一個短短的週末，就變成了一個讓人毛骨悚然的人間地獄。

由於是新房子，鐵鏽的氣味不會太引人注意，旁邊房間都還在裝修，所以客戶只是略微皺了皺眉。再加上打扮得花枝招展的業務員正在天花亂墜地介紹周圍的前景規畫，他也就沒往心裡去。

當大門被打開後，那股味道更濃了，還有被驚擾的黑黑的大蒼蠅嗡嗡叫著從房裡飛了出來，數量還不少。站在房間門廊上的客戶感覺有點不對勁，一間新開盤的樣品屋怎麼會有這麼多的蒼蠅？與此同時，死貓死狗般的腐臭味撲鼻而來，還有愈演愈烈的趨勢。客戶開始有點生氣了，心想，連個樣品屋都不衛生，那這個房地產的房屋品質也不見得會好到哪裡去。

突然，走在前面仍在喋喋不休的業務員，雙眼緊盯著朝南的主臥室，面色煞白，緊接著一聲慘叫，昏倒在地。客戶感到很奇怪，不知道出了什麼事，趕緊上前一看……客戶事後對警方說，他非常後悔去看了那一眼，太恐怖了，當時只感到胃部翻江倒海，靠著牆就是一頓猛吐，連膽汁都快吐出來了，最後，一屁股癱坐在地上，顫抖著掏出手機撥打了110。

現場很快就被封鎖了。當章桐的法醫現場車穿過重重的圍觀人群來到黃色警戒帶前時，離報案時間已經過去了一個多小時。沒辦法，正值上班高峰期，無論怎麼拉警報按喇叭，周圍死死趴著不動的車輛就是一副愛理不理的樣子，著急上火都沒用。章桐打開車門，跳下車，還沒拿工具，就看見王亞楠站在警戒帶邊表情嚴肅地說著什麼，而她身邊站著的一個西裝革履卻已滿頭大汗的中年男子正彎著腰，一副愁眉苦臉的樣子。不出章桐所料，她詢問了一下警戒帶旁邊值班的警察，得知正在和王亞楠說話的那個看著保養極好的人就是「天馬小區」的開發商。那個警察撇撇嘴，最後

第一章　可怕現場

補充了一句：「這下他可沒好日子過了！」是啊，誰會願意買一間緊鄰著凶案現場的房子呢？而且這個凶殺案還不是一般的案子，見過現場的人每次談起，都會盡可能地避免去回憶那血腥的場景。

儘管已經見過一次類似的場面，章桐還是有些接受不了。進門時，章桐注意到房間門口的空調關著，難怪屍體會這麼快就有味道。這是一個典型的三室兩廳，如果不去看主臥，其他房間的裝修絕對可以稱得上上等豪華，而此刻，發生凶案的主臥如同「屠宰場」，牆上濺滿了鮮血。屋子正中央的大床上，床單被褥一片凌亂，早已看不出本來顏色，整張床幾乎都被鮮血染紅了。最讓人怵目驚心的是 —— 一個女性死者赤裸著被牢牢捆在床頭。章桐的心猛地一沉，屍體的頭顱也不見了！屍體脖頸斷裂處的正上方的牆上，噴濺著大片血跡。

章桐嚥了一口唾沫，強忍住那陣陣襲來的反胃的感覺，轉身告訴一邊的潘建：「記下來，死者是活著時被斬首的！」潘建半天都沒有反應。章桐忍不住推了推他，小夥子才彷彿從噩夢中清醒過來。

當大家都在忙碌的時候，王亞楠自始至終站在主臥的門口。眼前這具殘缺不全的屍體雖然已經開始腐爛，但屍體表面還能看到一點原來的樣子，沒有過度腫脹。結合售樓處的紀錄，章桐基本可以判斷死者的死亡時間是十七個小時前，也就是週日的傍晚。那時候，整個樓房裡都是空無一人的，現場不會有目擊證人。

現在基本可以確定，這是一個人幹的！王亞楠陰沉著臉，轉身離去。章桐直到工作告一段落，離開現場時，都沒有再見到她。

回局裡以後，潘建實在忍不住了，在洗手間裡待了整整二十分鐘，才搖搖晃晃地出來，眼角掛著淚痕。章桐沒說什麼，這種情況需要他自己去

調整。她只是伸手指了指旁邊工作臺上的工具，示意他可以開始工作了。在接下來的整整三個小時裡，解剖室裡的氣氛凝重得幾乎能讓人窒息。

王亞楠不知什麼時候站在解剖室門口的，她一言不發地穿上了工作服，走到正在縫合屍體胸腔的章桐身邊，沙啞著嗓子問道：「有什麼不同嗎？」章桐知道她還不願意面對這是一起連環凶殺案的事實，隨即指了指屍體的表面，那縱橫交錯的一道道傷口雖然不會致命，但是會讓死者血流不止。

當助手把屍體推入冷凍庫時，章桐工作臺上的電腦發出了一聲清脆的鳥叫聲，表示有內部郵件，打開一看，是痕檢組的小鄭發來的，附有三份加急的刀痕檢驗報告。為了更清晰地對比，章桐加入了一份今天上午發現的屍體斷口處骨頭橫切面的取樣圖片，小鄭加了班幫章桐趕出檢驗報告來。看著結果一欄幾個大大的黑體字，章桐一臉驚愕 —— 刀口為醫用手術刀所致！

「醫用手術刀？」王亞楠一臉疑惑的神情，從章桐工作臺上的解剖工具堆裡找出了一把薄薄的長約二十公分的醫用手術刀，有些懷疑這麼小、這麼薄的刀是否能把人的脖子削斷。章桐也覺得這個結論有點不可思議。

於是，她撥通了痕檢組的電話，只響了兩聲，小鄭就接了起來。當章桐把自己的疑慮告訴她時，她也覺得這讓人很難想得通。「章法醫，我試過很多種刀，唯有這種刀的刀鋒留下的痕跡與妳傳給我的屍體上的痕跡是吻合的。我也無法相信這種刀會有這麼大的威力，尤其是屍體頸部上的那張相片，讓我困惑了好久，可始終沒有別的解釋可以代替。所以，沒辦法，章法醫，我得相信我的儀器！」小鄭電話中的聲音充滿了無奈。

「那所有的手術刀具的刀鋒都差不多嗎？」章桐心有不甘地問道。醫用手術刀為了配合醫生不同手術的需要，會有不同種類，長短不一，薄厚

不同，甚至形狀都會有一定的區別。

「對，只要是醫用手術刀，雖然種類很多，但是它所特有的刀鋒和紋路都很與眾不同，它屬於專用刀。」小鄭肯定地說道。

「那麼，你的意思是，我們現在只能初步確定凶手使用的是醫用手術刀，但還不能確定到底是哪一種？」王亞楠問。

「目前是這樣。因為種類太多了，光外科就有好幾十種。」章桐和王亞楠面面相覷。看來凶手是一個行家！這可不是一個好消息。

＊　　＊　　＊

傍晚，章桐匆匆地走出了底樓法醫解剖室正對著的大門，正想朝不遠處的公車站走去，耳邊突然傳來了很多人七嘴八舌說話的聲音。章桐奇怪地順著聲音看過去，天哪！大樓正門口，長槍短炮聚著很多媒體記者，閃光燈不斷地閃爍著刺眼的光芒。章桐停下了腳步，朝人群走去，想看看今天是哪個不走運的人被這幫無孔不入的傢伙給抓住了。看陣勢，來了不少重量級的媒體。

走近一看，原來是王亞楠。她被這麼多人圍在中間，明顯快要招抵不上了。章桐實在看不下去了，忍不住大聲吼了起來：「你們別再逼她了！都累了一天了，你們還讓不讓人活啊！」也許是章桐的聲音太響了，又或者是她不顧一切站出來的勇氣驚呆了在場的所有人。頓時，周圍一片鴉雀無聲。王亞楠吃驚地看著能爆發出這麼大能量的章桐，眼神中充滿了感激。而周圍在場的記者中不知道是誰認出了她，興奮地大叫了一嗓子：「她是負責這個案子的女法醫！」頓時，人潮開始朝章桐聚攏過來，一支支長槍短炮也向她伸了過來。章桐呆住了，正在這時，一隻有力的手臂將章桐一把拖了出去，然後帶著她迅速向底樓停車場跑去。當兩人終於氣喘吁吁

地甩開了記者，停下腳步時，章桐這才看清幫自己解圍的正是王亞楠。

「謝謝妳！」

「謝什麼，我剛才還真得感謝妳幫忙，要不是妳站出來，我到現在還被困在那裡，這些媒體可真讓人頭痛。」王亞楠自我解嘲地笑了笑，「妳要回家嗎？」

「對，那妳呢？」

「我送妳吧，反正我不急著回去。」她說著，拉開了車門，一頭鑽了進去，「我還正有情況想在路上聽聽妳的意見。」

「關於這個案子，妳那邊怎麼樣了？」章桐問。

「目前唯一能確定身分的趙月娥，經過調查並沒有什麼可疑之處。她比她做生意的丈夫年輕了二十歲，家境很優越，平時就愛上個網聊個天之類，人際關係不複雜，屬於有閒有錢的闊太太階層。」王亞楠一邊對章桐說著，一邊留心著前面車子的動向。

「發現第一具無頭女屍的『城中村』那裡有沒有什麼線索？」

她搖搖頭：「目前毫無進展。李局被叫到省裡去了，這個案子壓力太大了！」

章桐的心漸漸沉了下去。

到家了，章桐打開家門的時候，很意外地發現母親正和老姨在那裡聊得很起勁兒。

「媽，妳什麼時候回來的？」

「妳老姨眼睛不好，這次特地來天長市想找個好一點的醫院看看。」母親笑道。

晚餐後，母親卻背著老姨偷偷告訴章桐，其實老姨的眼睛快要看不見了，情況很嚴重。

「媽，那我明天就安排醫院給她！」

母親點點頭，一臉的愁容：「年紀大了，唉……又沒有子女在身邊，很苦啊！」

章桐不吱聲了。

第二天早上，當章桐匆匆忙忙走進警局底樓大門時，面前出現的景象讓她的心被揪得緊緊的。一對相互攙扶著的六旬老人正在一位年輕警察的陪同下，抹著眼淚，呆呆地看著地面，一副不知所措卻又傷心至極的樣子。那年輕的警察回過身來，一見到章桐，就高興地迎了上來：「章法醫，見到妳真是太好了！」

章桐也認出他來了，是她家附近派出所新分配來的大學生。「你們這是？」章桐指了指他身邊的兩位老人。

年輕警察的臉色立刻變得很凝重，低聲說道：「這是我區域的兩位老人，昨天接到你們刑警隊通知說他們失蹤的小女兒可能找到了，這不，我就陪他們來了。」

看著這兩位傷心的老人，章桐不知道該說什麼才好。

這時，王亞楠出現在章桐身後，原來她接到了門衛剛打給她的電話後，就匆忙從辦公室趕來了。面對眼前這一對情緒極不穩定的老人，她也沒辦法多說什麼，只能示意大家跟她先去辦公室。

坐下後，王亞楠拿出了厚厚的一沓卷宗，神情溫和地開口說道：「你們是羅小翠的父母吧？」老人一臉茫然地點點頭，彷彿在等待著命運的判決。王亞楠接著又拿出了兩張列印件，章桐在一邊偷眼看了一下，上面寫

著 —— 失蹤人員登記表，記錄日期是一週前。章桐的心略噔了一下。

「這是你們當時申報女兒失蹤時所填寫的紀錄，你們確認一下，看對不對。」老先生顫抖著雙手接過了記錄表，眼淚無聲地往下流淌著，他掏出一塊手帕擦了擦眼角，仔細看後，默默地點點頭。王亞楠撐緊了雙眉，猶豫了一小會兒，才終於緩緩開口說道：「老人家，根據你們當時留下的羅小翠的私人用品，我們從中所提取的 DNA 配對，我們……」她似乎有些不忍心說出那個大家已經心知肚明的訊息，「我們在五天前發現了你們女兒被害的屍體。」

令人深感意外的是，聽了這個訊息後，老先生卻表現得出奇地平靜，只是不停地流淚。良久，他附耳對身邊傷心的老婦人低語了幾句之後，費力地站了起來，突然，他撲通一聲跪了下來，大家都驚呆了。王亞楠趕緊拉開椅子，一個箭步衝上前，試圖扶起眼前的老先生。老先生卻執拗地搖搖頭，淚流滿面地說道：「孩子，請答應我一定要抓住凶手！」王亞楠神情嚴肅地點點頭，扶起老先生後，大家才在他斷斷續續的描述、回憶中知道了死者羅小翠失蹤的前後經過。

羅小翠是兩位老人最疼愛的小女兒，天生麗質，大學畢業後很快就在一家規模不小的公司找到了一份收入不錯的工作，身邊不乏追求的異性。為了上班方便，她獨自在外租房居住。但是羅小翠卻是個孝順的孩子，每天下班後無論多晚都會回父母家看望二老，陪他們說說話。有一天，羅小翠突然紅著臉告訴父母說自己談戀愛了，兩位老人很開心，期待著能早日見到自己未來的女婿，但是，這個願望卻遲遲未能實現。漸漸地，女兒的情緒也有了微妙的變化，很少再提起這個男朋友了。一週前，女兒下班後沒有像往常一樣來探望父母，兩位老人一直等到半夜，女兒卻一個電話都沒有打來。老人開始擔心，就不停地撥打她的電話，但電話卻始終處於關

第一章　可怕現場

機狀態。老人的心懸到了嗓子眼，他們連夜叫車趕到女兒的居住地，發現屋內卻空無一人。兩位可憐的老人在女兒冰冷的房間裡度過了一個不眠之夜。

第二天一早，羅小翠的父親把身體虛弱的妻子送回家後，立刻來到了女兒工作的公司，卻得知女兒昨天就沒有來上班。老先生的直覺告訴他：女兒肯定出事了，於是他平生第一次撥打了 110……

聽完老先生含淚的陳述，大家的心情都很沉重，巨大的痛苦已經徹底把眼前的兩位老人給擊垮了。

「你女兒平時有關係處不好的人嗎？」王亞楠問道。

「沒有，我女兒很善良、很溫柔。」老先生輕輕說道。

「你對她男朋友了解嗎？」王亞楠邊說邊在筆記本上記錄著。

「只聽說他是一家上市公司的經理，比我們翠翠大了十多歲。」老先生瞇著眼，彷彿在那些傷心的記憶中努力尋找著什麼。突然，他的眼睛一亮，「別的翠翠就沒說。但是我記得女兒住的地方有他一張相片，在床頭！」

王亞楠點了點頭，趕緊示意在一旁等候的助手過來，低聲交代了他一些事情。助手立刻匆匆離去。隨後，她轉過頭來，口氣又變得很溫和：「老人家，今天就到這裡吧，你們看怎麼樣？以後有情況我會盡快通知你們。」

兩位老人神情有些不自然，不一會兒，羅小翠的父親吞吞吐吐地說出了一個讓章桐頗為頭痛的請求：「警察小姐，能讓我見見翠翠嗎？」

屋裡的空氣頓時變得凝重起來，大家的眼光不約而同地射向了章桐。見章桐一臉尷尬，王亞楠低聲說道：「章法醫，就是『城中村』發現的。」

其實不用她提醒，章桐看見編號就明白了。只是，老人情緒瀕臨崩潰，倘若見到女兒身首異處的慘狀，章桐不敢想像後果，於是，她狠心搖了搖頭，老人眼中期待的光芒立刻熄滅了。章桐趕忙解釋道：「老人家，你們今天先回去吧，過幾天再說，我還有一些工作沒完成。我答應你們，會好好照顧你們女兒的！」說到最後一句，章桐的嗓音竟然有些哽咽了。

老先生點點頭，攙扶著身邊神情呆滯的妻子，搖搖晃晃地走出去了。章桐悄悄拉住了一直站在老人身邊的年輕警察，低聲說道：「等他們情緒好一點後，你打電話通知我。」年輕警察感激地點點頭，轉身陪著老人離去了。

回到辦公室後，章桐的心情一直很低沉，那兩位老人的背影不斷地在眼前出現，好不容易找到女兒，但女兒那殘缺不全的屍體將會是對兩位老人的致命打擊。想到這裡，章桐怒從心起，一定要抓住凶手，只有這樣，對他們，對死者，才是最好的安慰。

這一整天對章桐來說都是灰色的。傍晚下班前，章桐共接手了三具屍體，其中一具是被人遺棄在江濱公園長凳上的一個才出生一天的男嬰，烏青的小臉蛋，雙眼緊閉，一雙小手緊握著，冰冷而又瘦小的軀體讓章桐的心緊縮成了一團。死因很特殊，小男孩是一個先天性的嚴重腹裂患者，腸子全裸露在體外。明顯是感染而死。章桐不由得憤怒了，這個可憐的孩子如果能及時得到精心救治的話，完全有存活的希望，絕不應該被父母狠心地遺棄在冰冷的公園長凳上，最終自生自滅。這小小的生命還未來得及看看這個世界的美好，就在孤獨痛苦中告別了人世。

另兩具屍體是今早遊人在天馬湖發現的，一對十七八歲模樣的少男少女投湖自盡。他們被打撈上來時，兩人緊緊擁抱在一起，身上還綁了一塊

大石頭。現場法醫一時沒辦法把他們分開，乾脆就這麼一起送了回來。當章桐清理屍體的汙物，並試圖把他們分開時才注意到，他們的手指甲已經緊緊地嵌入了對方的肉體。這明顯是一對殉情而死的孩子，他們草率的離去意味著兩個家庭的破碎，就在他們生命最後的那一刻，章桐不知道他們有沒有想過父母痛苦的眼神。

傍晚，章桐腳步沉重地走在回家的路上，感到從未有過的疲憊……

＊　　＊　　＊

此刻，在天長市另一端一個黑暗的角落裡，一個男人靜靜地站在窗前，看著窗外漸漸淡去的晚霞。黑夜即將來臨，他嘆了口氣，默默地轉身，來到屋子中央一個小小的工作臺邊，打開了一個黑色的帆布袋，裡面頓時露出了幾排整齊而又閃著刺眼寒光的工具。他毫不猶豫地挑了一把，然後轉身，而當他做著這一切時，臉上一點表情都沒有，就像一個毫無生氣的機器人。

一個年輕的女人結結實實地被捆在椅子上，驚恐而又徒勞地扭動著身體，被堵得嚴嚴實實的嘴裡拚命地發出「嗚嗚」的聲音，一雙恐懼的眼睛死死地盯著他，彷彿站在眼前的是一位死神，而不是人。男人卻毫不留情地舉起了手中的刀，女人乞求的淚水無聲地滑落了下來……

昏暗的燈光下，狹小的房間似乎還迴盪著女人臨死前撕心裂肺的嗚咽。男人卻絲毫未受影響，依舊按部就班、有條不紊地忙碌著，這是他的「使命」！至於身邊那具早已毫無生命跡象、殘缺不全的軀體，彷彿與他毫無關係。房間內濃濃的血腥味讓他陷入了極度興奮的狀態中，只見他伸手從隨身帶來的大登山背包中取出一個黑色的皮囊，然後小心翼翼地把自己的戰利品輕輕地放了進去。

突然，他戴著長長的黑色手套的雙手又伸入了囊中，把戰利品取了出來。他雙手溫柔地捧著戰利品，就像捧著一件珍愛的藏品，就著屋內昏暗的燈光，瞇著眼，仔細地看了一會兒，眼中竟然呈現出了強烈的痴迷的目光，彷彿自己手中捧著的是一件期待已久的無價寶物。他一邊看，一邊點頭，嘴裡低低地喃喃自語，好像在傾訴著什麼。

良久，他意識到此地不宜久留，於是匆匆忙忙地完成了最後一個步驟——把從女人身上早已取下的血肉模糊的雙手用塑膠袋仔細裝好，和手中的戰利品一起放進了帶來的黑色皮囊中。然後，他輕輕地拉上了拉鍊，站起身，摘下長長的手套和腰間已經被鮮血染紅的圍裙，一股腦塞進了大背包。最後，他又一次審視了一下身邊的地板，確信沒有任何遺漏後，倒退著走到門口，取下了腳上的鞋套，脫去被鮮血染紅的外衣，用力地塞進背包。自始至終，他不曾看過殘缺的屍體一眼。

然後，他用目光掃視了一下狹小的房間，用戴著醫用橡膠手套的手關上了燈，屋裡頓時陷入了一片黑暗。關上門後，男人用力地背起登山包，很快就消失在黑沉沉的夜色之中。沒有人知道他去哪裡，也沒有人知道他何時會再次出現。只是，一個無辜的生命又逝去了，如同此刻夏夜中那劃過天際的流星……

＊　　＊　　＊

當章桐接到通知來到現場時，迎接她的又是一臉沮喪的王亞楠，而她的助手正臉色發綠地蹲在一邊，竭力要使自己穩定下來。目睹了這幾天「非人」的現場後，章桐已經習慣了在現場看到周圍人失控的神情。每天和死亡打交道，按理說章桐已經習慣了，但是，此刻，眼前那具被死死捆在靠背椅上的屍體，就像被一個壞脾氣的小孩給用力扯壞了的破布娃娃，

渾身橫七豎八地布滿了傷痕。

　　章桐第一個反應，就是轉到屍體身後，果然，只剩下空蕩蕩的手腕。章桐又仔細地用強光手電筒檢驗了屍體斷口處的傷痕，看到的結果讓章桐心裡一陣冰涼。她注意到王亞楠一直急切地死死盯著自己，只好無奈地對她點點頭，不用再多說一個字了。這很明顯跟前幾起案子是同一個凶手所為。王亞楠眼神頓時黯淡下去，示意章桐繼續工作，然後轉身離去了。

第二章　分裂症

　　有人很不客氣地打斷了章桐：「章法醫，我想我們現在還沒有時間來聽妳講心理學課程。再說了，妳是法醫，不是心理學專家！」
章桐正色道：「我是法醫，同時又是市裡的心理分析師。但我不是來幫大家上課的，講這些的原因，是我們所面對的凶手極有可能就是一個偏激性精神分裂症患者！」

　　章桐在現場忙碌了一個多小時，當她隨著運送屍體的擔架在門口出現時，屋外圍觀的人群中頓時響起了七嘴八舌的議論聲。她很不習慣別人用異樣的目光看著自己及身邊的屍體，於是，匆匆忙忙地和助手一起把屍體抬上法醫現場車後，就催著助手趕緊開車走。

　　真是害怕什麼就來什麼，神通廣大的記者早就盯上了章桐這麼一個不起眼的小人物。當章桐傍晚下班走出大樓時，遠遠地看見一群人異常興奮地圍了過來，連珠炮似的不停地問著各種尷尬的問題，閃光燈讓章桐頭暈目眩，這種陣勢是她從未經歷過的。而章桐也清楚地意識到，眼前的這些精明的記者可不是一句簡單的「無可奉告」就能搪塞過去的。沒辦法，章桐定了定神，大聲地說道：「案子還未破，我只是個法醫，無權透露案情給大家。請大家諒解！」

　　但是這樣冠冕堂皇的話說出去，就好像被扔進了深不見底的湖水中，沒起什麼作用。章桐苦惱極了，正在這時，一名站在最前面的男記者似乎把興趣放到了章桐的個人身上：「章法醫，聽說妳參與了好幾個大案的偵破工作，你的工作能力是有目共睹的。歷來警局中女法醫都很少，像妳這麼出名的就更少了。妳能跟我們談談你選擇從事法醫這個職業的原因嗎？」

　　一聽這話，章桐的頭就大了。在周圍不停閃爍的鎂光燈照耀下，章桐感覺自己就像站在舞臺上的小丑，正在愣神的工夫，旁邊又有人問道：「聽說你們正在辦的這個案子現場很血腥，你能承受得了嗎？作為一個女性……」

　　章桐沒有吭聲，目前很多問題還沒有答案。

　　好不容易從媒體的包圍圈中突圍，章桐的心情差極了。回家的公車

上，一個小夥子明明看到身邊站著孕婦卻假裝沒發現而不肯讓座，章桐終於忍無可忍地一把將他從座椅上拖了下來，轉身對那位已勉強支撐許久的孕婦大聲說道：「妳去坐吧，他早就該讓了！」

孕婦感激地看著章桐，整個車廂的人在最初的一片寂靜後，爆發出了一陣熱烈的掌聲，而那個小夥子本來想要上前教訓章桐，此刻臉上尷尬得一陣紅一陣白，最後在大家的哄笑聲中灰溜溜地到站下車了。章桐的心情竟然也隨之好了許多。

晚餐桌上，母親做了一桌子好菜。老姨正坐在一旁看電視，她年紀大了，又患上了糖尿病，所以很少和別人一起吃飯。

老姨明天就要去住院了。章桐有些不放心，問：「要我去嗎？」

「不用了，我已經聯繫好了，我陪妳老姨去就行了，妳上班吧！」母親頭也不抬地回答說。

突然，老姨朝章桐叫了起來：「小桐，快來看。這是不是妳？妳上電視了！」

章桐心裡一驚，不會這麼快吧！但是，讓人苦惱的是，此刻電視螢幕上正播放著一個多小時前的不愉快經歷，章桐的臉立刻拉了下來。

* * *

真沒想到，凶案這麼快又發生了。解剖室的冷凍庫裡，那些殘缺不全的屍體卻還沒來得及辨明身分。

下午接到主任通知後，章桐很快趕到了現場。

現場勘查技術員疑惑地叫了起來：「章法醫，這封信好像是給妳的！」他的話頓時讓在場的所有人都愣住了。這怎麼可能？章桐努力使自己顯得

很平靜，然後走上前，接過那個紫色的小信封。只見信封表面蒼勁有力地寫著「法醫章桐敬啟」六個大字。章桐的心猛地一沉，直覺告訴她，這可能是凶手遺留下來的。

王亞楠不知何時站在了章桐的面前，焦急地說道：「快拆開，看裡面寫的是什麼？」

章桐看了她一眼，點點頭，小心翼翼地用工具挑開了信封，裡面是一張薄薄的與信封相配套的紫色信紙。不知道是戴了手套的緣故，還是忐忑不安的心情作祟，章桐努力了好幾次都沒能打開信紙。

王亞楠見狀將信紙接了過來。她打開看後，皺了皺眉，一言不發地還給了章桐，上面只寫了短短的一句話：「你是為我而來的！」

章桐愣住了，怎麼也想不通凶手作案後所留訊息的真正含義。

王亞楠的臉色漸漸變得蒼白，卻依舊一言不發，只是神色凝重地看了章桐一眼後，走出了現場。當章桐結束現場的工作後，正要上車，王亞楠卻不知從哪裡鑽出來攔住了章桐，低聲說道：「回去後，我到你辦公室找妳！」然後，不等章桐回答就轉身離去了。章桐一臉疑惑地看著她離去的背影，隱隱約約地感覺到情況不妙……

當王亞楠出現在解剖室門口的時候，章桐正埋頭整理需要送檢的樣本。剛才，在結束驗屍工作後，把屍體推進冷凍庫時，章桐留心清點了一下目前已確定與這個案子有關的屍體數目 —— 經章桐手解剖的就有五具。而且案發時間越來越接近，讓人痛苦的是 —— 沒有一具屍體是完整的！

王亞楠的眼神中充滿了焦慮，雖然她一言不發，但是想對章桐說的話已經表露無遺。章桐點點頭，嘆了口氣：「我答應妳，如果確定這封信是

凶手刻意在現場留給我的話，那麼為了自身的安全考慮，我不會和凶手單獨聯繫。」

　　章桐清楚王亞楠是擔心性命攸關的事再度上演。上一次，章桐差點被凶手大卸八塊，讓大家為她的安危深深地捏了把汗。值得慶幸的是，章桐只住了一個月醫院而已，但誰都無法保證這樣的幸運每次都會有，所以王亞楠不得不特地找到章桐，重申她的擔憂。

　　其實，不用再多費精力去猜測，現場那個神祕的紫色信封肯定是留給章桐的，世界上不會有那麼巧合的「法醫章桐」。章桐不知道凶手是怎麼知道自己的，但她深知，凶手主動留下訊息，從另一個角度來講，對目前毫無進展的案情是一個很好的契機，只要掌握好度就行了。

　　所以，章桐在堅定了內心打算的同時，對於王亞楠出自關切的警告，全都報以一臉誠懇的微笑。但王亞楠卻根本沒有覺察到章桐內心激烈的天人交戰，對章桐的表現比較滿意。章桐再三向她保證一定不當孤膽英雄，有事一定馬上找她，王亞楠這才放心地轉身離去了。看著王亞楠的背影消失在拐角後，章桐這才感覺到她真的有了很大的變化，至少，變得有些婆婆媽媽了，擔心這個擔心那個的。唉！章桐嘆了口氣，回去繼續那令人頭痛的工作了。

　　在一陣驚天動地的雷聲後，窗外終於下起了期待已久的瓢潑大雨。讓人窒息的悶熱總算有了一定的緩解。儘管局裡的空調已經修好，同事們還是紛紛關上了空調，然後盡可能地打開了窗，呼吸一下這難得的清爽空氣。

　　章桐完成了手頭所有的工作，正苦惱地一會兒看看手錶，一會兒無奈地瞪著屋外那厚厚的雨簾。看來，今天雨不停，她是走不了了。這麼大的

雨，即使帶了傘，也是寸步難行。章桐背著包，無聊地向底樓大門口走去。正在這時，章桐的手機響了，顯示是王亞楠的來電。章桐立刻接了起來，沒等她開口，王亞楠急切的聲音就在耳邊響了起來：「小桐，耽誤妳一點時間，來趟刑警隊會議室，屍源基本已經可以確定了！」章桐的心一沉，這對於自己來說是一個好消息，因為有利於併案調查，但是，對於死者的家人……章桐不敢去想。

刑警隊會議室裡，氣氛非常凝重。大家或坐或站，整個房間幾乎沒有空間讓章桐立足了。沒辦法，她只能從外面的大辦公室裡拖來了一張沉重的電腦椅，然後用力塞進了後門那狹小的空間，接著就一屁股坐了下去。面對同事不斷投來的不滿的目光，章桐只能假裝沒看見，今天在解剖臺前站了四個多小時，當時不覺得怎麼樣，此刻卻是再也站不住了。

王亞楠的神情十分嚴肅，她掃視了一眼整個房間，在確信人員已經到齊後向章桐點了點頭，然後從桌上的資料夾裡取出了五張放大的相片，轉身一一用磁鐵吸在了身後的白板上。相片上是五個美麗的年輕女人，她們或秀氣溫婉，或熱情奔放，接著，王亞楠開始沉重地向大家介紹：「今天把各位找來，原因想必大家都已經很清楚了。要感謝痕跡鑑定組的同事們，沒有他們的不懈努力，我們沒有辦法這麼快確定這些女孩的身分。現在，我按照發現屍體的時間順序做了排列。第一個，趙月娥，二十四歲，是她老公的第三任妻子，無業在家。」王亞楠指著第一張相片中的一個奔放且略顯媚俗的漂亮女人說道。緊接著，第二張相片中的女孩與第一張的氣質卻完全不同，這個女孩秀麗大方，文靜高雅。

「她叫羅小翠，未婚，也是二十四歲，她有一個男朋友，經落實，是天長市豐達電器有限公司的董事長，已婚。換句話說，羅小翠是他的情人。」王亞楠話音剛落，房間裡頓時議論紛紛，大家無法把羅小翠那清純

可人的外表與讓人唾棄的小三身分聯繫在一起。王亞楠點點頭，示意大家安靜，她又接著介紹剩下三個死者的概況，這時，在場所有的人都不約而同地想到了這五個死者除了外形年輕漂亮外，還有一個特殊的共同點，那就是：她們現在或曾經都有當情人的經歷。難道凶手殘忍地折磨死她們，就是因為她們的情人身分？章桐忍不住倒吸了一口冷氣，要是這樣的話，那還得有多少漂亮女孩會命喪在他的手中啊！

＊　　＊　　＊

年輕女人慢慢地睜開了雙眼，感覺頭腦一片空白，思緒亂成一團。她心中此刻唯一的念頭就是，到底發生了什麼事？這個男人是誰？眼前昏暗的燈光下，正站著一個男人的身影，由於背著光，再加上難以抑制的頭痛，她無法看清男人的臉。

汗水刺痛了女人的雙眼，她竭力睜大眼睛，最終卻還是不得不放棄。女人又試圖活動一下發麻的手腳，令她感覺恐怖的是，自己完全不能動彈。頓時，她的腦子完全清醒了，於是拚命尖聲叫了起來。可怕的是，除了聽到一陣令人頭皮發麻的「嗚嗚」聲之外，其他什麼聲音都沒有。女人低頭驚愕地發現，自己被赤身裸體地牢牢綁在了一張沉重的椅子上，難怪絲毫動彈不得。

她不明白自己怎麼變成了這個樣子，她憤怒了，用盡全身力氣掙扎著，但是不管她怎麼用力，一切明顯都是徒勞的。最終，絕望的情緒漸漸地占據了她整個腦海，可憐的女人終於徹底崩潰了，淚水奪眶而出。

而此刻，剛才一直靜靜地冷眼旁觀的男人走了過來，他一臉溫柔的笑容帶著幾分狡黠。

男人身上已經換去了原來穿著的那套名牌休閒服，取而代之的是一身

連體的工裝衣褲，有點類似於某種特殊行業才需要穿的衣服，這是他打算開始這個計畫前所精心挑選的。男人對自己所做的每一件事情都追求完美無缺，包括穿著，而這些都與他的職業習慣是密不可分的。他一雙修長的手已經戴上了長及肘部的黑色橡膠手套，腰間繫上了大大的塑膠圍裙。為了自己他要進行一場特殊的手術了！

看著眼前這個不久前還溫文爾雅，穿著品味不凡，舉手投足間都讓人十分著迷的神祕男人，一轉眼之間就換上了這身古怪的打扮，女人不由得倒吸一口冷氣。屋內的空氣幾乎讓她窒息，她逐漸意識到自己即將面臨的是怎樣的結局，但她還是不死心，不願意去相信，浪漫約會居然變成了死亡約會！她突然記起了這幾天所見到的報紙上長篇累牘的血案報導，現在卻怎麼也無法把自己和她們連繫起來。女人拚命地搖著頭，眼神中充滿了乞求，淚水和汗水已經把臉上精心修飾的妝容給模糊得一塌糊塗。

見此情景，男人搖了搖頭，一臉的惋惜與同情。他突然像一個幽靈一般悄無聲息地滑到了女人的身後，仔細地端詳著女人被綁著的雙手。這是一雙保養得極好的手，柔嫩如玉一般的肌膚，修長的手指，圓潤的指甲上精心地均勻塗抹著肉色的指甲油。這雙手也是她被挑選上的原因之一。

現在，男人所要做的，就是帶走並好好儲存它們，讓它們成為真正的「藝術品」！於是，他從容不迫地走到工具袋旁邊，略微思索了一下，然後毫不猶豫地挑中了一把形狀怪異的長約十五公分的不鏽鋼刀具，轉身又繞回到女人的身後。女人的心一瞬間跌到了谷底，她痛苦地閉上了雙眼。一陣涼風滑過她的手腕，緊接著就是手腕處洶湧而來的撕心裂肺的疼痛，女人幾乎昏了過去。

當她再一次睜開眼，眼前的景象讓她快要瘋了。那個神祕的男人正痴

迷地看著她的一雙斷手，良久，他小心翼翼地用袋子套好後，放進了一個黑色的皮囊中。然後，他又在桌上的布袋中尋找了一番。女人耳邊隨即傳來了清脆的敲擊聲。不一會兒，神祕男人就挑中了兩把特殊的刀具，一大一小，握在手裡，向女人笑了笑，俯身在她耳邊輕輕地說了一句話。這句話讓女人頓時感覺毛骨悚然，眼前一片黑暗。

緊接著，令人恐懼的一刻終於到來了，男人臉上溫柔的笑容突然消失了，變得異常冰冷。他左手一把揪住了女人的長髮，右手高高舉起了手中那把較大的特殊刀具，用力向左下方砍了下去⋯⋯

女人驚恐的眼神凝固了，神情也奇蹟般地放鬆，她再也感覺不到任何疼痛了。她輕輕地嘆了一口氣，漸漸地，殘存的最後一點意識也消失得無影無蹤。房間裡恢復了死一般的寂靜，只留下了神祕男人如鬼魅般的身影仍然在不停地忙碌著⋯⋯

＊　　＊　　＊

章桐苦惱地瞪著眼前這又一個沒有眼睛的頭顱，彷彿這個世界上只剩下了自己和這個孤零零的殘缺不全的頭顱。在現有的 DNA 儲存資料庫的幫助下，已經確定這顆頭顱的主人就是第四個死者溫倩倩，又一個正處妙齡的女孩。她的身體部分前兩天就已經找到了，而這顆頭顱是今天凌晨才被清潔工人在清掃垃圾桶時意外發現的，令人遺憾的是那個路段的監控鏡頭壞了有一陣子了，所以沒能記錄下凶手丟棄死者頭顱的過程。

在仔細檢查頭顱時，章桐意外地發現，這顆頭顱經過了冷凍，這就能解釋死者死了這麼久，頭顱卻比身體更慢腐爛的原因。而眼球與顱內最深處的松果體很明顯是在被冷凍前就已經被摘除的！難道凶手是在繳獲戰利品嗎？章桐手頭目前已經發現的三個頭顱均丟失了眼球和松果體，可以想

像，其他屍體肯定也會擁有相同的命運。

　　想到這裡，章桐倒吸了一口冷氣。天哪，這世界上怎麼會有人不惜透過殺人來收集這麼古怪的東西？那會有什麼用？難道生命在他眼中就如同兒戲一般？

　　章桐轉身來到工作臺邊，打開了電腦搜尋引擎，「松果體」三個字就像緊箍咒般讓她頭痛欲裂。她僅有的關於這方面的醫學知識根本不足以解決這個難題。沒辦法，章桐只能求助於目前國內最權威的一個醫學專業交流、諮詢網站，希望能得到一點專家的幫助。

　　在輸入了相關的查詢請求後，頁面上很快出現了有關的帖子。原來，松果體是一種非常神奇的物質，東方人稱之為「人類的第三隻眼」，它的重要性可見一斑。由於它處於人類大腦深處的第三腦室，所以又被稱為腦上腺體。松果體由很多非常活躍的神經再生細胞組成，它所分泌的褪黑激素和 5- 羥色胺是掌控人類衰老的中心要素。故此，世界上很多極有名望的科學研究機構都對它有很高的關注度，但是由於它所處的位置極深，摘取難度大，所以目前可供研究的實驗供體少之又少，故稱之為「腦科學研究專業領域的腦黃金」。看到這裡，一種巨大的恐懼感湧上了章桐的心頭。

　　當章桐把屍檢報告放在王亞楠的辦公桌上時，王亞楠好奇地抬起頭看著章桐，不明白章桐的意思。眼見章桐一臉凝重，王亞楠立刻低下了頭，把所有的數據看了不下三遍。漸漸地，王亞楠臉上的表情凝固了，一雙手竟然不由自主地微微顫抖了起來。良久，王亞楠低聲嚴肅地說道：「真的嗎？他真的只是為了這個就把別人給殺了，而這些人可能與他素不相識？！」語氣中充滿了不可思議。

章桐嘆了口氣：「我目前能肯定這就是原因之一，但還不是全部，因為我還無法解釋死者丟失的雙手和眼球。」

　　章桐面前的辦公桌上擺滿了六個凶案現場的相片。對她來說，每次看這種相片都是一場精神上的嚴峻考驗。凶案現場的相片不同於平時的生活照或藝術照，那些相片都是希望盡量烘托出生活的美好與人們的幸福，而凶案現場的照片，卻必須不折不扣地真實記錄下案發那一刻的血腥和殘忍。如果章桐緊緊地盯住一張相片看得太久，耳邊似乎就能聽到死者臨死前的哀號。但是，章桐又不得不看，因為這是自己的職責，如果能從這一桌子的相片中找到哪怕一丁點兒的線索，那麼，對於這棘手的案子將是一個多麼大的幫助啊！

　　王亞楠站在一旁默不作聲已經很久了，章桐能聽到她沉重的呼吸聲。這個案子讓局裡很多人的心理都經受著痛苦的折磨。

　　正在這時，內部排程室撥通了王亞楠的隨身手機。章桐心裡一沉，又出事了！

＊　　＊　　＊

　　眼前的案發現場，章桐已經再熟悉不過了。屍體和以前發現的那幾具幾乎沒有什麼不同，但是，章桐總覺得有些什麼和此刻的情景格格不入。她的心突然怦怦地跳個不停，呼吸都快要停止了。

　　看見章桐愣在那裡的樣子，王亞楠知道肯定有什麼不對勁了。於是，她彎腰鑽過了隔離帶，走了進來，當王亞楠和章桐同時發現面前的東西時，王亞楠忍不住低聲怒罵。

　　屍體對面的桌子上，端端正正地擺放著一朵美麗而又名貴的紫丁香，雖然已經有一些枯萎，但是顏色卻絲毫沒有改變。花的下面壓著一個小小

的淡紫色的信封。章桐正要伸手把它拿起來，王亞楠攔住了她，衝她搖搖頭，示意她不要動，然後伸手招呼等在門口的現場鑑證組的同事，讓他們小心翼翼地收起了那朵神祕的紫丁香和淡紫色信封。

　　章桐心裡真是五味雜陳，這些東西肯定又是凶手留下的，只是不知道，這一次又留下了什麼，上次那封信中讓章桐百思不得其解的那句話至今還沒有答案。

　　快要下班的時候，王亞楠臉色陰沉地走進了解剖室。她手中緊緊攥著一個證據專用塑膠袋，裡面裝著的正是那個神祕的淡紫色信封。

　　章桐戴上了手套，從一言不發的王亞楠手中接過了那個裝著信封的證據袋，打開後，那特殊而又蒼勁有力的鋼筆字躍然紙上：

　　章法醫，妳好，這是我送給妳的禮物，希望妳會喜歡！妳是一個很特別而又讓我心動的女人。第一次看到妳，我就為妳而著迷。我們會見面的。等著我！

　　信的末尾沒有署名，章桐倒吸了一口冷氣，抬頭見到王亞楠的臉色越發凝重了。

　　王亞楠接過信紙，聲音異常嚴肅地說道：「我已經把這件事向上面彙報了，建議對妳採取全面的保護！」章桐點點頭，這回不再反駁了。王亞楠繼續說道：「妳這幾天如果感覺身邊有任何異常，一定要馬上通知我！」看著王亞楠緊張的神情，章桐認真地點了點頭。王亞楠正要轉身離去，突然又停住了腳步，回頭補充道：「從現在開始，我會每天護送妳上下班。等等我在底樓停車場等妳！」

＊　　＊　　＊

章桐吃過晚餐，來到客廳，母親正坐在沙發上看電視，突然，她緊張地叫住了章桐：「小桐，快來看，這人好像在說妳們警局的事！」章桐的心裡忍不住咯噔了一下，趕緊坐了下來。

　　果然，電視臺正在播放一個訪談節目，就是幾天前把章桐問得啞口無言的那名男記者，他此刻正在接受一個專欄訪問。他慷慨激昂地譴責天長市警局在無頭女屍案中辦案速度太慢，以及對於案情表示憂慮，甚至還將血淋淋的案發現場給描繪得淋漓盡致，並且斷言，如果這個案子再破不了的話，天長市警局的局長就會引咎辭職。聽到這裡，章桐的心情差極了。想到已經被捲入輿論深淵的局高層，還有王亞楠，章桐心裡滿是擔憂。

　　中午在局屬食堂吃午餐，章桐聽說王亞楠和前來採訪的記者發生了爭執，還差點打了起來。為此，李局非常生氣，除了要求王亞楠當著記者的面鄭重道歉外，還在全域性各部門主任的會議上嚴厲地批評了王亞楠。

　　聽到這個消息，章桐心裡很難受。社會大眾對同事的不理解大家可以接受，因為這個案子確實非常嚴重，影響也很大，但是不能把周圍的同事同美國連續劇中的那些神探相比，在他們手中，任何一個大案在短短四十分鐘內都會水落石出，可那是電視，而如今手中的這個案子是實實在在的真實的案子，大家正在盡力偵查啊！

　　正在這時，手機響了，排程機械般的嗓音通知章桐：「李局在辦公室急著見妳。」章桐的心一沉，沒辦法，硬著頭皮去吧，也只能這樣了。

　　那名讓人頭痛的記者正坐在八樓李局的辦公室裡挖鼻孔。章桐一進門，他的那根手指頭立刻停了下來。然後，他裝作剛剛注意到章桐，連忙起身，過來跟章桐握手。

　　「我們見過面，我採訪過妳一次！我是晨報的記者，我叫孫波，朋友

們都叫我小波。」

　　章桐可不想沾上孫波鼻孔裡的東西，於是就把手插在外衣的口袋裡，說道：「李局呢？排程通知說他找我。」說完，章桐禮貌地笑了笑。

　　「哦，他臨時有事外出了，馬上就回來。他臨走時安排我在這裡等妳，並且繼續我們上午中斷的採訪。」說到這裡，他把手放了下來，故意嘆息道，「苦差事啊！你們的那個王隊脾氣也太大了，還是個女人呢！」

　　章桐不置可否地點點頭，示意他可以坐下，心裡卻不由得產生了一種被出賣的感覺，看來李局是拉章桐來當擋箭牌的。現在局裡人人見了記者都只有一個念頭：躲！

　　這名孫大記者上身穿著休閒 T 恤衫，下身穿著休閒褲。他的脖子細長細長的，乍一看幾乎跟章桐的上臂差不多粗細，頭像烏龜般向前挺著。章桐猜他至多不過二十五歲。

　　「那麼……」兩人異口同聲地說。

　　章桐示意眼前的孫大記者先說。

　　「章法醫，能見到妳真是太好了。妳的大名可以說是如雷貫耳……」

　　看著他眉飛色舞的樣子，章桐心裡不由得嘀咕，前幾天不剛把我整得夠嗆嗎？

　　「妳前幾次參與的案子辦得太漂亮了。尤其是那個幼童被害的案子，妳最後的舉動可讓大家敬佩了。其實我很早之前就想對妳做個專訪了。」

　　「那不是我一個人的功勞。」章桐冷冷地說道，感覺自己臉上的肌肉假笑得快要僵硬了。

　　「妳的女性所特有的敏銳洞察力和邏輯分析能力在其中發揮了不小的

作用呢！」孫大記者眨眨眼睛，捏捏鼻子。章桐在心裡祈禱他千萬不要再用手指挖鼻孔了。

「你並不是為了拍我馬屁而來這裡的吧？」章桐說著，看看手錶。

「抱歉，我扯遠了。」

孫大記者從隨身帶來的一個大包裡掏出了一個筆記本，翻開封面，拿起筆停放在紙上。

「我想盡可能多地了解一下你們手頭上這個案子的情況。」

章桐剛要說話，一個男人出現在敞開的大門前，她下意識地回頭一看，樂了，原來是主任。

「小章，又來了一個案子，妳下去吧，我來陪我們這位記者朋友好好聊聊。」說著，他向章桐使了個眼色，示意章桐趕緊走。章桐立刻起身告辭了，趁孫大記者還在愣神的工夫，一溜煙地走了。

回到底樓辦公室，同事小周一看見章桐這氣喘吁吁的樣子就笑了：「妳也不用怕成這樣吧！再說，妳死人都不怕，還怕記者啊！」

章桐沒好氣地瞪了他一眼，說：「你去試試？要不是主任幫我解了圍，我現在肯定會瘋了！」

小周聽了，點點頭，一臉無奈地說：「章姐，妳現在辦的這個案子可是出了名了，今天是這個記者，明天還不知道會是誰在那裡等著。案子不破，妳會永無寧日的，你也知道我們局裡的上層見了這幫記者腦袋會有多疼。」

「算了算了，也別想著煩心事了，趕緊做事吧。」說著，章桐逃也似的躲進了隔壁的解剖室。

接下來的一個下午，章桐對電話鈴聲十分敏感，心裡總害怕那個孫大記者會陰魂不散地來解剖室找她。所以，當內部電話鈴聲異常急促地響起時，章桐手中正握著的解剖刀嘩啦一下就被嚇得掉在了地板上。電話鈴聲一陣又一陣的，章桐知道母親不會打這個電話，所以咬咬牙也就沒理會，繼續埋頭切割被檢屍體的第七、第八兩根斷裂的肋骨。電話鈴聲終於停了。可沒等章桐喘口氣，手機又接著響起來了，沒辦法，這回章桐不能不看了。她走到辦公桌前，摘下手套和護目鏡，拿起狂響不止的手機一看，心裡鬆了口氣，還好，是王亞楠。

「亞楠，有什麼事嗎？」章桐隨意地問道。

「快來我這裡的會議室，大家都在等妳！」王亞楠乾脆俐落地撂下一句話後，不容分說就掛上了電話。

怎麼把這事給忘了呢？章桐懊惱地想著，趕緊脫下了工作服，指示身邊已完工的同事小周幫忙處理一下剩餘的工作。好在手頭這具屍體所涉的案子其實也不複雜，車禍引起的兩死一傷，需要法醫協助判定死者的真正死因以及死亡的時間而已。

匆匆來到二樓刑警隊會議室門口，大家坐得整整齊齊的，看陣勢都在等她了。這次章桐不用再愁沒椅子坐了，王亞楠示意章桐是這個會議的主角，儘管她有些不習慣成為眾人的焦點。

章桐滿臉歉意地擠到了前面坐下，見大家都注視著她，沒辦法，只好站了起來。清了清嗓子後，章桐開始了極不自然的主持。

「大家好，今天我先講一下有關偏激性精神分裂症的特點以及病因。首先……」正在這時，有人很不客氣地打斷了章桐：「章法醫，我想我們現在還沒有時間來聽你講心理學課程。再說了，妳是法醫，不是心理學專家！」

章桐正色道：「我是法醫，同時又是市裡的心理分析師。但我不是來幫大家上課的，講這些的原因，是我們所面對的凶手極有可能就是一個偏激性精神分裂症患者！」章桐一口氣吐出了心中的推測。話音剛落，全場頓時一片鴉雀無聲。大家顯然被她的話語給鎮住了。

　　「偏激性精神分裂症患者在精神分裂症患者中所占比例相對比較小，發病比較快，一般是在受了極大刺激後產生的。患者本身的個性非常自戀，而且過於追求完美。患者最大的特點就是敏感多疑，對某樣特殊的物品有極強的占有慾，行為神祕，嫉妒心強，對人冷酷，而且對他人具有攻擊性。這些完全符合本案中對凶手的描述。現在我來對這個凶手做一次全面的剖析。」說著，章桐走到後面白板前，拿起筆，在白板上畫了一個簡易的表格，以便於更直觀地進行講解。

　　「大家注意看，首先，」章桐指著「松果體」三個字說道，「松果體位於人類大腦的最深處，有著非常重要的作用，但是人類卻很難開展對這方面的具體研究，因為缺乏足夠的研究所用的活人供體。而這次案件中，凡是找到的死者頭顱，都會發現死者的松果體已經被完整地摘除了。說明這個凶手具有很好的醫學背景，而且，視研究高於一切。由此可以看出凶手行為偏執的地方。」

　　接著，章桐指出了「手」：「凶手為何要摘取被害人的雙手呢？六位死者，無一倖免！」她拿出了一張手模的相片，「大家看，這手模的雙手，潔白無瑕，簡直就是讓人迷戀的藝術品！」

　　「凶手極有可能是一個手的痴迷者，所以才會不惜一切地來收集美麗的手，只不過，他所收集的是活人的手！」

　　王亞楠隨即轉身吩咐身邊的助手：「小鄭，你們馬上帶組裡的同事去

衛生局調查看看全市範圍內有能力做這種精細手術的人。」

「最後，我提醒大家別忘了死者所共同擁有的一個特殊身分，那就是『情人』！」王亞楠站起來總結道，「死者之間互不相識，凶手綁架並殘忍地殺害她們，極有可能就是因為她們不光彩的身分。這一點，我提醒各位注意，他還會再殺人，我們得在他再次動手之前進行阻止。」王亞楠臉上的神色極其凝重。

＊　　＊　　＊

會議結束後，章桐回到辦公室。電腦發出了清脆的「嘀嘀」聲，提醒有新郵件訊息通知。章桐點開一看，原來是一封邀請函：醫學院九二屆同學聚會。時間是在這週末。正要回覆婉拒，突然，章桐停下了手中的滑鼠，心裡一動：不如去看一看？

在回家的路上，章桐猶豫了一下，最終還是決定告訴王亞楠週末的事：「亞楠，這週末我要去參加醫學院的同學聚會。」

王亞楠沉默了一下，隨即說道：「沒事，我和妳一起去。」

「這，挺麻煩妳的……」章桐感到挺不好開口的。

「妳的安全重要，別忘了凶手已經盯上妳了，我有責任保護妳的安全。」她的口氣不容質疑，章桐只能無奈地作罷。

＊　　＊　　＊

此刻，那個自命不凡的女人已經徹底停止了嘮叨，她的腦袋和雙手也早就完全地離開了她的身體。光溜溜的軀幹上布滿了數不清的刀痕，不致命，卻能讓人痛苦萬分。男人做這一切的時候是咬牙切齒的，彷彿是在發洩著心中壓抑已久的憤怒。女人直到死，一雙眼睛都瞪得大大的。她不明

白這樣的厄運怎麼會降臨在自己的身上。眼前的這個溫柔體貼的男人在瞬間就變成了讓人毛骨悚然的魔鬼，只是，她再也沒有機會知道原因了。

男人從女人的手機簡訊中意外得知了一個好消息。這週末，她要去參加醫學院的同學聚會，而她的同學中就有現在非常出名的天長市警局法醫室的女法醫章桐。看到這個消息，男人的臉上露出了一絲激動的神情，對他來說，這是一個實現夢想的好機會！那個特殊而又極富有個性的女人每天都在他腦海裡陪著他。這回，他想，她再也不會離開我了……

＊　　＊　　＊

章桐準備好了。她穿戴一新，略作修飾，然後鼓足勇氣在王亞楠異樣的目光中鑽進了車後座。

沒想到來的人有這麼多，好幾個和章桐打招呼的人，章桐都已經認不出來了，她只能不停地微笑。沒多久，章桐就發現，原來笑是一件那麼累人的事啊。章桐硬著頭皮不停地問候，然後在不斷點頭與微笑中勉強捱到了聚會正式開始的時候。

站在主持臺上的小個子，章桐依稀有些印象，他形似雞蛋的腦袋過了十多年還是絲毫沒變。姓趙，挺活躍的一個人，以前是班裡的書記，畢業後聽說去了一家大醫院的行政部門，如今看情形，還真混得不錯。此刻，他正滔滔不絕地向大家講述著這麼多年來班裡同學畢業後的各自概況，章桐留心地聽著每一個從記憶深處蹦出來的名字，並且努力在這一張張已記不太清的臉上搜尋著過去的時光。

很多同學都是帶著家眷來的，看樣子挺春風得意。章桐漸漸地有些後悔來了，身邊的王亞楠倒挺坦然，隨著大家一會兒鼓掌，一會兒開懷大笑。終於講到章桐了，章桐是班裡唯一一個最終選擇了「法醫」這個特殊

職業並且薪水不多的人，再加上最近那個連續殺人案帶來的壓抑和猜測，所以，周圍的熱烈氣氛一下子冷了許多，反而有一些竊竊私語，讓章桐頗感難堪。正在這時，章桐身邊響起了一陣掌聲，感激之餘，章桐回頭一看，是一位穿著得體的中年男子，明亮的眼睛正認真地盯著她，眼神中充滿了鼓勵。章桐趕緊衝他點點頭，以示謝意。

好不容易熬過了艱難的時刻，接下來是自由活動、交流時間。大家三三兩兩地聚在一起，真真假假地互相祝賀著多年來的成就。王亞楠倒算得上是一個稱職的保鏢，寸步不離地跟著章桐，見人就笑。

章桐終於在人群中找到了剛才替自己解圍的那位中年男士，看情形他是一個人來的，章桐怎麼也想不起來他是哪位同窗：「你好！剛才真是太謝謝你了。要不是你的解圍，我真不知道該有多尷尬！」

他笑著點點頭：「沒什麼，舉手之勞而已。我姓馮，叫馮宇飛。」說著，他熱情地向章桐伸出了手。

章桐感覺到他的眼中有一種奇異的亮晶晶的東西，不過，她沒太在意：「我是章桐，在天長市警局工作，這是我的同事。」王亞楠淡淡地向他點頭致意。

「那，馮先生，你也是我們一個系的嗎？」章桐問道。

「不是，我比妳們大一屆，今天是陪我學弟來的。」他坦然地笑著。

「那你現在在哪裡高就呢？」

「第一醫院，眼科。」

章桐頓時肅然起敬，因為眼科和腦科是外科中最難攻讀的兩個專業，能夠在醫學院順利畢業並在大醫院工作的更是寥寥無幾，可見眼前這位學長必然是成績優異。再說能進第一醫院眼科這個出了名的待遇優厚的地方

的人，更得讓人刮目相看了。

「章小姐，妳選擇法醫這個行業，需要很大的勇氣啊！」他微笑著遞給章桐一杯桌上的飲料。章桐不自然地笑了笑，略微感到有些臉紅，畢竟不習慣被一個剛認識的異性這麼直白地誇讚。

正在這時，章桐的耳邊傳來了一陣急促的手機鈴聲，王亞楠身上的手機也同時響了起來。章桐的心頓時往下一沉，在週末，兩人同時接到電話可不是什麼好事。章桐低頭看了一下，是排程的號碼，於是只能無奈地匆匆和剛結識的學長馮宇飛告別，然後和王亞楠一起趕緊走出了大門。

章桐沒想到鼓足勇氣去參加的同學聚會，居然會以這樣一種方式草草地收場了。還好，認識了一位頗有紳士風度的眼科醫生，總算沒有白來。章桐正想著，王亞楠已經和排程通完話了，她的眼神變得很憂鬱，顯得心事重重的樣子。她邊開車邊簡短地向章桐做了通報：「雲羅區的一棟居民拆遷樓裡發現了一具無頭無手的女屍，很有可能是屬於我們辦的案子，所以排程找我們了，叫我們先去看看。」不出所料，章桐的腦子立刻冷靜了下來，把剛才的同學聚會遠遠地拋在了腦後。

當章桐趕到案發現場時，法醫現場車已經停在那裡等她了。今天是潘建和章桐一起搭檔，他正靠著車門在等章桐。一見章桐的打扮，他愣了一下，立刻就開心地笑了：「章法醫，妳今天真漂亮，可惜走錯地方了！」章桐瞪了他一眼，也懶得解釋，鑽到後車廂，很快脫掉了讓她頭痛的裙子，換上了連體的工作服，把頭髮塞進帽子裡，然後拎起沉重的工具箱，跳下車，頭也不回地向案發現場的黃色警戒帶走去。潘建緊緊跟在章桐後面。

趁章桐換衣服的工夫，王亞楠已經接管了現場，看見他們走過來，她馬上提起了警戒帶。

第二章　分裂症

　　眼前血腥的現場使章桐的情緒低落到極點，一切情景都彷彿是放電影一般地再現：屍體、鮮血、殘忍……空氣中濃重的鐵鏽味讓章桐有點頭暈目眩。她按部就班地和潘建一起做著體溫檢驗、屍表初檢等一系列工作。這些傷痕對章桐來說都已經很熟悉了，凶手有著一套嚴格的「殺人手法」，比如說先做什麼，再作什麼，這些從屍體上的傷口都可以看出來，就好像他完全按著一套自定的工作程序來進行的。看來，凶手具有相當程度的強迫症徵兆。這可絕對不是一個好消息。章桐不由得皺起了眉頭。

　　當章桐一路檢查到屍體的左小腿，看到那處特異的標記時，她一下子覺得彷彿有把巨大的錘子重重地敲在自己頭上，心一下子沉到了萬丈深淵。死者小腿上的一個蝴蝶小紋身標記是那麼熟悉，熟悉到幾乎能刺痛章桐的雙眼。章桐立刻站了起來，身子微微晃了晃，然後向一直站在門口的王亞楠招了招手，示意有情況。王亞楠見狀，馬上走了過來：「出什麼事了？有新情況？」

　　要知道，一般情況下，章桐是不會驚動現場負責的警官的，上一次是那朵讓人心驚肉跳的花，而這一次，王亞楠順著章桐手指指著的方向，看到了女屍左小腿上的一個略顯粗糙的小蝴蝶紋身，疑惑地抬頭看著章桐，不明白章桐的用意。章桐嚥了口唾沫，努力使自己的聲音聽上去顯得平靜：「我認識這個死者，她是我醫學院時的室友，叫吳燕君，我是從她的這個紋身上認出來的。」章桐看了一眼王亞楠，接著說道，「這個紋身是我親手幫她紋的！」

＊　　＊　　＊

　　每次來到康復院，馮宇飛的心情都會十分複雜。女兒已經是他生命中唯一的牽掛，他不敢想像如果連這唯一的擁有都失去了的話，他該如何獨自去面對剩下的日子。不可否認，馮宇飛是一個技藝高超的眼外科醫生，

經他手恢復光明的病人已經數不清了。整個天長市，甚至整個華東地區的醫學界，提到他的名字，無一例外地會和「眼外科手術菁英」連繫在一起，同行們更是對他肅然起敬。但是，這麼多榮譽對於事業有成的馮宇飛來說，卻是一種難言的痛苦，眾人眼中的「名醫」卻救不了自己的女兒，至少是現在！

當女兒的主治醫生萬分遺憾地把病情的嚴重性告訴他時，他第一個反應就是無法相信。接下來的整整兩天時間，他都把自己關在書房裡，查遍了所有能夠找到的資料，甚至聯繫了國外的導師。最終，當他失魂落魄地打開門時，家裡人都驚呆了，因為出現在面前的馮宇飛與其說是一個人，不如說是一具空殼，瘋了一般地查詢治療女兒的方法。妻子就是在這個時候離開他的，年輕漂亮的她終於受不住丈夫的冷落，毫不猶豫地拋棄了這個已是風雨飄搖的家和再也看不到未來、再也站不起來的女兒。

她的絕情給了馮宇飛致命的打擊，從此以後，這個男人變了，他生存的意義似乎就只剩下挽救女兒的生命。如今，女兒的下半身已經不能動了，語言功能也受到了很大的影響，但是，每次看見爸爸，她明亮的大眼睛總是會瞪得大大的，彷彿怕一不小心閉上，就再也看不見爸爸了。見此情景，馮宇飛心如刀絞，卻依舊不得不滿臉笑容，努力使自己顯出很開心的樣子：「蘭蘭，今天乖嗎？」

女兒吃力地點了點頭，艱難地吐出了兩個字：「故……事……」可憐的小女孩，聽爸爸講故事是她最開心的事了。馮宇飛的心都快碎了，但是他不能在女兒面前哭，他要讓女兒的每一分每一秒都生活在快樂之中。於是，他想了想，假裝恍然大悟的樣子：「蘭蘭，爸爸今天講一個小公主的故事，好嗎？」女兒的臉上露出了開心的笑容。任何一個女孩都希望自己變成公主，在馮宇飛眼裡，女兒蘭蘭永遠都是他最心愛的公主。

第二章　分裂症

離開女兒的病房後，馮宇飛溫柔的目光突然變了，變得很冰冷，任何看到的人都會忍不住打個寒顫。女兒的病情越來越嚴重，他必須加快自己實驗的速度了，現在，除了自己，沒有人救得了女兒。

＊　　＊　　＊

看著眼前屍體左小腿上的蝴蝶紋身，章桐心裡真不是滋味。吳燕君和自己不是同一類人，她活潑開朗，在大學裡身邊總不乏追求她的毛頭小子，章桐卻沉默又冷清。兩人的世界觀和人生觀也有很大的差異，但是五年寒窗，兩人居然成了個性互補的好朋友。她總說章桐是一個智商高但情商很低的女人，將來會吃虧的，章桐也只能一笑了之，因為她的口才讓章桐甘拜下風。

這個紋身的來歷章桐至今還清楚地記得。那時學院裡流行看美國歌舞片，大家紛紛迷上了片中男女主角身上那酷酷的紋身，可是國內紋身店還太少，再加上學生還沒有足夠的經濟能力，所以大部分同學就發揮了自己的專業天賦，互相圓夢。章桐拒絕了吳燕君在自己身上動刀子的好意，而章桐則模仿片中的鏡頭，把一隻如小孩塗鴉般的小蝴蝶文在了吳燕君修長的左小腿上，當時她興奮的樣子至今還歷歷在目。只是章桐做夢都沒想到，這個自己親手繪製的紋身圖案居然會成為日後辨明屍體身分的重要標記。這簡直是個巨大的諷刺！

章桐嘆了口氣，收回了飄到千里之外的思緒，抬頭望著一直在身邊沉默不語的王亞楠，憤憤地說道：「雖然她不是一個安靜的女孩子，但她不是一個壞人，她不應該有這樣的下場。」

王亞楠一副若有所思的樣子，好像沒聽見章桐說的話。突然，她沒來由地問了一句：「她的婚姻狀況或感情生活妳知道嗎？」

章桐搖搖頭。

「那就這樣吧，我馬上派人去查一下。」說完，王亞楠就頭也不回地轉身離去了。

＊　　＊　　＊

醫院底樓如迷宮般的病理標本室是整個醫院中來人最少的地方，一年到頭都不見幾個人影。馮宇飛卻是這裡的常客，這裡所放置的每一個標本他都熟知於心。他常常獨自在這裡工作整個晚上，尤其是現在，手中的實驗已經到了緊要關頭，如果真能成功分離出他所需要的那種細胞的話，那麼，再經過特殊處理，最後注射入女兒的脊椎中樞神經中，女兒就有很大的機會痊癒。

想到這裡，馮宇飛的雙手微微有些顫抖，他盼望這一刻的到來已經很久了。儘管他所做的是一個稱得上「醫學百慕達」的研究，好在導師所在的醫學院發來的信函堅定了他繼續咬牙研究的決心。因為這是他挽救女兒生命唯一的出路了。

馮宇飛利用空餘時間在這裡打造了一個屬於他個人的實驗室，把所能想到的各種裝置配備齊全，可以說，這個旁人所不知道的狹小的空間傾注了他所有的心血和對女兒的愛。

按照時間推算，今天應該可以看到實驗結果了，但是讓他失望的是，細胞培養器皿中依舊是一片死寂，他的心也隨之沉到了谷底。很快，他又鼓起了勇氣 —— 應該是供體不足的原因！他心裡想，必須繼續努力！在他工作臺的上方，貼著一張女兒躺在病床上的相片，需要勇氣時，他就會盯著相片喃喃自語道：「爸爸不會放棄妳的，爸爸永遠都不會放棄妳的……」

　　他神經質的聲音不斷地在這令人窒息的空間中來回飄蕩著。突然，他飛快地打開了身邊的一個大冰箱，裡面放著三四個白色的厚厚的大袋子。他彎腰翻檢了一下，仔細看了一下標籤，終於挑出了一個他滿意的袋子，然後用力一拽，「撲通」一聲，那圓圓厚厚並被凍得結結實實的袋子就應聲而出。令人恐怖的一幕頓時出現在了面前，袋子內是一個沒有眼睛的頭顱，死者嘴唇微微張開，兩個黑洞洞的眼眶彷彿在尖叫……但是這一切馮宇飛早就習以為常。他面無表情地忙碌著，動作迅速又乾脆俐落。

＊　　＊　　＊

　　直到下午三點左右，王亞楠才在解剖室的門口出現，她一臉的無奈：「小桐，妳這位室友的感情生活很複雜，她與前面幾位死者有著相同的身分。」她沒再說下去，因為結果在章桐心中已經是再明朗不過的了，可是章桐的心卻還是往下一沉，想著同窗五年的朋友遭此厄運，難免心裡會一時接受不了。「DNA 結果確認是她嗎？」章桐問道。

　　王亞楠點點頭：「我已經通知她丈夫了，生前再有矛盾，也畢竟是自己的妻子，他明天上午來認屍。希望能盡快找到她的頭顱。」王亞楠最後一句話明顯是說給章桐聽的，畢竟全屍下葬對親人來說是一種最大的安慰。

　　但是，她的頭顱在哪裡呢？

第三章　恐怖實驗室

「你為了女兒不惜殺掉那麼多人？難道別人就不是自己父母的女兒嗎？」章桐忍不住有了一些激動。

「不，她們都是壞人。像我前妻那樣，破壞別人的家庭，拋夫棄子，所以，她們死了活該，我是在為民除害。」馮宇飛的臉上開始了抽搐，語氣中充滿了憤怒。

第三章　恐怖實驗室

　　馮宇飛小心翼翼地捧著細胞培養皿來到房間另一角的一個小小的、閃著幽幽藍光的玻璃罩子前，騰出一隻手快速地打開了玻璃罩子上的一個小門。這個小門僅能容兩隻手透過，他全神貫注地把培養皿輕輕放了進去，然後又以極快的速度關上了門，鬆了口氣。他這才意識到額頭上已經由於緊張而沁滿了汗珠。顧不上這麼多了，他看了一眼桌上的小鬧鐘，快到晚上八點了，該離開了，他還有別的事情要做。

　　想到這裡，馮宇飛快速地脫去手套、口罩和身上的白袍，然後，環視了一下整個「私人實驗室」，確保沒有任何工作被遺漏後，才點點頭，轉身悄無聲息地離開了。走出房間後，他用力地關上了門，上了鎖，最後在門上重新貼上了「危險，勿進」的封條，才放心地離開了。馮宇飛做任何事都非常小心，他不允許自己有哪怕一丁點兒的疏漏。他堅信，只有做到萬無一失，事情才能真正在他的掌控之中。

＊　　＊　　＊

　　「一起去吃晚餐吧！」王亞楠的聲音在辦公室門口響了起來，看來她心情不錯。

　　「去哪裡？」章桐頭也不抬地問道，兩隻手仍然在桌上亂七八糟的檔案堆裡不停地尋找著自己的筆記本。要知道，章桐最頭痛的事就是找東西，明明放在眼前的，一眨眼就能讓她找得吐血。章桐的所有助手都深知她這個壞毛病，所以他們一半的實習時間都不得不花在替她整理東西上了。

　　「別找了，再找就沒東西吃了，反正也不會丟。走吧！」

　　一聽這話，章桐也確實感覺肚子有點餓了。於是，她站起身，拿起包就走了。心想著，等一下回來再說吧，這幾天也不急著回家，老媽和老姨

都去醫院了。

沒想到王亞楠居然帶章桐慢慢走出了警局，路上的汽車呼嘯而過，傍晚的陣雨下過就停，空氣中瀰漫著混凝土的溼氣、柴油的味道，還有泥土的氣息和花的香味。人行道上熙熙攘攘的，有下班回家的上班族、購物的人，還有晚上出來閒逛的人。微風吹來，衣服緊貼著身體。頭上，芒果樹的葉子上下搖曳著，發出輕柔的沙沙聲。

兩人來到了警局街對面的一條小岔道上，這裡有很多餐廳和小吃店，章桐不明白王亞楠今天為何要突然請自己吃飯。

終於，在街上走了大約三百公尺，兩人轉進了一家新開不久的拉麵館。一進門，章桐就看見了那隻用普通話和山西話尖聲叫著歡迎詞的鸚鵡，也看到了一位身著白衣白褲、頭戴小花帽、繫著圍裙招呼大家的男人。

「歡迎光臨，警官小姐。今天還是原樣嗎？」

王亞楠點點頭，她回頭看了章桐一眼，見章桐沒表態，就補充說道：「原樣兩份！」

店老闆在大聲告訴內廚以後，衝她們眨眨眼，說道：「新來的，脾氣不好，手藝不錯！來，我帶你們去雅座！」說著，就領著她們走進了裡間，因為開著空調，涼颼颼的，感覺不錯。

坐下後，老闆很快就送來了牛肉湯和韭菜煎餅，王亞楠拿了一份，把另一份遞給章桐。

「謝謝。」章桐說。

「對了，妳的老同學劉春曉呢？」王亞楠問。

「出差了，經常不在天長市，他們當檢察官這一行的，有時候比我們

還要神祕。」章桐嘟囔道。

「他還沒有向妳表白嗎？」

章桐搖搖頭，嘴角露出一絲苦笑，心裡酸溜溜的：「表白什麼？我們只是朋友而已，沒有到妳所想的那種地步呢！」

回到辦公室後，章桐驚喜地發現，潘建已經把桌子收拾得整整齊齊，剛才還毫無蹤影的筆記本此刻正安然地躺在桌面上。章桐舒了口氣。

＊　　＊　　＊

忙完後，在回家的路上，手機突然響了。章桐低頭一看，是一個陌生的號碼，順手就接了起來：「你好。」

「我是馮宇飛，妳好。我們上次在同學會見過面。」一個極富有磁性的中年男人的聲音在章桐耳畔響起。

章桐皺了皺眉，記憶中好像沒有這個名字……突然，章桐想起了那次尷尬的解圍和柔和的笑容。頓時激動地大叫了起來：「哎呀，原來是你啊！真是太高興了。我工作忙，都差點把你給忘了，學長！」

章桐突然高八度的聲音把身邊正全神貫注開車的王亞楠給嚇了一大跳，轉而有些生氣地瞪了章桐一眼。章桐卻根本顧不了那麼多了：「學長，你是怎麼知道我電話的？」

「妳給我的，你忘了嗎？」電話中傳來了幾聲善意的笑聲。

「真不好意思。看我這記性。」

「沒事，妳現在正回家嗎？聽妳聲音就像在車上。」

「對。」

「有空想請妳喝茶。」

好像很久都沒聽到過這種誠懇的邀請了，章桐的臉有些燙：「好吧，那就週六吧，你打電話給我！」

掛上電話後，看著身邊的王亞楠一臉狐疑的表情，章桐尷尬地趕緊轉過了頭，看著窗外疾駛而過的路燈，撇了撇嘴。

＊　　＊　　＊

馮宇飛伸手摘下耳機，看著前面不到三輛車距離的灰色 SUV，滿意的笑容漸漸地浮現在了他的嘴角。為了這個突如其來的邀請，他醞釀了很久。他完全清楚章桐此刻的心情。他不能操之過急，也不能太突然，這是一個非常聰明而又極具有個性的女人，她身上有太多與眾不同的地方。要知道，上帝是很少把美貌與智慧同時放在一個女人身上的。他可不能放棄她，必須小心翼翼！

最初吸引馮宇飛的是章桐身上堅韌的個性，緊接著，他就注意到那雙憂鬱而又美麗的大眼睛，這雙眼睛總是不斷地在他夢中出現。他知道，這是一雙能夠讀懂自己心靈的眼睛，她的美貌就如紫丁香般純真脫俗。馮宇飛因此深信不疑，這是一個他等了很久的女人，也將成為他心愛的女兒的媽媽。想到這裡，馮宇飛笑了，似乎看到了重新又回到他身邊的溫暖的家。

＊　　＊　　＊

由於馮宇飛在眼科的名望極高，所以每次門診都會有很多人，馮宇飛總是一臉微笑、極有耐心地對待身邊的每一個病人。他深知，只要是掛他號的，十有八九都會有失明的危險，這已經是夠不幸的了，他不能再讓他們受到不應有的冷遇。他是一名醫生，尊重病人是他應該做的。

但是，當他看到一些病人，由於久久得不到眼角膜移植而不得不生活在痛苦的黑暗中時，他的心就揪得緊緊的，不忍再抬頭去看那雙無神而又空洞的眼睛。奇缺的眼角膜就成了他每天想得最多的東西。

現在，坐在馮宇飛面前的是一個還不到九歲的小男孩，可愛的小臉蛋上洋溢著天真的笑容，但是，馮宇飛卻不敢長久地注視著孩子的臉 ──那雙本應明亮的眼睛此刻卻被一層厚厚的紗布所包裹著。小男孩的媽媽正憂心忡忡地站在一邊，目光一刻都沒離開過自己的孩子。

「馮主任，你看我家小強會不會有永久性失明的危險？」小強媽媽的臉上流露著期盼與焦急。

馮宇飛皺了皺眉：「只要有眼角膜移植，小強很快就能重見光明的。」

「但是，現在等待移植的人已經排到兩千多號了呀！」小強媽媽的語氣中透露著對失明的恐懼。

馮宇飛很同情眼前這對可憐的母子，兩個月前的一場車禍奪去了孩子爸爸的生命，坐在後排的小強因為品質過關的兒童座椅得以倖免於難，但是四處飛濺的玻璃碴卻讓這個孩子再也看不見光明了。馮宇飛記得剛接診的時候，小強的情緒極度低落，還不停地哭鬧。沒辦法，馮宇飛盡其所能也只保住了一點眼底組織，要想重見光明，孩子就必須接受眼角膜移植。

馮宇飛拒絕了孩子母親要求捐助的懇求，活體捐助是違法的。所以每次複診時，孩子母親的傷心與擔憂總是讓馮宇飛心裡很難受。

只是，像這樣的病人還有許多，馮宇飛不可能一一照顧過來，只能盡力而為，安慰這對母子：「我會盡快安排小強手術的。你別擔心，一有供體，我就讓護士通知你們。」他邊說邊快速地在病歷單上寫著病情，但他心裡非常清楚，要想徹底治好這個孩子，只有眼角膜移植，藥物就等同於

安慰劑。看著小強母子千恩萬謝地轉身走出門診室，馮宇飛的心裡一陣陣
地抽痛。

＊　　＊　　＊

明天就是週六了，章桐下班後回到家，卻總是有些心不在焉，不是忘
了這個就是忘了那個，搞得老媽一臉的狐疑，好幾次想開口問，卻又擔心
被章桐責怪。章桐完全清楚自己為何會有這樣的心態。晚上八點鐘的時
候，章桐終於等到了期待已久的電話。

「你好，學長！」

「別總叫我學長，叫我宇飛吧。」電話中，馮宇飛的聲音柔和至極。

「那多不好意思，你太太會有想法的。」章桐的臉紅了。

「我太太過世了。」章桐沒有注意到他的語氣中突然透露出的冰冷。

「真抱歉！」

「沒事，已經過去了。」他的聲音重又變得很歡快的樣子，「明天上午
十點，妳看方便嗎？」

「好！那我們在哪裡見面？」章桐按捺不住心中的激動。

「中山路的白雲茶館，妳覺得怎麼樣？」

「那就這樣定了！」

掛上電話後，章桐才注意到老媽和老姨注視著自己的那意味深長的目
光，看上去就像抓住了一個正在偷糖吃的小孩。

＊　　＊　　＊

章桐從未來過茶館，在她的生活中，茶館這種地方跟她的生活軌跡是
交會不到一起的，這裡的閒情雅緻是自己所不習慣的。所以，今天，當章

桐比約定時間早十分鐘來到中山路上的白雲茶館時，她居然感覺渾身不自然。

茶館的服務生在放下一杯招待用的免費花茶後，就悄然離去了。章桐如坐針氈地看著窗外，心中對即將到來的這次約會忐忑不安。

很快，一輛黑色的 NISSAN 靜悄悄地滑入了章桐的眼簾，鋥亮的車身上找不到半點瑕疵。由此可以看出，這輛車的主人非常愛惜自己的車。車子停在茶館前的停車場上，章桐的心不由得一動。車停好後，走下來一個身穿灰色短袖襯衣的中年男子，當他轉過頭來時，章桐一眼就認出來了 —— 他就是馮宇飛。儘管他們只見過一面，但他的淡定從容與儒雅的氣質給章桐留下了很深刻的印象。

不一會兒，馮宇飛就出現在了茶館的正門口大堂上，他掃視了一眼整間屋子，很快就在屋角看見了章桐，笑容滿面地快步向她走來。來到近前後，他在章桐對面坐了下來：「真不好意思，我來晚了。」

「沒什麼，我也剛到！」章桐感覺自己臉上笑得假假的。

這時，服務生恰到好處地出現了，一臉燦爛的笑容。章桐頓時愣住了，而馮宇飛卻很自然地點了一壺特級碧螺春，等服務生走後，他故作神祕地告訴章桐：「這家茶館的碧螺春是整個天長市最好的，最純！」章桐皺了皺眉，心想那價錢肯定低不了。沒想到馮宇飛立刻就覺察出了章桐的心思：「沒什麼，只要東西好，還怕價錢嗎？」章桐的臉不由得漲紅了⋯⋯

兩人談得很開心，說實話，章桐沒想到馮宇飛是一個這麼開朗的人，而且風趣幽默。除了他的眼神，不經意之間看章桐時，會有一種怪怪的感覺。不過，章桐卻並不在意。

正在這時，手機突然響了起來，章桐心中不免有些懊惱，低頭一看，

是王亞楠。章桐只能不好意思地向他打招呼：「對不起，我出去接個電話。」

他笑著點點頭。

章桐趕緊以跑的速度來到了屋外，接通電話後，王亞楠焦急的聲音傳了過來：「小桐，又出案子了，我去妳家接妳。」

「不，我在外面。」章桐忙阻止了她。

「外面？妳一個人不危險嗎？」

「沒事，和朋友在喝茶。」

王亞楠的口氣中還是有些擔憂：「我來接妳吧！」她的話中充滿了不容反駁的氣勢。

「那，好吧，中山路，白雲茶館。我在門口等妳。」章桐只能無奈地妥協了。

十分鐘不到，王亞楠的車就停在了茶館的門口。當章桐把這個消息告訴馮宇飛的時候，他明顯有些失落，讓章桐的心裡很不是滋味。但是，她沒有辦法，只能遺憾地向他告別，並且頭也不回地鑽進了王亞楠的車裡。

「他很面熟！」

「對，他是我的學長，上次你也見過，叫馮宇飛。」章桐漫不經心地望著窗外。

王亞楠見狀，也就沒再多說什麼。

＊　　＊　　＊

馮宇飛坐上黑色 NISSAN 後，沒有立即發動車子，只是靜靜地坐著，心裡盤算著，下一步他該怎麼做。近距離接觸章桐，使他更堅定了要得到

這個女人的決心。不只是因為她的美貌，更主要的是她的智慧與溫柔。馮宇飛相信自己已經讓她產生了好感，可他深知，不能操之過急。但是，想著康復院裡的女兒，他的心就忍不住一陣緊縮。雖然女兒並沒有表露什麼，但是他明白她的心思，在這個年齡的孩子沒有不渴望母愛的。想到這裡，他發動了車子，順便看了一下車裡的時間，嘀咕了一句「手術該結束了」，車子便揚長而去。

此刻，在第一醫院的眼科手術室裡，正在緊張地進行著第三例眼角膜移植手術。今天上午有四個幸運兒被安排接受眼角膜移植手術，捐獻者都是匿名的。本來，這四個人要等很長時間，也有可能要好幾年，再說他們也並不富裕，手術所需費用在哪裡，他們還不知道。如今，有人匿名且指定要捐給他們，這簡直就是一個天大的喜訊。

當馮宇飛急匆匆地趕回醫院時，他還來得及趕上最後一例手術。他今天心情很不錯。昨天晚上，他又完成了一次收藏，那雙死去女人的手簡直就像是用名貴的玉所雕琢而成的。在經過特殊處理後，將會是他所有藏品之中最完美的一雙。而今天，還見到了心中仰慕已久的女人。所以，對於馮宇飛來說，今天是他一週以來最開心的日子了。

小強的媽媽一直惴惴不安地站在門口，兒子被安排在第四例手術，已經進入麻醉階段了。她突然看到馮主任穿著手術服急匆匆地向手術室走來，趕緊迎上前：「馮主任，是你幫小強動手術嗎？」

馮宇飛一怔，隨即點了點頭，笑著安慰道：「沒事的，小強媽媽，妳兒子很快就能重見光明了！」說完，他就頭也不回地走進了手術室。

身後，傳來了小強媽媽壓抑的激動的哭聲……

＊　　＊　　＊

當章桐忙完現場的採證工作後，正要上車返回局裡，突然，手機急促地響了起來，章桐忙掏出一看，是家裡的號碼。「媽，出什麼事了？我在現場呢！」對面工地上的大衝擊鑽所發出的巨大噪聲使章桐根本無法靜下心來聽電話。

「妳老姨馬上要動手術了，正在第一醫院，妳快來吧！」母親的聲音在電話裡有些發顫。

章桐的心一沉：「馬上來！」掛上電話後，章桐囑咐助手把屍體送回局裡，趕緊攔了一輛車向醫院趕去。

＊　　＊　　＊

章桐最不喜歡來醫院了，尤其是親人被送到這裡來的時候。無形之中，章桐心中總有一種恐懼的感覺。雖然由於工作的緣故，章桐每天都和死屍打交道，但是，就像醫生從來都不願意給自己的親人看病一樣，章桐特別害怕再見到熟悉的人出什麼事。母親在電話中沒說老姨究竟出了什麼事，但是她焦急的語氣讓章桐的心也懸到了嗓子眼。當章桐急匆匆地趕到醫院時，老遠就看見母親正站在大門口等著章桐。

「媽，老姨怎麼樣了？出什麼事了？」

「小桐，妳老姨她不能再等了。她必須馬上手術，現在已經完全看不見了。」母親哭喪著臉，眼淚汪汪地看著章桐。

「妳別急，走，我們上去慢慢說。」章桐盡量使自己的語氣顯得平靜一點，這樣，或許能夠讓母親鎮定下來。

來到五樓眼科病房，章桐一眼就看到了躺在病床上的老姨。老姨是個非常樂觀的人，年紀這麼大了，還總是一天到晚笑呵呵的。她聽到了腳步聲，立刻掙扎著想坐起來：「是桐桐嗎？是桐桐來了嗎？」

　　章桐趕緊走上前，拉住了老姨那蒼老的手，努力裝作很開心的樣子：「老姨，小桐來看妳了。怎麼樣了？跟小桐說說好嗎？」

　　「急性眼角膜感染，你老姨她……」母親沒有說下去，只是抹起了眼淚。

　　章桐的心往下一沉。

　　病床上的老姨雖然看不見，卻已經敏銳地覺察到了周圍異樣的氣氛，她堅強地笑了笑：「沒啥的，不就是看不見了嗎？我都活這麼多年了，沒病沒災的，也夠了，我知足了。桐桐啊，聽老姨的，咱不治了，省點錢，回家吧，好不？」

　　這話深深刺痛了章桐的心，她的眼淚立刻奪眶而出。章桐安慰地拍了拍老姨那如老樹根般蒼老的手，站了起來，拉著母親來到了病房外。

　　「媽，醫生怎麼說？」

　　「要眼角膜移植，但是，妳也知道，妳老姨年紀這麼大了，」母親為難地說道，「那醫生說，再移植已經沒什麼意義了。」

　　「她胡說！」章桐憤怒地吼了一句，把對面站的幾個護士嚇了一跳，章桐卻顧不了這麼多了，「媽，妳看好老姨，我有一個朋友在這裡眼科工作，我叫他來看看有沒有別的辦法。」

　　「好，那妳快去，媽等妳消息！」母親絕望的眼神中流露出了一丁點兒的光芒。

　　章桐走到護士站，兩個剛才被嚇了一跳的小護士正一臉茫然地瞪著她。

　　「馮宇飛馮主任在嗎？」章桐直截了當地問道。

「他？不知道在不在辦公室，我幫你打電話問一下。」其中一個略微機靈一點的小護士立刻抓起了電話。

等待了大約一分鐘，電話顯然是沒有人接。

「他可能在手術吧，不然妳等等去他辦公室看看，他在六樓。」

章桐點了點頭，轉身回了病房。

病房裡，老姨隔壁床上的病友正在給章桐母親講述著什麼，母親的臉上露出了希望的光芒。她一看見章桐來了，立刻站起身，興奮地說道：「小桐，這位小姐說這個醫院的眼科眼角膜移植的機率非常高，經常會有一些匿名的捐助者！」

章桐疑惑地望著那位顯然也是在等待著手術的病人：「妳好！請問你能跟我講詳細一點嗎？」章桐向前走近了幾步。母親的話讓章桐感覺很疑惑，法律對眼角膜等人體組織移植都是有一定規定約束的，不是說想捐給誰就捐給誰那麼簡單。或許是職業的敏感吧，章桐耐心地在老姨的病床邊坐了下來。

由於眼角膜屬於稀缺性人體組織，再加上不允許活體移植，所以，能有幸得到捐助的患者更是少之又少，得到的機率不亞於中了一次樂透大獎。別的有資質做這個手術的醫院一年到頭能做上十例已經是很不錯了，而在這裡，眼前這位雙目失明的女孩告訴章桐，這家醫院以前能做好多例這樣的手術，而且，很大一部分竟然是免費的。一個正常捐獻者的一副眼角膜能最大限度使四個病人恢復光明。最後，她興奮地告訴章桐，如果章桐能見到他們的馮主任的話，那就更是板上釘釘了，因為聽說有很多捐助者就是直接透過他來捐給醫院的患者的。

聽完她的話，章桐的心裡突然變得沉甸甸的：「那麼，妳聽說這種狀

況是從什麼時候開始的呢？」

「這個月吧。」

不會！這肯定是巧合！有一個聲音在章桐的心中拚命地叫著。章桐下意識地搖了搖頭。

正在這時，門口出現了一個穿白袍的人，熱情地叫章桐的名字：「章桐！」

章桐回頭一看，真是馮宇飛，看樣子他剛下手術檯，因為他的白袍裡穿著一件藍色的手術服。章桐站了起來，笑著迎了上去。

「馮主任！」

「叫我宇飛就行了。」他一臉的笑容，「妳剛才找我？」

章桐指了指床上正在打瞌睡的老姨，然後拉著他來到了走廊上。

「眼角膜感染，聽你手下說要眼角膜移植才行。我想請你來看看，看有沒有別的辦法。」章桐面露難色，畢竟開口求人不是她的長項，更何況對方是名醫。

「沒事，妳交給我吧。」馮宇飛微微笑了笑，轉身走進了病房。

沒過多久，他走了出來，身後跟著一臉愁容的母親。

章桐緊張地注視著馮宇飛，他一臉神色凝重，過了好幾分鐘又突然笑了：「沒事，這兩天我就安排手術！」

「眼角膜移植嗎？」章桐不由得脫口而出。

「對，妳就等好消息吧！」說著，馮宇飛就匆匆告辭了。

看著他略微彎曲的背影，章桐不由得心生疑竇，這麼簡單？不用排名單？不用等待？就好像他的身後就有一個龐大的隨手可以拿取的眼角膜庫

一樣？章桐眼前晃過了那幾個空洞的沒有眼睛的頭顱。不會！他是個好人！不會的！章桐為自己有這麼黑暗的想法而感到渾身發抖。

＊　　＊　　＊

由於要照顧住院的老姨，在向局裡請過假後，章桐買來很多老姨愛吃的東西，反正她老人家裝著假牙，吃起東西來絕對不會輸給章桐。這一晚，看著睡夢中的老姨，章桐卻失眠了。直到半夜，章桐突然想起了什麼，立刻撥通了王亞楠的手機。

「亞楠，妳現在什麼都別問，一有類似我們辦的那個案子的報案，就立刻通知我！」

「好！」

掛上電話後，章桐暗自舒了口氣，然後才放心地瞇了會兒。

果不出章桐所料，第二天早上八點多，馮宇飛就興沖沖地走了進來，他開口就告訴了章桐一個讓她有點膽顫心驚的好消息：一個小時後馬上進行手術！章桐立刻呆住了，臉色煞白。

「妳怎麼了？」馮宇飛關切地問道。

「沒什麼，我身體有些不舒服。對了，是你親自主刀嗎？」章桐藉故扯開了話題。

「對！我這就去準備！」說著，他留給了章桐一個燦爛的笑容，轉身匆匆離去了。章桐的心裡頓時一片空白，下意識地掏出了手機，沒有半點來電的跡象。章桐有些不知所措了。

手術進行得很順利，章桐被護士告知，兩個月左右老姨的眼睛就能恢復正常了。在激動之餘，章桐注意到了身邊還站著好幾位像是病人家屬的

人，忍不住，章桐就上前開始搭話。

「你好，我老姨手術剛動完，」章桐同時指了指手術室，「你們呢？也來等手術的嗎？」

其中一位中年婦女點頭應道：「是啊，我女兒，今天也可以做手術了！我們昨天剛從三院轉過來！」她難以抑制一臉的興奮。

「我們也是！」

「這裡眼角膜移植手術的機率是非常高的！」

……

到最後，章桐已經聽不進去任何人的說話聲了，老姨還得在裡面觀察一個小時，趁此機會，她趕緊撥通了王亞楠的電話。

「怎麼樣？有類似的案子發生嗎？」章桐焦急地問道。

「我正好要打電話給妳，」王亞楠的聲音讓章桐的心都在發顫了，「剛接到的報案，現場派出所的警察說，丟的東西一模一樣，我正要去，妳來嗎？」

「不，不用了，讓潘建去吧，我想我有可能知道凶手是誰了。」章桐喃喃自語。

「你說什麼？」王亞楠的聲音在電話裡高了八度。

「沒什麼，等等回來再說。」章桐匆匆掛上了電話。半個小時後，母親就趕過來了，章桐還要上班，所以沒多說幾句話，就離開了。身後傳來了母親開心的笑聲，章桐卻一點都笑不出來。

臨走時，章桐特意繞回了手術室。此刻，裡邊只有一個三級護士在忙個不停，章桐趕緊在門口的衣架上找了件白袍披上。然後，她來到一片凌

亂的手術器械旁，裝作在找東西，隨口向那個護士問了一句：「我是馮主任新來的助手，是來拿剛才送眼角膜的那個盛放容器的。」

護士點了點頭，也沒多說什麼，指了指牆角桌上放著的一個紫色小冰桶。章桐立刻如獲至寶般地拿了就走。

等章桐離開醫院，終於坐上計程車的時候，這才感覺到背後一片涼意，原來緊張的汗水已經把她的衣服都浸溼了。章桐緊緊地抱著這個冰桶，全然不顧司機投來的異樣目光。到了警局門口後，她丟了一張五十的鈔票給司機，扔下一句「不用找了」，快步向底樓辦公室跑去。她的心怦怦直跳，就像懷裡抱的是個定時炸彈一樣。

章桐衝進了辦公室，主任正坐在顯微鏡前看著什麼。章桐也顧不上打招呼了，立刻把冰桶放在了工作臺上，然後迅速穿上了工作服，戴上手套，拿上提取 DNA 所必須的工具，然後深吸了一口氣，打開了冰桶。章桐在心裡祈禱著，當她睜開眼睛時，桶內幾滴明顯的血跡讓她興奮得幾乎蹦了起來。此刻，主任已經注意到了章桐奇怪的舉動，他讓出了顯微鏡，一言不發地在一邊饒有興致地看著。章桐幾乎到了一種忘我的境界，她順利提取完 DNA，這才長長地鬆了一口氣。

「小章，你找到答案了？」主任微笑地問章桐。

「我想我已經找到凶手了！」章桐的回答一時之間把主任都驚呆了，「就差王亞楠那邊的血樣做匹配了！」

「你能確定？」

章桐心裡五味雜陳：「我希望那只是我的想像。如果錯了，我會很開心！」

在現場屍體運回來後，章桐同樣提取了做 DNA 所需的樣品，在眾人

疑惑的目光中，章桐一道程序一道程序地嚴格操作著。時間在一分一秒地過去，整個實驗室一片寂靜，當機器終於鳴響時，章桐幾乎撲到了操作臺前，眼前的結果讓她又驚又喜。喜的是，凶手已經被鎖定了；吃驚的是，她剛剛遇到一個讓自己心動的人，這場夢就要結束了。

章桐回過頭，對緊張地注視著自己一舉一動的王亞楠一字一句地說道：「你們現在可以去抓人了。凶手就是第一醫院的眼科主任馮宇飛。」

一聽到這個名字，王亞楠與主任面面相覷。章桐嘆了口氣，轉身離開了實驗室。

當章桐正準備下班回家時，王亞楠帶著人從停車場走了回來，她一見到章桐，就無奈地衝她搖了搖頭。章桐的心裡一涼，因為她知道，這個表情意味著他們沒有能夠抓到凶手。

章桐沒有等王亞楠，就直接向公車站走去了。時間已經來不及了，老姨今天出院，章桐要趕緊去接她。

當章桐走到拐角處時，身邊陰影處走出來一個人。

「章桐！」

章桐愣了一下，心想這聲音怎麼這麼熟悉。突然，一塊白布向章桐撲面而來，章桐躲閃不及，被捂住了口鼻，頓時一陣天旋地轉，她什麼都不知道了。

＊　　＊　　＊

一陣頭痛欲裂讓章桐幾乎嘔吐，她拚命睜開了雙眼，鼻子裡還充斥著那股令人噁心的臭味。章桐腦子裡一片混亂，就像坐在一列高速列車上看著窗外，即使已經睜開了眼睛，依舊是眼花撩亂，看不清任何東西。沒辦

法，章桐只能無奈地閉上了眼睛，讓自己重新又回到了無邊的黑暗之中。

也不知道過了多久，章桐耳邊傳來了輕輕的呼喚聲，那聲音彷彿來自另外一個世界，虛無縹緲。章桐渾身無力，就像被一根無形的繩索給牢牢地拴住了。她感到很疲憊，忍不住嘆了口氣，放鬆自己，又昏睡了過去。

終於，一陣猛烈的晃動把章桐驚醒了，一雙手正拚命抖動著章桐，就像要把她的靈魂從她身體中給扯出來一樣。章桐咬牙又一次睜開了雙眼，眼前模模糊糊出現了一張臉，章桐看不清那是誰，但是他講的一句話卻讓她立刻清醒了！

「你終於醒了，章桐！」

是他！馮宇飛！章桐的心頓時提到了嗓子眼。她下意識地掙扎了一下，卻驚恐地發現自己根本無法動彈。她往自己身上一看，愕然發現自己竟然被緊緊地綁在了一張靠背椅上，手腳都被粗粗的繩索給結結實實地纏繞住了。

一股難以抑制的憤怒情緒一下子湧上了章桐的腦門：「放開我！你想幹什麼？」儘管章桐說話的聲音仍然有氣無力，但是她已經知道自己此刻身處險境。頭因為情緒激動又開始疼了起來，她忍不住皺了皺眉。

「噓 —— 別說話。等等就會感覺好一點了。」馮宇飛的聲音顯得很溫柔，就像在哄自己的孩子睡覺一樣，言語之間非常有耐心。

章桐閉上眼穩定了一下情緒，心裡開始思考究竟該怎麼辦。

正在這時，章桐聽到了一陣椅子在地板上拖動的聲音，她睜開了雙眼，仔細地打量起這個房間來。

這是一個三十平方公尺左右的房間，牆上沒有窗戶，屋裡昏暗潮溼，亮著一盞二十五瓦的燈，這使章桐完全分不清現在究竟是白天還是黑夜。牆角靠著一個很大的儲存櫃，有點類似於商店中的櫥窗，裡面整齊地排列

著一個個大瓶子，瓶子裡泡著的東西看不清楚。除了這個儲存櫃外，屋裡僅有的擺設就是章桐身後的這張靠背椅，以及馮宇飛身旁的一張木椅，除此以外，別無他物。

「我在哪裡？」

「我家。」他的聲音聽起來依然是那麼溫柔，「你不用擔心，這是樓梯間，沒人聽得到。」

「你為什麼要把我抓來？」章桐竭力使自己顯得平靜一點。在這種環境下，如果章桐很急躁，反而會激怒馮宇飛。

「妳知道得太多了。」他顯得很無奈。

章桐的腦海裡頓時閃過了那個冰桶，看來，當他發現冰桶不見時，馬上就聯想到了她的頭上。

「你殺了那麼多人，遲早會被抓的。」章桐嘟囔了一句，感覺自己的手臂疼得要命，都快脫臼了。

「但是也不應該是在妳的手上啊！」他蹲了下來，深情地看著章桐，「要知道，我很了解妳，本來我是想和妳一起過完這輩子的！」他的言語中充滿了傷感，「但是妳為何要毀掉這一切呢？」

章桐的心一沉：「你說什麼？」

「我愛妳！第一次在電視中見到妳，我就被妳深深地迷住了！」馮宇飛的眼神變得很迷離。

章桐忍不住打了一個寒顫，原來他接近自己是有原因的。

「妳別想跑，妳沒辦法活著離開這個房間了。」他一臉的無奈，「妳的小聰明已經毀了妳自己。」

章桐的心裡一涼，不！自己不能不明不白地死在這裡。

馮宇飛突然伸出右手，輕輕地撫摩著章桐的臉頰：「我前妻背叛了我，在我最沮喪的時候，妳給了我力量。但是，我沒想到這一切毀在了妳的手裡。為什麼？」他說的每一句話就像針一樣扎在了章桐的心頭，但是聲音卻像極了在溫柔地訴說著情話。

章桐停止了徒勞的掙扎，眼前這個男人具有極度自戀的心理，要想改變困境，只有順著他。

「那好，既然我就要死了，那你能不能告訴我，你為何要取人家的松果體？」章桐盡量使自己變得很坦然，「讓我也好死得瞑目。」

聽到這句話，馮宇飛突然變得很興奮，也開始滔滔不絕起來：「聽說過『運動性神經萎縮』嗎？我的寶貝女兒就得了這個病，我研究好久了，發現松果體中有一種特殊的物質，提煉出來後就會治好這種病。」他把臉湊到章桐面前，「你知道嗎？女兒是我這輩子最寶貴的東西！」他掏出了一張小相片，由於燈光的緣故，章桐看不太清，只知道上面模模糊糊的是一個小女孩的身影，「看，她多漂亮。我會讓她重新站起來的。」

「你為了女兒不惜殺掉那麼多人？難道別人就不是自己父母的女兒嗎？」章桐忍不住有了一些激動。

「不，她們都是壞人。像我前妻那樣，破壞別人的家庭，拋夫棄子，所以，她們死了活該，我是在為民除害。」馮宇飛的臉上開始了抽搐，語氣中充滿了憤怒。

「那你的研究有成果了嗎？」章桐趕緊把話引開。

「對，很快就有了。要不是妳橫插一腳，我現在就已經成功了。」他的表情中充斥著厭惡。

「你的實驗室在哪裡？」章桐盡量拖延著時間，心裡想著會不會有人知道她被綁架了。章桐沒去接老姨，應該有人會注意到她的失蹤。

「妳問那麼多幹什麼？」他開始有一點警覺了。

「我都快死了，你告訴我也無所謂了，說不準我還能為你的實驗做點貢獻呢！」聽到這句話，他臉上的怒容漸漸消失了，「你該讓我死得明白啊。」章桐不失時機地添上一句。章桐清楚，現在每延長一分鐘，對她來說都是非常重要的，可能換來的就是活下去的希望。

「好吧，我告訴妳，」馮宇飛明顯猶豫了一下，「我把所有的情況都告訴妳。誰叫妳這麼讓我著迷呢？」這該死的溫柔又在不知不覺中回到了他的臉上，他走到了章桐的身後，把嘴貼近了她的耳朵。章桐閉上了眼，拚命抑制住渾身的顫抖。

「我也不想走到這一步。殺了妳，我也會很痛苦。妳和那些女人不一樣。」他又轉回到章桐的面前。這一次，他坐了下來，斷斷續續地告訴章桐事情的前因後果。

原來，天資聰慧的他因為女兒的病情嚴重，自己無法醫治，所以非常自責。在拚命尋找治病方法的同時，冷落了妻子。結果他妻子找情人私奔了。在他意外找到了「松果體」這個特殊的研究方向後，由於供體來源問題，他把目光投向了那些背叛家庭的女人，用他的話來講，那就是讓她們做一件正確的事。聽完他的話，章桐不禁毛骨悚然，真的無法判斷眼前這個男人究竟是魔鬼還是天使。

「那麼眼角膜呢？」章桐忍不住問道。

「哼，反正要切下頭顱，那也不能浪費呀！」他一臉的無所謂，「妳老姨不就是我治好的嗎？」

「手呢？」章桐此刻如果手中有一把刀的話，一定會狠狠地扎在他的胸口。

馮宇飛站了起來，驕傲地走到牆邊那個大儲存櫃的邊上，然後小心翼翼捧下了一個大玻璃罐，走到章桐面前。

眼前的一幕讓章桐的頭皮都發麻了，她不由得倒吸一口涼氣。玻璃罐裡明顯裝滿了福爾馬林，這些還並不可怕，真正讓人噁心的是藥水中那上下浮沉的一雙手。章桐驚恐地瞪大了雙眼。

「對，紀念品！這是我的收藏。怎麼樣，不錯吧？」馮宇飛自言自語地說著，笑得更開心了，「好了，妳什麼都知道了，我們也要談正事了。」忽然，馮宇飛語氣一變，將手中的大玻璃罐放回原處，然後走到門後，從掛著的那個大布袋裡變戲法似的拿出了一個小布口袋，走到章桐面前，衝她笑了笑，然後彎腰把小口袋放在了章桐面前的這張椅子上，打開，一片寒光在章桐面前閃過，她不由得低低驚呼了一聲。

「沒錯，這就是我的工具！漂亮吧？」馮宇飛拿出一把形狀怪異的刀在章桐面前晃了一下，「這是我自己設計的，非常鋒利，只要在關節處輕輕一挑，筋腱立刻就斷了，而且還非常整齊。」他突然轉到了章桐的身後，低下頭湊到章桐耳邊，「等一下妳不會感覺痛苦的，相信我！」

章桐絕望地閉上了雙眼，淚水順著臉頰淌了下去。她感覺到馮宇飛揪住了自己的頭髮，脖子處涼颼颼的，完了，看來一切就都要結束了。章桐放棄了掙扎，準備坦然迎接死亡的降臨……

突然，門被狠狠地撞開了，一聲槍響，章桐什麼都不知道了。

章桐醒來時已經是三天後了，守候在床邊的是匆匆趕回天長市的劉春曉，鬍子拉碴，一臉憔悴。見章桐終於醒過來了，劉春曉瞬間開心得就像

個孩子。這一幕，讓章桐的心裡酸溜溜的。儘管劉春曉從沒有向自己真正表白過，但是一切其實都已經表露得一清二楚了。

由於章桐只受了一點皮外傷，所以在她的再三要求下，醫生讓章桐在醫院裡又停留了四十八小時就讓她出院了。

章桐迫不及待地來到了天長市警局，死裡逃生的她想知道，在自己失去意識後，究竟發生了什麼。

主任平靜地為章桐揭開了這個謎底，原來，她被綁架後不到一個小時，就引起了大家的警覺。老姨打章桐電話沒人接，再聯想到章桐下午從醫院帶來的冰桶和失蹤的馮宇飛，王亞楠馬上就做出判斷，章桐被馮宇飛綁架了！

在派出所同事的幫助下，他們很快就找到了馮宇飛在郊外的住處，在搜到樓梯間的時候，踢開門的那一瞬間，正好看見一把刀朝章桐砍了下來，王亞楠毫不猶豫地一槍結束了他罪惡的生命。

「那他的實驗室找到了嗎？」章桐急切地問道。

主任點了點頭：「在他們醫院的病理實驗室裡。一個很隱蔽的地方，要不是監控錄影，還真抓不住他的尾巴！」

「找到多少個頭顱？」

「七個！」聽到這話，章桐忍不住摸了摸自己的脖子，心想，還好自己不是第八個！

一週後，章桐抽空去了趟第三醫院，聽刑警隊的同事講，馮宇飛的女兒被安排在了那裡，康復院送來的，小女孩快不行了。當章桐趕到那裡的時候，一塊潔淨的白布已經無情地蓋在了她的臉上。瘦小的軀體在停屍房的床上顯得異常孤單。

章桐嘆了口氣，轉身離開了。

　　醫院外邊，天空依舊湛藍，已是秋天了，空氣中飄著一股清香。章桐
深深地吸了口氣，活著真好啊！

第三章　恐怖實驗室

第四章　墜落的天使

　　突然，她感覺自己脖子後面似乎被什麼蟲子咬了一下，一陣輕微的疼痛瞬間閃過。她下意識地騰出右手去摸，卻什麼都沒有摸到。正在狐疑之際，一陣奇怪的眩暈襲來，李曉楠發覺自己再也站不住了，身體一軟便順勢倒向了右手邊的馬路沿上。

第四章　墮落的天使

　　天氣不是一般的熱，這秋老虎還真恐怖，空氣中一絲風都沒有，走在小區過道上，阿成感覺自己有點喘不過氣來。厚厚的保全制服早就牢牢地貼在了身上，讓他感覺渾身難受，每走一步都像是和穿在身上的衣服打架，阿成的心裡鬱悶極了。

　　雖然時間已經是午夜一點多，但是悶熱的程度卻絲毫不輸於白天在大太陽底下。阿成的晚班剛剛開始，他抬頭朝兩邊的大樓看了看，高高的看不到樓頂，沒有幾家亮著燈，一片黑漆漆的，耳邊只有空調外連線發出的嗡嗡聲。他數過，這裡已經是第五排樓棟了，前面拐個彎後，就可以抄近路回到小區門口的保全監控室。這一圈巡邏就算結束了。

　　突然，耳邊一陣怪異的風颳過，阿成渾身一哆嗦，還沒來得及反應過來，就聽到左邊不到兩三米的地方發出了一聲沉悶的巨響。「嘭！」在這寂靜的夜晚，聲音聽起來特別清晰刺耳。

　　難道有人半夜三更扔垃圾？可是聲音聽著又不像。阿成迅速把手電筒的光照向了發出巨響的地方，眼前的一幕讓他頓時膽顫心驚——一個人正一動不動地面朝下趴在不遠處的血泊中。

　　時間彷彿凝固了，阿成的腿有些發軟。他忐忑不安地向前走去，硬著頭皮看了看水泥地上躺著的人的動靜，又下意識地把手電筒照向樓頂。他相信是自己眼花了，他似乎看見一個黑影在五樓還是六樓的窗口探了一下腦袋，隨即就消失得無影無蹤。

　　阿成蹲在跳樓人的身邊，腦子裡一片空白。他顫抖著伸出右手想去觸控那人的頸動脈，手指還沒有觸到皮膚，突然，趴在地上渾身是血的人竟然動了一下，隱約還發出呻吟聲。阿成立刻就像觸了電一般猛地跳了起來，拚命甩著雙手，然後趕緊掏出手機，撥通了110，結結巴巴地報警說

道：「快……快來溫泉……小區，我是保全，有人……有人跳樓，還活著。對，還活著。溫泉小區……」

*　　*　　*

接到中心的緊急出診指令後，天使醫院急診科醫生李曉楠從昏昏欲睡的狀態之中迅速清醒了過來。她一邊招呼著今晚的兩個助手，一邊強忍著劇烈的頭痛匆忙拎起急救箱向已經發動的救護車跑去。

李曉楠很累，她很肯定自己有生以來都沒有這麼累過，如果不算剛才在值班室的木條長凳上那十分鐘打盹的時間，她已經整整二十三個小時沒合過眼了。她很清楚自己的身體在不斷變差，大概是太累的緣故吧，這段日子以來急診科的出診量驟增，僅有的三個醫生幾乎每天二十四個小時連軸轉。李曉楠都已經記不清自己有多久沒洗過澡了，剛才經過外科重症監護區的水槽邊停下洗手的時候，她一邊就著涼水吞下了兩粒散利痛，一邊隨意朝著鏡子裡的自己瞥了一眼，心情立刻變得糟糕透了，黑黑的眼圈下有兩大塊眼袋，頭髮凌亂地掛在額前，結成個黑團。可是儘管如此，出診命令一來，李曉楠就完全顧不上抱怨形象和劇烈的頭痛了。

救護車拉著長長的刺耳的警報聲衝進了溫泉小區，硬生生地把凌晨的寧靜給撕開了一道口子。小區裡高樓上的燈一盞盞地亮了起來，睡眼朦朧的人們要麼搖搖晃晃地走出家門，要麼皺著眉頭從窗口探出頭，試圖弄清楚究竟發生了什麼事情。

事發地在五號樓和六號樓之間的空地上，此時，最先發現墜樓事件的保全阿成正一臉沮喪地向匆匆趕來的當班主管彙報著事情發生的前後經過，還時不時地回頭，心有餘悸地看一眼地上血泊中的那個人。

救護車在人群外停下了，李曉楠帶著兩個助手扛著擔架擠過了人群，

來到了墜樓者的身邊。放下急救箱，一陣頭暈襲來，她趕緊伸手撐住水泥地面，一邊為躺在地上正逐漸失去意識的墜樓者緊急檢查生命體徵，一邊回頭詢問著站在旁邊的保全阿成：「他是什麼時候摔下來的？」

「大概，大概，十分鐘之前，我沒注意看時間。」保全阿成緊張地搓著雙手。

李曉楠冷靜地對身邊的助手說道：「顱骨多處下陷複合性骨折，左側鎖骨和肱骨骨折，昏迷指數是二級，對刺激有反應，生命體徵微弱，馬上插管做固定處理。通知醫院，準備二號手術室，我們這邊有一個需要緊急搶救的高空墜落危重病人，十分鐘內到達……注意脖子，我擔心會引起他脊髓斷裂！」

＊　　＊　　＊

救護車發了瘋似的衝進了天使醫院急診科專用通道，早就有急診科護士拉著輪床守在了通道旁。等救護車停下後，迅速打開後車門，渾身血淋淋的病人緊接著就被拉出了車廂，移到了病床上。李曉楠緊跟在護士身後，向手術室跑去。此刻的她心裡只有一個念頭，多一秒鐘，就多一分挽回生命的機會。

急診室的手術就是在和生命、和時間賽跑，所以急診科的每一個人都很清楚時間的寶貴。

一個護士伸手調整頭頂上方的無影燈，將光束集中在病人的胸部，另外兩個護士則迅速用剪刀剪開病人前胸的衣服，準備做術前清理。麻醉師和手術助理也正在緊張地做著各項準備工作。

「先準備八百毫升 O 型血！」

「血壓？」

「上壓八十，下壓四十，還在下降！」

「脈搏？」

「每分鐘……」

突然，負責做術前清理工作的一個護士發出了一聲低低的驚呼，打破了急診室裡緊張的氣氛。

「天哪！」

李曉楠聞聲皺眉抬起頭，手下的這幾個護士都不是新手，做急診科的人是不應該見到病人血淋淋的傷口後就大呼小叫的，今天有些反常。不過，這幾天急診科的每一個人都很反常，猛增的工作量讓大家的神經一天到晚都繃得緊緊的。

「怎麼了，小陳？有什麼問題嗎？」李曉楠一邊準備手術，一邊順口問道，言語之間有少許責怪的意味。

「李醫生，你快看，這人應該是剛剛動過大手術。」

果然，順著護士小陳胖胖的手指所指的方向，急診室裡的人都注意到了病人赤裸的腹部有一道很清晰的縫合傷口，傷口的肌肉還很新鮮，顯然形成並不太久。由於高空墜落所產生的巨大撞擊力，傷口已經被撕裂開，血肉模糊。

李曉楠的腦子裡發出了嗡嗡的響聲。不會的，世界上不應該有這麼巧的事情，短短的三天時間裡，類似這樣的詭異傷口李曉楠已經第五次看到了，她沒有辦法使自己冷靜下來。

「李醫生，我們下一步該怎麼辦？」耳邊傳來麻醉師小呂善意的提醒。

「清理傷口，馬上手術！」這一刻，李曉楠沒有忘記自己是一個救死

扶傷的醫生，而面前正躺著一個隨時有可能失去生命的病人。

　　當心電圖上的那個亮點最終變成一條可怖的直線時，李曉楠的心都涼了，她麻木地盡著最後的努力，可是，腎上腺素和電擊在病人的身上卻絲毫沒有造成挽救生命的作用。雖然這樣的結局李曉楠在實施開胸手術時就已經預料到了，但是真正面對死亡時，李曉楠還是感到很痛苦。她推門走出急診室的時候，腳步已經有一些跟蹌不穩，一陣劇烈的頭痛伴隨著噁心猛烈地襲來。

　　「李醫生，妳別太難過了，我們已經盡力了。」助理護士徐貝貝在一邊安慰，「妳臉色很差，是不是太累了，要不要我扶你去休息室？」

　　李曉楠苦笑著搖搖頭：「沒事，我還有事情要做。我回辦公室，有電話打到那邊找我吧！」

　　徐貝貝點點頭，走開了。

　　推開沉重的辦公室大門，李曉楠臉上的神情頓時變得凝重了起來，她走到辦公桌前，迅速打開電腦。在等待電腦開機的短暫間隙，李曉楠猶豫了一下，終於妥協了，劇烈的頭痛絲毫沒有減輕的感覺，為了讓自己此刻保持清醒的頭腦，她掏出了隨身帶著的小藥盒子，從裡面倒出了最後兩粒散利痛，就著桌子上不知道什麼時候放的一杯冷水仰脖喝了下去。李曉楠的心情糟糕透了，又眼睜睜地看著一個病人死在自己的手術檯上。作為一名急診科醫生，卻無力挽回生命，李曉楠感到從未有過的深深自責。

　　電腦終於進入了醫院平臺頁面，李曉楠隨即調出了一個月以來自己所經手的每一個急診案例，甚至查閱了科裡其他醫生的病歷報告。隨著一頁頁病歷的翻動，她的目光中再也看不見剛剛走下手術檯時那疲憊的神色，取而代之的是莫名的恐懼與疑惑。

粗略看過所有病歷後，李曉楠拉過滑鼠，點選了幾份有疑問的病例，最後按下了「列印」，列印機在刺耳的「吱吱嘎嘎」的聲中開始了工作。

　　儘管知道私自列印病歷是違反院裡的相關保密規定的，但是李曉楠卻顧不了那麼多了。列印機結束工作後，她迅速把厚厚的幾頁紙收了起來，放進了自己的抽屜中。這幾頁病歷的主人都沒有能夠順利地走下急診室的手術檯，每一頁病歷的最後都有這麼一句冰冷的話語 —— 該病患已經死亡！

　　做完這一切後，李曉楠長長地鬆了口氣。她剛要伸手去拿辦公桌上的電話機聽筒，想了想，又抬頭看了看牆上的掛鐘，才凌晨三點多，這個時候給人家打電話不好。她微微一笑，或許是太多的止痛片終於起了作用，沉沉的倦意迅速衝進了她的腦海中。李曉楠下意識地伸了個懶腰，趴在辦公桌上，很快就進入了夢鄉。

　　窗外，夜空中沒有半點星光，沒有一絲風，空氣依然悶熱難耐。遠處傳來的熟悉的急救車鳴笛聲，很快就被空調的嗡嗡聲給淹沒了。李曉楠睡得很熟，她太累了，所以周圍隨後所發生的一切對於她來講，似乎都已經無關緊要了。

　　辦公室的門在被輕輕地打開後，沒多久又被輕輕地關上了，一個黑影迅速閃進了過道盡頭的另一間空辦公室，裡面一片漆黑。黑影掏出了手機，按下了一個快撥鍵，電話在響過一聲後就被接通了。黑影隨即壓低了嗓門：「她可能發現了我們的祕密，我檢視過電腦訪問紀錄。我該怎麼辦？……這樣合適嗎？……好的，好的，一切都聽你的。」

　　電話很簡短，前後不過幾秒鐘的時間。黑影結束通話電話後，閃出了辦公室。他左右看了看，過道裡靜悄悄的，沒有一點聲響。為了節約電費

開支，醫生辦公區的走廊每天晚上都不開燈，所以黑影根本就不用擔心此時有誰會注意到自己。他熟門熟路地推開了樓道旁的一扇小門，迅速離開了辦公區的範圍。

第二天一早，離八點換班還有很長的時間，汪松濤教授同往日一樣早早地來到了醫院。今天是週三，他有門診，不用打聽，此刻門診大廳裡掛他號的人肯定已經排到了大門外。所以每週的這天，他都必須比平時早一個小時來上班。

剛走進醫院門診大樓，就有人在身後叫住了他：「汪教授，等等我！」

汪松濤一愣，轉身看去，立刻就認出了來人正是自己的得意門生李曉楠，他的臉上隨即露出了關切的笑容。

「還沒下夜班啊，小李？」

李曉楠點點頭，滿臉凝重：「汪教授，我想和您談談！」

「哦？有什麼事嗎？我等等還有門診。」

「我知道，就耽誤您一會兒時間。您說過我遇到任何困難都可以來找您的，而這件事情非常重要，去您的辦公室，可以嗎？」李曉楠神情執著地拍了拍手中抱著的一個檔案袋。

「好吧，那就跟我來！」汪松濤顯得很無奈，轉身向樓上走去。

＊　　＊　　＊

上滿發條的老式鬧鐘總是能夠及時把章桐從沉沉的死睡中驚醒。儘管這個鬧鐘已經陪伴了她十幾年，外表早就已經鏽跡斑斑，但她卻還是沒有辦法習慣鬧鐘所發出的刺耳尖叫聲，所以每天早上只要鬧鐘一響，章桐立刻就醒。緊接著就是一個常年不變的動作——撲向鬧鐘，按下鬧鈴開

關。基本上這套動作做完，房間裡重新又恢復平靜時，章桐要想再睡回去，那就已經是不太可能的事情了。

這是一個有點悶熱的早晨，雖然還是清晨六點，可是窗外卻已經早早地顯露出了耀眼的太陽光。章桐深吸了一口氣，下了床，扭動著腳趾穿上了拖鞋，懶懶地向盥洗室走去。身後，劉春曉送給她的一隻一歲半大的金毛犬則打著哈欠乖乖地走回了臥室門口的小窩裡，這表示著牠守夜的使命完成了，而新的一天也由此開始了。

妹妹失蹤的案子了結後，章桐不顧母親的反對，把原來家裡的老房子賣了，重新在城市的另一頭貸款買了一套小兩居。房子並不大，毫不誇張地說只有原來老房子面積的三分之一，最糟糕的是兩間臥室全都背陰，對於在一年四季中有三個月是雨季的天長市來說顯然是一個不太明智的選擇。可是儘管如此，簽合約付定金的時候，章桐卻一點都沒有猶豫過。她只想盡快換個環境，好讓自己的生活恢復平靜。

她走進鴿子籠般擁擠不堪的廚房裡，打開水龍頭開始接水準備下麵條。老姨做完眼角膜移植手術後，就回老家去了，母親也就有時間去舅舅的醫院裡接受調養。其實章桐也明白，名為調養，實為散散心，換個環境居住而已。舅舅的話說得一點都不錯，像自己這樣的特殊工作，再要照顧一個年紀大的老人，真的是不太現實，所以，章桐也就逐漸聽從了舅舅的善意勸告，只是在有空時才去療養院看望母親，或者，趁天氣好時帶她出去轉轉。

在等水燒開的間隙，章桐又重新溜進了盥洗室，開始認真地打量起鏡子中的自己，眼睛腫脹不說，還有紅紅的血絲，這都是因為昨晚加班趕了一個屍檢報告。說實話，章桐早就已經記不清這個月裡加了多少個晚班

第四章　墮落的天使

了。自從法醫室的老鄭退休後，整個天長市重大刑事案件的屍檢工作以及最後把關審閱的一系列瑣事就都壓在了她一個人身上，章桐都忙暈了。她下意識地伸手摸了摸自己厚厚的眼袋，暗暗嘆了口氣。工作忙是好，但是，章桐總覺得這樣一來自己的生活中就少了點什麼，難道這就是所謂的「有得必有失」嗎？

匆匆吃完麵條，章桐換好衣服後，拿上挎包和鑰匙，準備出門上班。她剛走到門口，正要打開門，身後卻傳來了一聲輕輕的狗吠。

章桐的臉上頓時閃過一絲笑容，她抿著嘴轉過身，蹲下，親熱地伸手拍了拍金毛饅頭寬寬的大腦袋，饅頭則仰著一張憨厚的狗臉討好地注視著新主人，嘴裡叼著一隻早就被咬得面目全非的棒球。

「饅頭，我要上班去了，你好好看家，等我回來帶好吃的給你！」

饅頭似乎聽懂了章桐的囑咐，它搖了搖毛茸茸的大尾巴，乖乖地把球放在地上，然後站著一動不動。饅頭是劉春曉執意要送給章桐的，當然了，劉春曉這麼做也帶有一種賠罪的性質，自己工作忙，總是不在章桐身邊。話說出口當然不是這樣的，劉春曉性格比較內向，只是說章桐一個人住，身邊有隻狗相伴，總要感覺放心一點，而饅頭也很通人性，每晚忠實地守護在章桐的床前，這樣一來，只要伸手摸到那毛茸茸的大尾巴，章桐晚上睡覺就會踏實多了。

走出樓棟的時候，章桐一抬頭，天空不知道何時竟然變得陰沉了，剛才還明晃晃的陽光好像從未出現過一樣，東邊出現了一片黑壓壓的烏雲，風一陣一陣地大了起來，空氣自然也就沒有那麼悶熱難耐了。

章桐皺了皺眉，沒想到天變得這麼快，今天看來一場雷陣雨是避免不了的了。她伸手在挎包裡摸了摸，直到觸到了一把硬硬的傘骨，這才放心

地走下了樓梯，頂著風，斜著身子，向不遠處的公車站臺快步走去。

　　儘管早起了一個鐘頭，章桐還是坐著笨重的公車在擁擠的馬路上左衝右突了四十多分鐘後，才遠遠地看到天長市警局的大樓。這座六層高的建築，在對面光鮮亮麗的十二層高的天長市中國銀行大樓的映襯下，顯得更加陳舊，灰色的外牆、鋁窗、玻璃門，還有每一個進出大樓的人臉上那長年累月的疲憊的神情，讓章桐不由得默默嘆了口氣。她走下公車，沿著警局大樓前的臺階拾級而上。

　　「章法醫，妳來得可真早！」

　　和章桐打招呼的是保全老馬，他的晚班還有半個鐘頭才結束，堅持了一個晚上，再壯實的年輕人的臉色也不會好看到哪裡去，何況老馬。章桐知道，老馬總是選擇上晚班也是有難言之隱的，要不是為了替女兒累積上大學的費用，五十歲的老頭也不至於為了那少得可憐的幾個夜班津貼而天天晚上賣命上班啊！

　　「老馬叔，還沒下班啊？你要注意身體，多休息。」

　　「還沒下班呢，不過也快了。謝謝關心！」老馬的臉上永遠都洋溢著幸福和滿足的笑容。

　　章桐急匆匆地走進大廳，在等電梯的間隙，她瞥了一眼通往刑警隊辦公室的走廊拐角。不出她所料，王亞楠的辦公室裡依然亮著燈。看來昨天晚上又有案子了。不過話又說回來，平時即使沒有案子，王亞楠作為刑警隊的一把手，又是一個女人，不拚命工作的話，在這個男人的圈子裡是很難站得住腳的。

　　相比之下，章桐感覺自己要幸運多了，她不由得無聲地苦笑了下，沒人會和自己爭法醫這個位置的，大家躲還來不及呢！人們對於死人總是有

著一種天生的畏懼感。章桐對著電梯裡的鏡子看了看，幾乎天天和死人打交道，她唯一擔心的是，這種坦然面對死者的感覺哪一天會突然消失，要真是那樣的話，那就糟糕了。

電梯裡除了章桐以外，沒有別人，本來除了法醫室那寥寥無幾的工作人員外，就沒有人會沒事上那個冰冷的地方串門。所以，章桐平時上班一點都不用擔心會在狹窄的電梯裡被擠得喘不過氣來。

紅色的指示燈顯示地下一層到了，隨著電梯門緩緩打開，章桐迫不及待地跨了出去，沒想到卻和一個人撞了個滿懷。

「潘建，怎麼啦？一大早就風風火火的，到底出什麼事了？」章桐一邊倒吸著涼氣蹲下身子伸手揉被潘建踩痛的腳趾，一邊抬頭皺眉抱怨道。

話音剛落，還穿著工作服的潘建卻早已鑽進了電梯。他伸手按住了正要關閉的電梯門，探出頭來，並沒有正面回答章桐的問題。

「章法醫，剛才有妳的電話，打到辦公室了，打了兩次，是個女的，姓李。她急著找妳，說是天使醫院的，妳的同學！」

「哎，你說詳細一點，她說有什麼要緊事嗎？」章桐猛然意識到因為搬家，所以還沒有來得及把新的電話號碼發郵件告訴朋友，之前因為手機不慎丟失而不得不重新換了號碼，這段日子工作一直很忙，很多事碰在一起，也就自然而然地把這些瑣事給丟在腦後了。想到這裡，她趕緊站起身，剛想追問，話說到一半，電梯門卻已經牢牢地關上了。

「這小子，火急火燎地趕著去投胎啊！」章桐無奈，只能嘟嘟囔囔地轉身向走廊盡頭的法醫辦公室快步走去了。她可不想再誤了這個突然到來的電話，說不準真的有什麼要緊事呢，看潘建剛才一臉嚴肅的神情，不像開玩笑的樣子。

一推開法醫辦公室的門，撲面而來的就是一股隔夜的炸雞腿的味道，混雜著辦公室裡本來就有的濃濃的消毒水氣味，章桐的腦袋不由得有些暈暈的，她把排氣扇開到最大擋，又反手把門打開。看著辦公桌上一堆亂七八糟的肯德基食品袋，章桐只能在開始一天的工作前先清理乾淨。

　　最後一個油花花的紙袋子被塞進了圓圓的垃圾桶，章桐還沒來得及喘口氣，潘建像三分鐘熱風一樣衝了進來，滿面笑容，手裡抱著個大紙袋子，肯德基叔叔正在上面咧著大嘴巴憨笑著。

　　「不會吧，你還吃？這辦公室裡都什麼味道了！」章桐終於爆發了，「我已經忍你大半個月了。」

　　沒想到潘建聽了這話後卻立刻一臉的委屈：「章法醫，我也沒有辦法啊，小辛在對面肯德基餐廳上班。」

　　「小辛？」章桐立刻恍然大悟，「我說你這個學醫的怎麼就突然迷上這些亂七八糟的東西了呢，原來你是……」

　　潘建點點頭，有些臉紅了：「這也是人家的一番心意嘛！」

　　「唉——」章桐長嘆一聲，「你啊，真是的！對了，那電話沒再打來，你記下號碼了嗎？」

　　潘建趕緊把手裡的紙袋子隨手放在了工作臺上：「當然有，我記下了！」說著，他在工作臺上一通亂翻，終於在角落裡找到了一張淡黃色的小紙片，轉身遞給了章桐，「這是她的電話號碼和留言。她說她等等可能沒空打了，要出診，所以叫你下班後去這個地方碰頭。她有重要東西要給你看！」

　　「是什麼時候打的？」

　　「七點差一刻的時候。」

第四章　墮落的天使

章桐皺了皺眉，看著手中的字條：「你直接說六點四十五分不就得了，麻煩！」

潘建委屈地撇了撇嘴，視線落到了工作臺上還在冒著熱氣的肯德基外賣上，又抬頭看了看面前的頂頭上司，不由得嚥了口唾沫，小心翼翼地問道：「章法醫，妳還沒吃早飯吧，這肯德基，還熱著，妳吃不吃？」

章桐搖搖頭：「還是你自己吃吧，別辜負了人家小女孩一片心意！」

在去更衣室的路上，章桐滿腦子裡就一句話 —— 傍晚五點三十分，鳳賓路上星巴克咖啡館，李曉楠。

窗外，烏雲密布，雷聲隆隆，一場大雨傾盆而下，刺眼的閃電猶如醜陋的蜈蚣般，時不時地在天空中劃過。狂風夾雜著豆大的雨點，沒一會兒的時間，天地之間就編織起了一道讓人幾乎喘不過氣的厚厚的雨簾。

＊　　＊　　＊

「真可憐，這人還是個孩子，比我小不了多少。」潘建一邊按快門，一邊在嘴裡嘟囔了一句。此刻，章桐正彎著腰蹲在一具男性屍體旁，這具屍體年齡不超過十八歲，被棄置在天長市郊外的荒地裡已經將近兩天的時間了。現場周圍湖泊和水道交錯，離海邊有四十五公里，屍體就在一條小河邊，一半在水中，一半在岸上，臉部朝下。身穿一件藍白相間的校服，染有明顯血跡，後背印著「天長市第一中學」的字樣。

不遠處的警戒帶外，王亞楠帶著助手小鄭正在和匆匆趕來的天長市一中教導主任說著什麼，時不時還朝章桐這邊看上一眼。

章桐朝天空看了一眼，滿臉的擔憂。

「快點做事吧，很快雨就要下到這邊來了。」

「沒事，章法醫，這是陣雨，郊外下不到的。」

章桐皺著眉仔細地檢驗著屍體。死者生前肯定是一個體格非常強壯的人，肌肉發達，身材高大。屍體渾身遍布了各式各樣的傷痕，以至光憑目測，一時之間無法數清死者究竟被扎了多少刀。但是有一刀卻是很致命的，在他的心臟部位，一個很深的刀口。這一刀下去，死者是撐不了多少時間的。她回頭又看了看案發現場，從現場依舊存在的血跡範圍來看，凶殺發生在方圓五公尺左右，持續過程較長，由此可見，在這荒郊野外，死者曾經與凶手進行了激烈的搏鬥。

匆匆做完屍表檢查後，章桐示意潘建一起抬起屍體，和王亞楠打了聲招呼，就直接向法醫車走去。

回到局裡後，章桐剛進辦公室準備相應的工作記錄表，就在門口碰到了刑警隊重案組的小王，她身邊跟著一位頭髮花白的中年男子，神情非常痛苦。

「這是王強的父親。他孩子兩天前失蹤了，今天得到消息剛剛趕來。」

一陣尷尬之後，章桐先打破了沉默：「跟我走吧，屍體就在隔壁解剖室，剛運回來。」

王強的父親木然地點了點頭，緊緊地跟在兩人的後面。在走到解剖室門口時，章桐停下了腳步，回頭認真地說道：「有件事，我得提醒大家，屍體在郊外已經被棄置了兩天左右，有些腐爛，你們要有心理準備。」

一聽這話，王強父親的臉上頓時掛滿了悲傷，卻自始至終都沒有多說一句話，只是不停地點頭。

推門走進解剖室，由於要儲存屍體，所以，解剖室的溫度控制在十五攝氏度左右，初來乍到的人在心理壓力的作用下，就會無形之中產生一股

陰森森的感覺。那具河邊發現的屍體就放在最中間的那張寬大的解剖臺上，蓋著一層白布，正式的驗屍工作還沒有開始。潘建在一邊已經準備好了解剖工具。

章桐首先拿過了在另一張解剖臺上放著的從屍體上脫下來的校服，孩子的父親抿緊了雙唇。

接下來，當死者身上蓋著的白布揭開時，孩子父親臉上的表情一下子就變得極度緊張，儘管屍體的頭面部已經出現了明顯的腫脹變形，但是，基本輪廓還是可以很清晰地辨認出來。他強迫自己仔細看了看，頓時痛哭失聲：「是他！是強子！我兒子……」

「王先生，您能確定這就是您的孩子？」

「那是！你看他的眼角，那道疤還是上週打籃球時蹭破的，我帶他去醫院縫合的……我的兒子……」

章桐順著他手指的方向看過去，果真，死者的左眼角部位一道尚未完全癒合的傷疤清晰可見，針腳依稀可辨。她隨即衝潘建點了點頭，趕緊拉過白布蓋回到屍體上去。

小王一邊引著王強的父親向解剖室外走去，一邊耐心地說道：「您別太傷心了，案子我們會盡快破的。孩子已經去了，我們需要您的大力協助……」

等他們離開解剖室後，章桐趕緊示意一邊早就等在那裡的攝影師開始工作。她很清楚解剖這具屍體對於進行屍檢的法醫來說，會是一次比較煩瑣的工作體驗。死者全身上下布滿傷痕，法醫必須仔細辨認出這些傷口是凶器造成的，還是受害者死後被棄置在小河邊時，被動物光顧過的痕跡。這些傷口的一一辨認對於凶手和凶器的確認有很大的幫助，甚至能夠幫助

重現凶案發生時的情景。

在死者的後頸部，章桐找到一處一公分左右長度的刀傷。這個傷口雖然並不足以致命，但是卻會引起大量失血，從而使受害者的體力迅速下降。

隨後，章桐又在死者右太陽穴發現了一處兩公分深的傷口：「小潘，你來看，這是類似棍棒之類的東西猛擊造成的，這一擊的力量非常大，和剛才後頸部的傷口完全不是一個人造成的。這一擊的後果直接導致死者的脊柱斷成兩截，使死者無法站立。」

「你的意思是當時的凶手不止一個人？」

章桐點點頭，走到工具桌旁，拿起一個彎角尺，重新又來到死者頭部所處的位置邊，指著頸部前方的傷口說道：「還有這邊，兩處鋸齒形的傷口，一個四公分長，一個五公分長，橫貫頸前部，但是力道沒有那麼重，只是劃破了死者頸部表皮，引起了出血，說明凶手是一個力道很小的人。」

她又把死者的頭向左邊轉過去，在死者的頭骨後方，發現了幾處凹痕：「拿 X 光機過來，我們掃描看一下。」

潘建點點頭，趕緊拽過了笨重的 X 光機。經過掃描，顯示凹痕處的頭骨已經碎裂，是用鈍器用力擊打造成的，從傷口形狀來看，至少擊打了三次才會形成這樣的傷口。

「章法醫，這個傷口又和前面的幾處不一樣了！」

「肯定還不止這幾處，全身都要看。你推一下機器，朝下體方向。」

果然，幾分鐘後，死者小腿部的傷口就赫然出現在大家面前，死者兩條小腿已經完全粉碎性骨折，是被棍棒之類的凶器直接敲打造成的。

第四章　墮落的天使

在檢查到死者的腹部時，章桐發現了一處開裂的三公分傷口，傷口很深，打開死者胸腔後，愕然發現這處傷口已經直接貫穿了死者的腹部，在後背處有一個小小的裂口。

而最致命的一處傷口在死者的心臟部位，兩個心房和兩個心室共有三處被扎破的痕跡，凶器穿透心臟直接扎破了左肺。

屍體的慘不忍睹讓在場的兩個法醫感到從未有過的心理壓力，究竟是誰會對這麼一個還未走出校園的孩子下這麼狠的手？

這時，王亞楠推開解剖室的大門匆匆忙忙地走了進來，邊走邊打噴嚏，一臉的疲憊。

「王隊長，你沒事吧？」潘建抬起了頭關心地問道，「要不要叫我們章法醫幫你看看病？」

「去你的！哪有法醫給活人看病的？」王亞楠嘟囔了一句，話鋒一轉，面對章桐問道，「情況怎麼樣？」

章桐指了指屍體的屍表：「綜合所有傷口，我推斷出至少有四種凶器，分別是包有鐵皮之類的棍棒，導致了死者深達頭骨的傷口；很粗的棍棒，導致死者太陽穴上的傷痕，脊柱斷裂；長長的匕首，刀尖至搖桿有十五公分以上的，這造成了貫穿死者腹部的傷口；還有一種，帶有鋸齒的，這與死者頸部的傷口相吻合。

「可是，據我的經驗，像這種暴力型的犯罪，凶手是很少在行凶過程中更換手中的凶器的，更別提凶器有四種之多。再加上死者身上同時具有鈍物擊傷、刺傷，而且遍布死者全身的傷口有深有淺，可見凶手下手時力道不一，也就是說，造成這起案件的犯罪嫌疑人不止一個，可能是一個團夥。他們在將受害人置於死地之前，故意折磨他，讓他痛苦不堪。」

「這些究竟是什麼人幹的？有那麼恨一個孩子嗎？」王亞楠倒吸了一口冷氣。屋裡的寒意讓她又打了個噴嚏。

＊　　＊　　＊

為了能夠確定受害人死亡的確切時間，章桐把從屍體身上早就取下來的幼蟲標本轉交給了精通法醫植物生態學的同事老趙。雖然說死者在被發現屍體前已經失蹤兩天了，但是，這並不表明死者就是失蹤那天死亡的，必須要有確切的證據來確定一個時間範圍。

利用昆蟲學知識來推斷死者死亡的時間是法醫領域當中一種非常有效的辦法，尤其是面對這些已經進入腐爛期的屍體。這些昆蟲的幼蟲，很大部分就是平常所說的「蛆」，它們是最早光顧屍體的「客人」，幾乎是在死亡發生後沒多久，就在屍體上安家落戶了。專業的法醫會根據屍體上所提取到的蒼蠅幼蟲蟲體的長短、蟲齡、類型，粗略估算幼蟲生長年齡，以此推斷死後間隔時間，當然，這也要結合當時所處的溫度、溼度以及季節來綜合分析。此外，屍體上昆蟲的類型不僅只有蒼蠅的幼蟲 —— 蛆，還有很多其他昆蟲，因為對於它們這些大自然的細小生物來說，屍體就是一場盛宴，而不同品種的昆蟲在屍體上出現的順序、時間也有一定的規律，透過研究這些昆蟲幼蟲相互交替的品種及其規律，就可以順利推斷出受害者的死亡時間。

很快，結果就出來了，直至屍體被發現，死者在小河邊待了整整兩天的時間。

＊　　＊　　＊

章桐正在埋頭寫著屍檢報告，王亞楠的電話就打來了：「小桐，下班後去哪裡吃飯？」電話中王亞楠的聲音聽上去有些懶懶的，提不起精神。

　　章桐抬頭看了看牆上掛著的大鐘，離五點下班還有半個鐘頭，此時要是沒有案子的話，今天應該能夠準時下班的：「亞楠，我五點半有個飯局，在星巴克，是一個老同學，要不，妳一起去吧？」

　　「好啊，我等等來找妳！對了，那老同學是……」

　　章桐並不笨，她太了解自己這個好朋友的鬼心思了，於是，微微一笑，把話接了下去：「女的！妳放心吧，妳不會當電燈泡的。她有事找我，妳就順便一起去吧，就當陪我啦，也認識認識她。我和她有段日子沒有見面了，她可是當初我們醫學院裡出了名的系花啊。」

　　「好啊！」王亞楠爽快地答應了，「對了，那個案子結了，就是郊外那個中學生被害案。」

　　「是嗎？抓住凶手了嗎？」

　　王亞楠長嘆一聲：「五個還沒有成年的孩子，跟那個死者還是同班同學呢。一起玩網路遊戲入了迷，結果相約去郊外比個高低，同時要懲罰一下那個自視清高的孩子，就模仿著網路遊戲中的鏡頭對受害者下了毒手。現在這幫孩子，真的是沒治了！」

　　章桐的心情也隨之變得沉重起來，她想了想，勸慰說：「算了，亞楠，別想太多了，案子破了，對死者也是個交代，我們就是幹這行的，想開點好，都習慣了。這個世界上，悲劇是每天都在發生的。」聽了這話，王亞楠沒吭聲。

＊　　＊　　＊

　　此時，在城市的另一頭，天使醫院急診科辦公室，急診科醫生李曉楠正心不在焉地抬頭看著辦公桌上電腦顯示的時間。她已經不記得這是一個鐘頭裡第幾次看時間了，以前她從未有這麼心神不寧過，現在卻感覺自己

每一天似乎都如履薄冰。昨天，院裡的高層已經話裡有話地警告過她要安心工作，不要為一些子虛烏有的事情四處打聽，擾亂醫院的秩序，不然的話，自己的工作合約隨時都有可能會被終止。而今天，她得面對這一切了，不過，在院方正式剝奪她的醫生身分之前，她必須盡職，必須忠於自己的諾言。想到這裡，她又一次把焦急的目光投向了身邊辦公桌上的電話機，老同學現在肯定已經出發了吧，現在或許真的只有她才能夠幫自己的忙了。

正在這時，晚班同事孫月琴興沖沖地推門走了進來，同時用力甩了甩手裡的雨傘，嘴裡嘟囔著：「好大的雨啊，撐傘都不管用！曉楠啊，我接到你的電話後，今天可是冒著大雨提前一個鐘頭出門的。妳有事就快走吧，主任那邊有我擋著呢，放心吧！」

一聽這話，李曉楠臉上緊張的神色頓時顯得輕鬆多了，她一邊站起來，一邊整理著辦公桌上雜亂的筆記本。

「那太謝謝妳了，孫姐，下回接妳班的時候我一定會把時間補回來的。」

「看妳說的。我們兩個還分那麼清楚不就太沒情分了嘛。快去吧，別耽誤事了！」

孫月琴比李曉楠整整大了兩歲，所以平時說話就顯得老成許多，她注意到了李曉楠蒼白的臉色，忍不住關心地問道：「曉楠，妳沒事吧，臉色這麼差？以前妳可不是這樣的啊！沒休息好吧？」

李曉楠靦腆地笑了笑：「這幾天大家都很累，我今晚回家好好睡一覺就沒事了。」

「這樣啊，那路上小心點。下大雨，路上的車子都不長眼。看把我新

買的褲子給濺得都是泥巴。」孫月琴又開始抱怨起外面沒完沒了的大雨。

「我知道了。謝謝妳，孫姐！」李曉楠刻意把昨晚準備好的列印件塞進了挎包的內夾層，以防被雨水打溼，然後端過電腦旁邊的半杯咖啡一飲而盡，向孫月琴點點頭，隨即快步走出了辦公室。

窗外，雨越下越大，晚班護士長拉長著臉站在窗口看著屋外的雨勢，忍不住嘀咕道：「這雨究竟下到什麼時候才到盡頭啊？這種下雨天是最容易出車禍的了，我擔心今天晚上又要忙個不停了！」

「你別瞎說，烏鴉嘴！」教訓別人的話是很容易就說出口的，可是孫月琴的心裡卻也隨之有些七上八下，她的目光落在了辦公桌對面李曉楠那空空的辦公椅上，「到底出什麼大事了，這種鬼天氣還要出去？」

鳳賓路上的星巴克咖啡館和天使醫院就只隔了兩條街，平時步行只需十多分鐘，看看離約定時間還早，李曉楠就打定主意步行。在走出醫院大門的時候，她又一次撥打了章桐辦公室的電話，得到的回覆是章法醫已經看到留言了，李曉楠這才放心地掛上了電話。她把肩上的挎包帶子往上拽了拽，好讓自己的雙手能夠最大限度地騰出來撐住手中這把沉重的大傘。

「李醫生，雨太大了，妳等等再走吧。」保全老王善意地提醒道。

「沒事，」李曉楠微微一笑，揚了揚手裡的傘，「王叔，這傘，我明天還你。」

「不急，李醫生，回家好好休息吧，路上小心！」

看著李曉楠纖弱的背影逐漸消失在茫茫的雨霧中，保全老王點點頭，轉身慢慢走回了小值班室。這天使醫院裡的醫生大大小小的他幾乎都認識，但是像李曉楠這麼平易近人的醫生，真的很少。再加上每次見面，總

是親熱地叫自己王叔，老王的心裡就會有一股微微的暖流劃過。雨還在不停地下，關上玻璃門的那一刻，老王輕輕地嘀咕了一句：「真是好人！」

＊　　＊　　＊

終於可以看到馬路對面的星巴克咖啡館招牌了，李曉楠微微鬆了口氣，把漸漸滑落的挎包往肩膀上再用力拽了一下。雨越下越大，想著只要走過馬路就可以躲開眼前這場傾盆大雨時，李曉楠不由得加快了腳步。

在馬路邊的安全島上等待紅燈的人很多，因為很多人都沒有帶傘，所以小小的安全島的遮雨棚下幾乎都擠滿了人，李曉楠漸漸地被擠到了安全島的邊上。

「小心點嘛，傘拿過去一點！都戳到我了！」耳邊傳來了小聲的抱怨，李曉楠趕緊把手中的傘往一邊傾斜，同時尷尬地笑了笑。

眼前的紅燈似乎特別漫長，等了老半天，還沒有讓人走的意思。李曉楠不由得有些焦急了。

突然，她感覺自己脖子後面似乎被什麼蟲子咬了一下，一陣輕微的疼痛瞬間閃過。她下意識地騰出右手去摸，卻什麼都沒有摸到。正在狐疑之際，一陣奇怪的眩暈襲來，李曉楠發覺自己再也站不住了，身體一軟便順勢倒向了右手邊的馬路沿上。

在倒下的那一刻，她一回頭，很驚訝地認出了站在身後的人。當視線接觸到那人手中一閃而過的亮晶晶的東西時，李曉楠不由得皺起了眉頭。

可是，太晚了，當周圍的人們意識到身邊有人倒下時，一輛黑色的LEXUS已經來不及煞車，車輪無情地從她身上碾壓了過去。

李曉楠眼前一黑，一切都結束了。

第四章　墮落的天使

＊　　＊　　＊

　　「到了嗎，小桐？這雨太大了，我都快要看不清楚前面的路了，待會在哪裡停車還是麻煩事呢！」王亞楠不停地抱怨道。她用力地按著喇叭，可是，車頭前面的行人卻好像根本就沒有長耳朵一樣，依舊自顧自地朝前匆匆忙忙地走，車子在人流和車流中就像蝸牛一般慢慢地爬著。

　　「別急，就在前面，妳車頭轉過去就是了。這都已經到鳳賓路上了。」章桐也有些著急了，距離約定的會面時間已經過了十多分鐘了，她努力朝著車窗外看著，生怕車子開過了頭。

　　突然，前面的人流越來越稀少，漸漸消失了，取而代之的是一根再熟悉不過的藍白相間的警戒帶，一個身穿警察制服的人正狼狽不堪地清理著場地，進行交通管制。

　　「出什麼事了？難道出了交通事故？」章桐和王亞楠面面相覷。

　　「亞楠，妳把車停一下，我想出去看看。反正車子現在也開不了了。」說著，章桐從挎包裡拿出傘，打開車門，走了出去，大風夾雜著豆大的雨點刮進了狹小的車廂裡。章桐轉過身，扒著車門低頭對王亞楠說道：「妳先找個地方停車，等等到前面找我，我先去看看！」

　　「好吧，聽妳的。」王亞楠知道拗不過章桐，只能無奈地點點頭，關上車門，把車子向馬路的另一邊開去。

　　雨勢一點都沒有減弱的跡象，相反卻越下越大，章桐不免有些心情煩躁起來，一邊撐著傘，一邊向前快步走著，很快就來到了警戒帶的邊上。她注意到前面二十公尺左右遠的地方就是和李曉楠約定見面的星巴克咖啡館，此刻，儘管下著大雨，馬路兩邊卻站了好幾個圍觀的人，大家撐著傘，都在神色緊張地注視著警戒帶裡的動靜。章桐並沒有在人群中看見李

曉楠，不免有些詫異，這個老同學是急診科醫生，難道她沒有注意到就在離她不遠處發生的這起車禍嗎？

耳邊除了嘩嘩的雨水聲，幾乎聽不到別的聲音，那一刻，章桐忽然有一種難以名狀的孤獨感。

「女士，請您繞道走，好嗎？這裡剛才發生了交通事故。請您配合我們的工作！」渾身被淋個溼透的年輕小警察走到章桐的身邊，禮貌地攔住了她的去路。

「哦，是這樣的，我是市警局的首席法醫章桐，這是我的證件。」回過神來的章桐掏出了自己的工作證，遞給了面前的年輕警察。她注意到了警戒帶裡面不遠處地面上躺著的那個人，雖然被警用雨衣蓋住了，但是那一動不動的身體顯然已經沒有了生命的徵兆。

「方便讓我看看現場嗎？」章桐緊接著問道。

「這……」小警察顯然有些措手不及，他把證件遞還給了章桐。

「我們都是一個系統的，我只是看一下，不插手現場。」章桐無法解釋自己為什麼突然會對眼前一起普通的交通事故這麼感興趣，自己一般接手的都是敏感的命案現場，交通事故中死亡的人自然會有專門部門的人前來檢驗。

小警察猶豫了一下，隨即點點頭。「好吧，你進來吧！」他似乎又想到了什麼，趕緊解釋，「不過這看上去是一起交通事故，不是刑事案件，你們市局的法醫……」

「沒事，我就看看。等你們的人來，我馬上就走，我不會動現場的。」章桐開始為自己的這個冒失的念頭感到後悔了，事後肯定會聽到一些人的抱怨和不滿，年輕警察說得沒錯，顯然沒有人會喜歡別人插手自己的工作

的。可是想歸想，她卻還是加快了腳步來到蓋著雨衣的屍體邊上。由於下雨，地面上已經看不到鮮血的痕跡，相信等會兒把屍體抬走後，用不了多長時間暴雨就會把地面沖刷得乾乾淨淨，沒有人會想到這裡曾經發生過一起悲慘的車禍。

　　章桐在屍體邊蹲了下來，伸出右手輕輕拉開了蓋在死者臉上的雨衣。突然，周圍的雨聲停止了，章桐的腦海裡一片空白，她感覺自己的胸口被狠狠地揍了一拳，抽搐般地吸了口氣，一股說不出的噁心感覺隨即迅速襲上心頭——她太熟悉這張被雨水打溼的毫無聲息的臉了。

　　「李曉楠——」章桐顫抖著聲音脫口說出這個特殊名字的瞬間，淚水頓時奪眶而出。

第五章　神祕錄影

　　監控錄影是黑白而且沒有聲音的，所以當畫面中一個身穿淺色衣服的人突然毫無徵兆地癱倒在安全島外的馬路上時，章桐忍不住一聲尖叫。可是，還來不及等她做出任何反應，畫面右上角就很快駛來一輛深色的轎車，直直地在穿淺色衣服的人的身上碾壓了過去！

「小桐，妳怎麼了？出什麼事了？」王亞楠從沒有在章桐的臉上看見過這麼糟糕的表情。

「她就是我們要去見的人。」章桐伸手指了指地上躺著的李曉楠，感覺自己的喉嚨隱隱作痛。

「妳說什麼？這就是……」王亞楠意識到了情況的不妙，「不會這麼巧吧？妳確信是她？」

章桐默默地點了點頭，身體卻依舊一動不動地蹲在死去的李曉楠身邊。

「小桐……」王亞楠實在找不出合適的言辭來安慰自己的好朋友，只能把視線轉而投向地面上蓋著雨衣的屍體。

正在這時，交警大隊事故科的人終於趕到了，一聽說市局刑警大隊的隊長和法醫都在，不由得感到很詫異。他撐著傘來到王亞楠身邊，剛要開口詢問，王亞楠意識到了局面的尷尬，趕緊把章桐拽了起來：「對不起，死者是我同事章法醫的朋友，我們正好經過這裡，所以來看了看，我們馬上離開，請您繼續工作！」

「哦，沒事的，只不過我剛才向現場目擊者了解了一下事發情況，基本上可以確定是一起交通意外。死者不知什麼原因在安全島上等紅燈時不慎摔跤，跌落到馬路上，很遺憾，撞到了迎面駛來的小轎車，而小轎車當時的車速並不慢，所以當場死亡。肇事司機已經被我的同事帶到交警大隊去了。妳們要不要一起過去看看……」

「不，不，沒事！我們馬上就走！」王亞楠心裡明白眼前的情況最好是趕緊見好就收。她轉身剛想提醒身邊一直默不作聲的章桐，誰想到後者卻先開了口：「屍體沒被移動過，是嗎？」

交警大隊的人不由得皺了下眉毛：「最先接到報案趕到現場的同事說他來時死者就是這樣躺著的。」

「她隨身帶著的包呢？還有，這麼大的雨，她不可能沒有帶雨具的。亞楠，這案子有問題！我想看看監控錄影！」說著，她伸手指了指離自己不遠處的一個交通監視器。

氣氛一下子又變得微妙起來，事故科的人的臉上的笑容明顯有些掛不住了。

王亞楠急了，她不容分說硬是把章桐拉離了現場，直到離開警戒帶五十多公尺遠的距離，這才忍不住怒吼了起來：「小桐，妳太不像話了，我知道妳朋友意外去世，所以妳心情很難受，這一點我可以理解，但是，我們辦案是有嚴格規定的，交警不把案件移交給我們，我們就不能夠插手妳明白嗎？今天讓妳進現場都已經是很不錯的了。我敢打賭，今天讓妳進現場的那個小警察等等回去為了妳還得挨罵。妳就替別人想想吧！別神經質！」

「可是她的包……」章桐的臉色有些發白。

「包又怎麼了？也許被別人順手牽羊了，妳不能光憑這點就叫我插手。立案沒有這麼容易的，要有實際的證據，妳明白嗎？證據！」

「我……」

「好了，別說那麼多了，現在怎麼辦？我們不能老在這邊站著吧？我去開車，我們趕緊離開這裡！」王亞楠一揮手，轉身步履堅決地向對面巷子走去了，邊走邊大聲地重申道，「妳給我站在這裡別動，我不想等等再開著車滿大街找妳！」

此刻的章桐就像一個木頭人一樣呆呆地站在雨地裡，李曉楠毫無血色

的臉在她的面前不停地晃動著，王亞楠的話她一個字都沒有聽進去。

在回去的路上，王亞楠一邊開車一邊忐忑不安地關注著章桐的情緒，見她半天沒有說話，她不免有些擔心了：「小桐，對不起，我剛才對妳發脾氣了，但是，也請妳理解我，好嗎？我們警察不能情緒化辦案的，做事要有證據。」

「我明白，我沒有怪妳。」

「和我說說話好嗎？憋在心裡不好受的！」

一聽這話，章桐轉頭仔細地打量了一會兒王亞楠：「妳把車停到路邊。」

王亞楠乖乖地照做了。

車停好後，章桐這才緩緩說道：「李曉楠和我是醫學院的同學，我很了解她，她在天長市這邊沒有什麼親人，父母都在上海生活，她畢業後就自己在天使醫院急診科找了一份工作。我對她印象最深的就是，她做任何事情都非常有條理，從不會丟三落四。平時，因為急診科的工作非常忙，她也了解我特殊的工作性質，所以她幾乎從不主動找我。而這一次，她一反常態在一天之中接連打了兩次電話找我，並且主動約我在這裡見面，說有要緊事，而等我們趕到這裡時，她卻又出了意外事故，要不是我親眼看到了屍體並且認出了她，真不知道事情會發展成什麼樣。亞楠，我提到她的包也不是沒有原因的，她從小就有哮喘的毛病，為了得到天使醫院的工作，她隱瞞了自己的病情，話說回來，儘管不常犯病，但是她隨身都會帶有一個裝有應急藥物的小拎包以防萬一，這是她親口告訴我的，我也曾經親眼見到過。可是在屍體周圍，我卻沒有找到這個包，所以，我才會對她的意外死亡產生懷疑，因而建議妳去檢視一下監控錄影。」

王亞楠把頭靠在了駕駛椅的後背上，咬著嘴唇半天沒有吭聲。

「亞楠，我有直覺，曉楠的死肯定不是意外！」

王亞楠一臉的無奈：「要不這樣吧，110 監控中心的副主任是我的同學，我打個電話給他，調看一下這段錄影，如果真像妳所說的那樣的話，我們就有立案的根據了。」

章桐點點頭。

前面馬路轉彎處出現了一輛白色的醫院殯葬車，與王亞楠的車擦肩而過的那一刻，兩人誰都沒有說話，車裡的溫度降到了冰點。

＊　　＊　　＊

「你說什麼？今天傍晚鳳賓路上五點到六點的路面監控錄影你那邊現在找不到？這不可能，你們 110 的監視器現在馬路上到處都是，我當時就在現場，安全島附近不到五公尺的地方就有你們安置的探頭。上面的紅燈在閃，我親眼看見的。」因為焦急，王亞楠講話的語速越來越快，「你再查一查！我十分鐘後再找你！」

掛上電話後，王亞楠皺眉檢視著面前辦公桌上的李曉楠的個人檔案影本。儘管她嘴上說不插手這件蹊蹺的交通事故案，但是既然涉及了自己最好的朋友，而且章桐所說的疑問想想也確實有道理，所以王亞楠決定先了解一下，這樣一來，對章桐也好有個交代。

「王亞楠，110 指揮中心剛才來電通知說，有人從溫泉小區打電話報案，聲稱她丈夫今天凌晨被人害死了。」說話的是王亞楠的新助手，副隊長王建，身材不高，卻很壯實，面相很和善。負責刑偵的李副局長也是沒有辦法，王亞楠身邊的副手就像走馬燈般不停地換，原來的副隊長趙雲直到現在還因傷在床上躺著，按照醫生的保守說法，能坐起來就已經是個奇

蹟了，正常說法是第三節脊椎骨斷裂，不死都是個高位截癱，現如今這樣的恢復情況就已經大大超出想像了。這樣一來，王亞楠身邊不能沒有固定的助手，李局就只能咬咬牙把目光投向了新分來的轉業幹部王建，心想找個生手或許能夠容忍一點王亞楠的壞脾氣，名為讓王亞楠帶著他入門，其實則是希望一物降一物，本來就正愁沒地方安置這個新來的什麼都不懂的轉業幹部呢。

王亞楠卻不是那麼容易適應身邊有新面孔的人，她本來心情就糟糕到了極點，王建卻似乎沒注意到頂頭上司臉上的微妙變化，相反一邊低頭看手裡的電話紀錄，一邊還在繼續問道：「我該怎麼辦，王隊長？」

「你說你該怎麼辦？你是副隊長，你連怎麼處理這種突發情況都不知道嗎？還好意思問我！不要動不動就把那些雞毛蒜皮的小事情往我這邊捅，我們辦案最重要的就是證據，你明白嗎？自己去查吧！」

「我查？」

「你看我閒得無聊是不是？這點事情難道還要我成天跟在你的屁股後面嗎？」

王建沒再吭聲，尷尬地點點頭，算是領下了命令，然後轉身離開了王亞楠的辦公室。

＊　　＊　　＊

章桐猶豫了好一會兒，這才下定決心撥打了劉春曉的電話號碼，鈴聲響過兩聲後，電話那頭傳來了一個熟悉的男低音。

「劉春曉，是我，章桐！」

對方停頓了有兩三秒鐘的時間，背景傳來了關門聲，緊接著劉春曉的

聲音又傳了過來：「小桐，我在開會，妳找我有事嗎？」

「想請你幫個忙，我現在在局裡，你什麼時候方便見面？」

「我開完會就過去。」這一次，劉春曉沒有絲毫猶豫。只要章桐需要，劉春曉願意隨時隨地陪伴在她身邊。他非常清楚，倔強的章桐沒有碰到真正的困難是絕對不會向自己求助的。

大約一個鐘頭後，劉春曉駕車匆匆趕到市警局，在職工餐廳裡見到了緊鎖著眉頭的章桐。他努力在臉上擠出了一絲笑容：「小桐，讓妳久等了。院裡一個普查會，都開了一整天了。妳怎麼還不回家？」

「劉春曉，我要你幫我個忙。」

劉春曉不由得一愣，點點頭：「說吧，我會盡力的。」

「今天傍晚五點半左右在市區鳳賓路上的星巴克咖啡館門前馬路上，發生了一起車禍，死者是天使醫院急診科的醫生，叫李曉楠，我要馬上檢視她的屍體。就在今晚。」

「你的意思是你要驗屍？」劉春曉有點糊塗了，「那已經確定是一起凶殺案了嗎？」

章桐搖搖頭：「目前還沒有。」

「那⋯⋯」劉春曉犯難了，「目前來說這不是一起凶殺案，處理起來就走交警那邊的程序，而死者又有家屬，我想人家可能不會願意讓妳們法醫介入的，妳有足夠的證據證明這個急診科的醫生是死於謀殺嗎？」

「死去的醫生是我的大學同學，叫李曉楠，她被撞死的時候，正在趕來和我見面的路上。」緊接著，章桐就一五一十地把李曉楠的電話內容以及相約見面的經過都告訴了劉春曉，最後補充道，「李曉楠和我是一樣的人，我們的工作都很忙，只不過不同的是，她的病人都是活著的，而我每

天所面對的，則都是死人。我們幾乎沒有業餘生活，維持友誼的方法就是逢年過節發個電子郵件，偶爾打個電話問候一下而已。我們幾乎從沒有主動約過對方見面閒聊，因為我們沒有時間。但是這一次，她在短短一天之內接連打了兩次電話給我，說找我有要緊事情，非得今晚約我見面，還說有重要東西要給我看。可是，劉春曉，案發現場，我沒有找到她的包。」說著，章桐的眼中閃爍著亮晶晶的東西，「你知道嗎？她是在安全島上等紅燈時突然摔倒在馬路上出事的。我沒有來得及仔細檢視傷口，但是，很明顯，她是被車輪碾過了身體。劉春曉，我想請你想辦法透過你的朋友幫我延緩這起交通事故案件的處理，哪怕只有一天也可以，只要一個鐘頭，讓我有機會好好查一查她的真正死因。她是急診科的醫生，做任何事情都必須頭腦冷靜，因為那是她的工作方式，在安全島上突然跌倒而慘死，我沒有辦法相信這只是一起簡單的車禍。」

劉春曉神色凝重，半天沒有吭聲。

「劉春曉，你倒是說話呀！」章桐有些急了。

「好吧，好吧，我馬上和交警大隊事故科的朋友聯繫，想辦法讓妳盡快看看屍體。但是，」劉春曉話鋒一轉，「不一定會讓妳解剖，除非家屬要求，或者妳們市局將之作為刑事案件介入才行。我很遺憾我真的幫不了妳太多。」

章桐稍感安慰：「你有這份心，我已經很知足了。」

當計程車緩緩停在章桐所住的樓棟下的車道上時，小區裡早就是一片漆黑，除了幾盞發出低沉的嗡嗡聲的黃色路燈，周圍看不見一絲亮光。

章桐下車後，直接向黑乎乎的樓棟走去。劉春曉本來要送她回家，卻被她婉言謝絕了，章桐還不想那麼快就把感情帶進自己的小屋。接近凌晨

的空氣雖然還是有些悶熱，但是因為下過一場很大的雨，呼吸起來明顯要舒服多了。

走出電梯門，轉彎來到房門口，剛打開門廊燈，章桐還沒來得及掏出鑰匙，就已經聽到了門後傳來的嗚嗚低鳴聲，她不由得笑了，好忠實的饅頭。

＊　　＊　　＊

再一次見到李曉楠的時候，章桐簡直不敢相信自己的眼睛。冰冷的太平間裡，薄薄的潔白的床單底下，李曉楠的軀體看上去彷彿縮小了整整一圈，顯得更加單薄，尤其是臉色慘白慘白的，雙眼緊閉，肌肉沒有任何光澤和彈性。這就是死亡，章桐本應該非常熟悉這種特殊的演變過程，畢竟每天工作的絕大部分時間都是和死人在一起，她已經習慣了死亡的面孔。可是，今天卻不一樣，章桐的目光遲遲不能離開李曉楠緊閉著的雙眼。

這一切不是真的那該多好！她在心中默默地念叨著。

「章法醫，死者家屬的意見您明白了嗎？」交警大隊事故科的張警官不放心地又叮囑了一句，「老人家不希望您……」

章桐揮手打斷了張警官的話語：「我懂，我只是看看，絕對不會去碰她的。你放心吧！」

張警官點點頭，隨即轉身退出了冰冷的太平間。

門關上後，整個太平間裡就只剩下了章桐一個人，她從兜裡掏出醫用橡膠手套戴上後，迅速拉開蓋在李曉楠屍體上的白布，開始仔細查驗起來。

時間在一分一秒地過去，由於緊張，儘管身處冰冷的太平間裡，章桐卻仍然感覺到額角的汗水開始漸漸滑落了下來，流到眼睛裡，有種說不出的刺痛。她沒有時間去找東西擦汗，對方只給了一個鐘頭的時間，章桐生

怕耽誤了，以後就再也沒有機會找到李曉楠死亡的真相了。

死因基本上可以肯定是典型的車禍碾壓傷所導致的多臟器組織破裂，內部大出血，傷口慘不忍睹。從傷口在人體所處的位置來看，慘禍發生時，李曉楠是仰面朝天躺在地上的，車輪從胸口碾過。死亡可以說是在瞬間發生。章桐只能期望當死亡來臨的那一刻，李曉楠沒有感覺到絲毫的痛苦。

她默默地把白色的床單重新蓋回到李曉楠的身上，然後把輪床推進了冷庫，緊接著摘下了手套，丟進了身邊的一次性垃圾回收桶中。

直到走出天使醫院太平間的時候，章桐的腦海裡依舊在不停地糾結著一個疑問，十字路口的車速一般都不會很快，再加上當時正下著大雨，那麼究竟是什麼樣的車會讓李曉楠連躲避的時間都沒有呢？她不敢去想像這個問題殘酷的答案。

在走廊轉彎處，章桐迎面和一個正匆匆走來的穿著白袍的人撞了個滿懷。

「對不起！對不起！」來人連忙打招呼道歉。

章桐沒心思多說話，只是瞥了他一眼，微微點了點頭，隨即加快了腳步向出口方向走去。

她一邊走，一邊掏出手機撥通了劉春曉的電話：「劉春曉，我是章桐，我這邊結束了，替我謝謝你的朋友……不，你不用來接我了，我還要回趟局裡。」

＊　　＊　　＊

天使醫院醫務科科長王金明是個個子矮小的男人，他從不輕易透露自己的心事，在別人眼中，他是一個和藹可親的小老頭，見人總是三分笑。

此刻，他正站在太平間接待室的門口，緊鎖著眉頭，自己的下屬出了這麼大的事情，雖然說和院方沒有任何直接的關係，但是他王金明可不能袖子一攏當個旁觀者。死者是醫院的職工，如今出了事，院方總要給些撫卹金，而死者家屬那邊如果不安撫鬧起來的話，那會讓醫院的頭頭腦腦寢食難安的。他今天來到這裡，目的就是要大事化小小事化了。

「王科長，你來了，這是你要的所有李醫生昨晚入院到現在的相關登記資料。」

王金明點點頭，伸手接了過來，翻了幾頁，頓時發現了問題。他伸手指著表格中來訪者的一欄，抬頭不解地問道：「小丁，你不是說李醫生的家屬還沒有到嗎？這個章桐是誰？」

小丁有些尷尬：「王科長，這個章桐是市警局的法醫，交警大隊事故科的張科長交代的，說已經和死者家屬溝通好了，人家只是最後和死者道個別而已。」他又補充了一句，「聽說她們是同學。」

「是嗎？醫院不是有規定說除死者親屬之外其他人都不讓見的嗎？你怎麼忘了？」王金明有些不開心了。

「這不，是張科長親自交代的嘛，我也沒有辦法啊。王科長，您體諒一下吧！再說了，我檢查過了，她沒有損傷屍體。」

「她人呢？什麼時候來的？」

「大約一個鐘頭前，剛走沒幾分鐘！」

王金明的腦海裡立刻閃過了剛才上樓來的時候，和一個女人撞了個滿懷的情景，他突然記起那個女人的臉上沒有別的死者家屬那樣痛哭流涕的樣子，相反卻很平靜，一點淚痕都沒有。

王金明的心裡開始打鼓了。

第五章　神祕錄影

＊　　＊　　＊

　　章桐剛走上警局門前的臺階，一眼就看到了王亞楠的助手王建正站在大門口，此刻他正在竭力向站在面前的一個女人解釋著什麼，那個女人臉上則充滿了憤怒的神情。

　　「您聽我解釋，顧女士……」

　　女人果斷地一揮手：「你不用跟我在這裡浪費時間，你不就是找理由不想接我的案子嗎？」

　　「顧女士！我們警察辦案是要講證據的，現在調查下來沒有跡象表明您的先生是被人謀害的！您聽我說！」

　　章桐實在看不下去了，畢竟王建剛分配到局裡沒多久，理論上還是一個新手，她覺得自己有義務幫一幫，於是就走上前去：「您好，顧女士，是嗎？」

　　女人的目光頓時充滿了警惕：「妳是誰？是要來趕我走的？」

　　章桐微微一笑，搖頭說道：「顧女士，我是市警局的首席法醫，我叫章桐，請問我能幫您什麼嗎？」

　　一聽說面前站著的是法醫，女人立刻激動了起來，她一把拽住了章桐的手，眼淚瞬間滾落了下來。

　　「章法醫，妳來得正好。我老公被人謀殺了，妳的同事不肯接我的案子，還說是意外，不能立案，妳可要替我主持公道啊！我要求驗屍！」說著，女人還不忘記狠狠瞪了一眼身邊一聲不吭的王建。

　　「您要驗屍？」

　　「對！我要求驗屍！現在屍體就停在天使醫院的太平間裡，我不讓他

們火化。我懷疑我老公的死有問題。章法醫，妳一定要幫幫我！」

看上去眼前這個女人說話時的神態並不像是在開玩笑的樣子，雖然說局裡每年都會接到一些悲傷過度、不願意接受家人死於意外而刻意歸罪於他殺的人的報案，但是憑直覺，章桐意識到這個女人所說的話並不是憑著一時的情緒激動，相反很有條理，而且作為妻子，肯定是比別人更加了解自己的丈夫，包括他生活中的每一個細節。想到這裡，她略微遲疑了一會兒，隨即點頭說道：「要不這樣吧，顧女士，您跟王副隊長先進去登記一下，我等等就過去。」

「那太謝謝妳了！」說著，女人頭也不回地直接走進了警局一樓接待處的辦公室。

見此情景，王建倒是猶豫了：「章法醫，我了解過了，她先生確實是從高空失足墜落而死，現場根本就找不出他殺的跡象，我覺得……」

「沒事，按照規定，只要死者家屬提出來，我們就有義務替死者進行屍檢，不管立不立案，你幫她辦申請去吧。結果怎麼樣，等出來了，也能讓她放心。」

「妳說的話也有道理，那我先過去了！」王建點點頭，轉身也走向了不遠處的接待處辦公室。

透過玻璃窗，章桐看到了女人眼中執著的目光。

＊　　＊　　＊

屍體很快就被天使醫院的靈車給直接送到了市警局停屍房。在簽家屬同意書時，章桐注意到了顧女士握筆的右手在微微地顫抖，以至好幾次都把筆畫給寫歪了。她很能理解死者家屬這種矛盾的心情，討回公道是一回事，真要讓逝去的親人再次經歷冰冷的解剖器械的傷害，換誰心裡都不會好受的。

第五章　神祕錄影

「顧女士，您放心吧，我會盡量不傷害到您先生的遺容，讓他能完整體面地離開這個世界。」

「謝謝妳，章法醫！」顧女士點了點頭，隨即在同意書的最後一欄用力簽下了名字，然後鄭重地交給了章桐，「我會在走廊裡等妳的消息！」

解剖室裡，冷氣開到了最低點，章桐拿著家屬同意書推門進去的時候，助手潘建已經準備好了所有的解剖工具，冰冷的解剖臺上，白布下面蓋著的正是顧女士丈夫的屍體。

章桐迅速戴上手套，來到屍體邊，一邊拉開白布檢驗屍體，一邊頭也不抬地問道：「小潘，告訴我病歷本上的詳細紀錄。」

潘建趕緊拿過另一邊工作臺上放著的醫院送來的病歷紀錄，翻開念道：「死者劉建南，男，四十三歲，昨天凌晨從四樓墜落，重傷，肋骨骨折，第三節脊椎錯位，顱骨多處下陷複合性骨折，左側鎖骨和肱骨骨折，昏迷指數是二級，對刺激有反應，生命體徵微弱，被 120 救護車緊急送往醫院，經搶救無效，於凌晨兩點四十二分正式宣布死亡，死因是內部大出血，多臟器官衰竭……不對啊，這是什麼意思？」

潘建突然發出的自言自語讓章桐吃了一驚，她下意識地抬起頭：「你說什麼？」

「章法醫，妳看，」說著，潘建把手裡的病歷本遞了過來，「這上面有個標記，很特殊！就在當班醫生簽名的上面。」

章桐仔細一看，頓時感到有些頭暈，值班醫生的簽名欄裡竟然端端正正地寫著「李曉楠」這個名字。她定了定神，又順著潘建的手指向簽名上方看去，出現在她眼中的是一個三角形，裡面重重地畫了一個問號，要不是仔細看的話，還真的不會留心到。這個標記太小了，和病歷上別的龍飛

鳳舞的字型混合在一起，很容易被忽視成筆誤。

她皺了皺眉，抬頭問潘建：「這個標記有什麼特殊含義嗎？」

「是這樣的，我朋友是外科的，他和我說起過這個標記，只要是天長大學醫學院外科專業出身的，當遇到疑問時，都會下意識地在病例上打下這個疑問標記，就像我們當初在自己的教科書上做標記一樣，只是特殊一點罷了。章法醫，妳要知道，這在我們天長市這個小小的外科手術圈裡是一個很通用的標記，只要是天長大學醫學院畢業的外科醫生，都看得懂，知道原來接診的同行對這個病歷有疑問。」

「是嗎？」章桐突然想起李曉楠在醫學院裡的專業就是外科。她想了想，於是低頭又仔細檢視起了面前的屍體。

屍體符合病歷中的描述，是典型的高空墜落傷，死因不會錯的。可是，章桐總覺得好像屍體上有些不對勁的地方，但是她一時卻想不起來。

「章法醫，需要開胸嗎？」潘建在一邊提醒。

「開胸？你等一下。」說著，章桐重新轉回到屍體的右側面，仔細地檢視著死者腹部怪異的傷口，良久，她手一伸，「潘建，開胸器！」

人體的內部是一個非常奇妙的世界，各個器官都有它自己應該待的位置。章桐仔細檢視著這些已經毫無光澤的死氣沉沉的器官，突然，她看到了一個熟悉的東西，就在死者的腹部傷口下面，那是一個典型的手術扎口，只不過顯得很隨意，一點都沒有外科醫生一貫的嚴謹風格，就好像敷衍了事，而原本應該連著的死者的左側腎臟不見了。再看過去，肝臟也缺失了三分之一，並且沒有跡象表明做過任何血管修補手術。章桐不免有種錯覺，被割剩下來的肝臟就像是被胡亂塞回了死者的腹腔一樣。再結合腹部被撞裂開的傷口縫合針，章桐心裡的疑問越來越多，她甚至感覺到了無

比的憤怒，自己雖然是一個法醫，但是也同樣是一個醫生，身為同行的醫護人員怎麼可以這麼不負責任。而死者腹部的傷口邊緣含有瘀血的表皮組織顯示，死者在經歷這可怕的器官摘除手術時，竟然還是有生命跡象的。想到這裡，章桐再也沒辦法控制自己的情緒了，她用力摘下了手套，扔進了一邊的垃圾桶：「你先拍照，再縫合！我出去一下！」

說著，她不顧潘建投來的疑惑不解的目光，一聲不吭地直接推門走了出去。她打算好好地問一問正等在門外走廊上的死者家屬。

走廊上靜得可怕，空氣中是一股刺鼻的來蘇水的味道。章桐覺得奇怪，顧女士並沒有像她先前所說的那樣在走廊裡等待，冰冷的綠色長椅上冷冷清清沒有一個人影。

「顧女士，顧女士？您在哪裡？」章桐一邊叫著，一邊在同樓層四處尋找，甚至還去了樓道盡頭的洗手間，裡面空無一人，依舊不見顧女士的蹤影。

章桐一時之間沒了主意，不知道在剛才究竟發生了什麼事情，但是必須盡快找到這個女人，有很多的疑問正在等著她的解答。

想到這裡，章桐加快了腳步向大門口走去。一路上，她不放過身邊擦肩而過的每一個人影，但是，顧女士彷彿從來沒出現過一樣，消失得無影無蹤。

來到門衛接待室，章桐探身向正坐在裡屋的門衛打了聲招呼：「請問你剛才看到一個身穿淺綠色連衣裙的女人走出去了嗎？她留著齊耳長髮，戴著一副玳瑁眼鏡。」

門衛皺了皺眉，想了想，隨即茫然地搖搖頭：「沒有，章法醫，我一個鐘頭前接班到現在，沒有看見過這樣穿著的女人從這裡走出去。」

這就奇怪了，顧女士到底去了哪裡？難道還在警局裡？章桐有些猶豫了。

「麻煩你，如果等等你看到這樣的人出來，請你留住她，並且馬上打電話到法醫室找我！」

門衛點點頭。

＊　　＊　　＊

王亞楠正坐在辦公室裡瞪著電腦螢幕發呆。交警大隊剛剛打來電話，言語之間頗有不滿，王亞楠也不好多說什麼，自己一直在不停地打聽那起車禍的調查進展情況，卻至今還拿不出任何立案的理由來，現在又不停地催著要找監控錄影，交警那邊微詞連連也是可以理解的。

作為警察，出於工作需要也好，個性也罷，沒有一個自尊心是不強的，無論是在輕鬆的治安大隊，還是在緊張的刑警重案大隊、忙碌的交警大隊，性質都是一樣的。問題是有些人的自尊心卻強過了頭，甚至喜歡上綱上線地看待每一個在自己面前經過的問題。這一點王亞楠是最看不慣的，面對交警指揮中心負責人的一再推三阻四，王亞楠實在沒辦法，使出了最後一招——逼人還人情債！

「張隊長，上次 SM 路口的那個肇事逃逸案，要不是我幫你的話，你能這麼快就結案嗎？再說了，我要求不高，就只要錄影……對，我只是看看，你找到後馬上傳給我吧！」

掛上電話後，王亞楠心裡感到說不出的彆扭，要不是為了章桐，她才不願意去這麼逼人家，現在指不定對方在怎麼嘮叨自己呢。唉！她長嘆一聲，陷入了沉思。

正在這時，門被推開了，章桐沒打招呼就走了進來，隨手關上了門，

125

一屁股坐在了王亞楠對面的辦公椅上。

「小桐，妳不在妳的法醫室好好待著，倒有閒工夫跑我這裡來串門閒聊？」王亞楠沒好氣地抱怨道。

「沒有，我遇到麻煩事了，可能需要妳的幫助。」章桐一臉的嚴肅。

王亞楠臉上的笑容消失了：「說吧，如果是車禍的事，我這邊還在等交警那頭傳監控錄影過來給我呢！」

「不是車禍的事，妳放心吧。」說著，章桐把自己怎麼遇到顧女士，又怎麼接下她的驗屍申請，而等到發現疑問後，顧女士卻又離奇失蹤的經過詳細講述了一遍，最後補充道，「我聯繫過她在申請書上留下的手機號碼，結果顯示關機，我去過了所有她可能去的地方，又去了保衛科，查遍所有監控錄影，都沒有看見她離開局裡，你說這是不是活見鬼了？我們偌大的警局裡，一個大活人就這麼不見了蹤影，而偏偏又在她丈夫的死亡被發現有疑問的時候……亞楠，我感覺有點不安。」

「這個顧女士是不是那個聲稱她丈夫是被人謀殺的女人？溫泉小區的？」王亞楠翻開了桌子右角上放著的那本厚厚的報案紀錄副本，一邊檢視一邊詢問。

「應該就是，我在局大門口碰到她的，當時她就是和王建在一起，堅持說她丈夫死於謀殺，不是意外，我這才接的案件，並且按照規定應死者直系親屬的要求做的屍檢。我感覺這女人很執著。亞楠，我的判斷最終證明沒有錯！」

「但是那只是證明死者被無良醫生做了不合格的器官摘除手術，按規定應該首先按照醫療糾紛處理，最重要的是這並不是導致死者死亡的直接原因，跳樓自殺才是，所以目前我認為不符合刑事案件立案的標準。」

章桐咬了咬下嘴唇，想了想，然後換了一種口吻：「知道嗎？亞楠，這個死去的劉建南生前最後一個醫生就是車禍中死亡的李曉楠，妳不覺得太巧了嗎？」

　　王亞楠剛想開口，電腦發出了一聲清脆的「叮咚」，她趕緊朝章桐做了個手勢，然後直接打開了郵件，郵件附有一段幾分鐘的影片資料。

　　在接下來等待的時間裡，房間裡一片靜悄悄的，章桐甚至都能夠聽到自己緊張的呼吸聲。

　　時間彷彿過去了一個世紀那麼漫長，影片終於看完了，王亞楠重重地倒在了自己的辦公椅上。略微遲疑了幾分鐘後，她的目光避開了章桐的視線，轉而投向了窗外的天空，緩緩說出了一句讓人頗感意外的話來：「小桐，我想，你的同學很有可能是被人謀殺的！」

　　雖然早就已經做足了心理準備，章桐的臉色卻還是瞬間變得煞白，這個訊息對她來講，不知道究竟是該喜還是應該感到擔憂。

＊　　＊　　＊

　　監控錄影上底部時間小框裡所顯示的時間是車禍發生當天，也就是八月三日傍晚五點二十分，下面地點註明的就是在鳳賓路上的星巴克咖啡館門前的安全島附近。

　　畫面中最先出現的景象就是紅燈，為了躲避絲毫不見減弱的雨勢，人們蜂擁在安全島上小小的遮陽棚下面，安全島很快就被擠滿了，後來的人幾乎沒有了立足之地。來往的車依舊川流不息，是啊，誰都想早一點回家。

　　監控錄影是黑白而且沒有聲音的，所以當畫面中一個身穿淺色衣服的人突然毫無徵兆地癱倒在安全島外的馬路上時，章桐忍不住一聲尖叫。可

是，還來不及等她做出任何反應，畫面右上角就很快駛來一輛深色的轎車，直直地在穿淺色衣服的人的身上碾壓了過去！

「老天爺！」章桐一聲驚呼，她突然意識到躺在地上的人就是李曉楠。

又過了幾秒鐘，錄影戛然而止，螢幕變得一片漆黑。王亞楠回過頭看向站在身後早就被驚呆了的章桐，臉色一片蒼白。

「你為什麼說李曉楠很有可能是被人謀殺的？」

「在那種特殊的情況之下，一個正常人被擁擠的人群推搡而不慎失足跌落安全島也不是沒有可能，但是你沒發現從摔倒到遭到汽車碾壓期間，錄影上顯示前後有將近半分鐘的時間，這個人根本就保持原來倒下時的姿勢沒有做過任何移動嗎？」

章桐順口嘟囔了一句：「這個我知道，正常人遇到危險的反應時間一般在三秒鐘前後。」

王亞楠點點頭：「所以，如果說李曉楠是一個八十歲的老人的話，我可以理解她的遲緩行為，面對逼近的死亡，毫無還手之力。可是，死者是一個擁有豐富臨床經驗的急診科醫生，急診科醫生的強項就是對突發事件在最短時間裡做出最快的反應，而且死者才三十歲出頭，所以……」說到這裡，她神色凝重地回頭又看了一眼電腦螢幕，「我的推論是，要麼，她得了突發的急病而昏迷了，這一點我們要查閱她生前的病史資料；要麼，就是有人做了手腳，不想讓她來見你。」

「但是無論哪一點，我們就都有理由介入這個案件的調查了。」

說出這話的時候，章桐鼻子一酸，突然有一種想哭的感覺。眼前的結果正是她所期待著的，王亞楠已經很肯定地表達了自己準備介入這個案子，可是，這時候的章桐卻一點高興的心情都沒有。雖然自己的努力爭取

被證明並沒有白費，但是，現實已經沒有辦法可以再做任何改變了，章桐永遠都見不到活著的李曉楠了。

王亞楠默默地站起身，伸手輕輕地拍了拍章桐瘦弱的肩膀。

「我知道妳已經盡力了。小桐，別太難過了。我們會弄清楚真相的！」

回到解剖室，潘建早就已經做完了所有的收尾工作，劉建南的屍體也已經被送回了冷庫，冰冷的解剖臺被沖刷得乾乾淨淨，屋子裡消毒水的味道更濃了。見到章桐滿臉疲憊地推門走進來，潘建先是猶豫了一下，隨即就把已經到嘴邊的話給吞了回去。他很了解章桐的個性，這是一個不喜歡廢話和客套的女人，所以他知道自己此刻就該乖乖地閉嘴。

章桐在房間裡轉悠了一圈，突然想起了什麼，皺眉問道：「潘建，我不在的時候，死者的家屬來過嗎？」

「沒有，我正納悶呢，剛才手裡的工作忙完，找她簽字，卻沒在門口走廊看見她，還以為她跟你走了。」

「她沒跟我在一起。」章桐的心裡隱約之間感到一些不安，「你打過她電話嗎？」

潘建點點頭：「打過好幾次，卻都顯示關機，聯繫不上。下一步我們該怎麼辦？」

「我會向李局彙報這件事的，你把屍檢報告整理一下吧，我馬上要。」說著，章桐拿起掛在門口的公用厚外套披上，然後快步向解剖室裡間的冷庫走去了。

因為經費的問題，天長市警局法醫室的冷庫已經好幾年都沒有翻修過了，平時還好，屍體不多，四個儲藏室的空間綽綽有餘，但是如果碰上案件高發階段，冷庫的容量就顯得有些可憐了，那還不算無法確定身分的屍

體，它們在冷庫裡存放起來可是沒有一個固定的時間的。為了解決這尷尬的局面，上一任法醫官老趙退休之前，想出了一個不是辦法的辦法，那就是在冷庫裡多加幾張輪床，然後親自動手把冷庫裡的製冷裝置徹底整修了一下，確保不出故障，室內溫度始終保持在零下二十攝氏度左右。這樣一來，放不進儲藏室的屍體就可以暫時存放在外面的輪床上了。

此時，三張輪床上就只有一具屍體，被厚厚的白布遮蓋著，其餘兩張床都空著。章桐核對了一下腳上的標籤，確定正是自己所要檢視的死者劉建南的屍體。儘管穿著厚厚的外套，章桐還是感覺到徹骨的寒冷正向著自己步步逼近。她竭力把身上的外套再裹緊一點，然後戴上手套，揭開白布，仔細觀察起了屍體。

十多分鐘後，章桐一聲不吭地走了出來。她不明白李曉楠為什麼要對劉建南的死因產生懷疑，劉建南屍體上的種種跡象顯示完全符合高空墜落所導致的死亡，該查的也都查過了，除了那個笨拙的器官摘除手術外，章桐實在想不出有什麼不對的地方。再說了，器官摘除手術也並不是導致劉建南死亡的直接原因。而劉建南的身上也看不到死前曾經遭受過虐待的傷痕，難道，李曉楠判斷有誤？

急促的電話鈴聲打斷了章桐紛亂的思緒，她伸手接起了電話。

「你好，我是章桐。」

「章法醫，我……」電話中，對方欲言又止。

「請問你是哪位？」章桐一邊把話筒夾在了肩膀上，一邊抓過了手邊的便條本和鉛筆。

「我……我是劉建南的妻子……」

一聽這話，章桐頓時來了精神，她趕緊坐直了身體，繼續追問道：「是

顧女士嗎？你現在在哪裡？你先生的屍檢已經結束了⋯⋯」

還沒等章桐說出心中的疑問，電話那頭卻傳來了令人意想不到的話語：「章法醫，真的對不起，讓妳費心了，我現在只想早一點領回我先生的遺體安葬，別的我沒有興趣知道。妳就不用再浪費時間了！」

章桐不由得一愣：「那妳的意思是妳不想知道屍檢的結果了？」

「人都已經死了，我的費用也已經結清了，章法醫，半個鐘頭後我弟弟會拿著我的委託書前來辦理遺體認領手續，我不想再有任何糾纏了，只想讓我先生早日入土為安。謝謝妳，再見！」

還沒等章桐反應過來，電話就被匆匆結束通話了，聽著話筒那頭傳來的「嘟嘟」的單調的電流聲，章桐沒辦法相信剛才所發生的那一幕。顧女士前後的態度簡直判若兩人！早些時候還在竭力聲稱自己的丈夫是被人害死的，並且不惜花費重金要求屍檢，而半天的時間還未到，就迅速改變主意要求領回丈夫的遺體，對於屍檢結果卻不聞不問。這真的讓人有種出乎意料的感覺。

「章法醫，怎麼了？出什麼事了？」辦公桌另一頭正在電腦前忙碌的潘建好奇地抬頭問道。

「死者家屬要求領回屍體。」

「哪一個死者？」

「就是剛才我們解剖的劉建南。」

「是他啊，我正好要找他家屬簽字呢，不然的話我這份報告就完成不了。」潘建一邊在自己辦公桌上翻找著剛才所填寫的屍檢報告，一邊繼續嘮叨，「我說章法醫，妳發什麼愁呢？妳剛才不是還四處找她嗎？現在事主自己出現了，不就省事了？」

章桐皺起了眉頭：「你不懂，她連問題都不讓我問，好像急於領回自己丈夫屍體似的，我總覺得有些突然！」

「這劉建南的案子又沒有立案，只是家屬申請屍檢而已。只要死因沒有什麼疑問，我們的工作就算是完成了。章法醫，妳不用想那麼多。他活著的時候所發生的事情，我們管不了的。」潘建終於在一堆登記表下找到了自己剛才填寫的屍檢報告，臉上頓時露出了笑容。

章桐沒有心思聽潘建的好心勸慰，她看了看手腕上的錶，又把目光投向了桌上的電話機。王亞楠說過，今天就會通知醫院和家屬做好溝通工作並且盡快把李曉楠的屍體運過來的，只要屍檢有任何疑問，就可以向局裡申請立案。算算時間，也差不多了，章桐突然有一種想遠遠地躲開眼前這種尷尬局面的感覺，她平生頭一回開始怨恨起了自己所從事的這個行業。

＊　　＊　　＊

王亞楠是個幾乎腳不沾地的女人，時間對於她來說就是這個世界上最寶貴的東西，所以，當矮矮胖胖的天使醫院醫務科科長王金明站在她面前哼哼唧唧半天沒給出確切答覆的時候，她有點惱了，於是就衝著身邊站著的王建一使眼色。王建立刻繃起了臉，神情嚴肅地說道：「王科長，我們已經等了你兩個鐘頭了，你這樣做就是不對了，我們警方已經掌握了充足的證據來證實你們醫院原急診科醫生李曉楠的死並不是那麼簡單，你這樣子拖下去的話，延誤了我們的調查工作，我想這個責任你可是擔不起的。再說了，你這麼毫無道理地拖延，我們完全有理由懷疑你的動機！」

＊　　＊　　＊

聽到自己要被攪和進這個案子裡，王金明臉上的笑容頓時消失得無影無蹤，轉而替代的是一臉的尷尬與緊張。他拚命搖手，竭力和面前這個讓

人頭痛的局面撇清關係：「我說你們可千萬不要誤會，我和這件倒楣事沒有任何關係的！你們可要講道理的啊！」

「那你為什麼要拖延？我們馬上就要帶走屍體進行檢查！」

「屍體……屍體已經被送往市裡火葬場了！」

「你說什麼！簡直是胡來！」王亞楠再也無法顧及對方的臉面了，衝著王金明一聲怒吼，繼而快步衝出了醫務科辦公室。

身後傳來了王金明委屈的抱怨聲：「這可都是家屬要求的，我們醫院也是沒有辦法的啊！」

等王亞楠和王建兩人匆匆忙忙地趕到市火葬場，並且亮出身分說明來意後，工作人員查了查身邊的電腦紀錄，隨即雙手一攤，滿臉的無奈神情：「沒辦法，一個小時前已經送進火化操作爐了。」

一聽這話，王亞楠頓時傻眼了：「你確定？有沒有可能搞錯？」

「警察小姐，我們這邊是火葬場，不能隨便開玩笑的。火化昨天晚上就預約好了。」工作人員的臉上明顯已經有些不樂意了，「我們對預約客戶都是準時辦理業務的！」

正在這時，又有一輛掛著黑色布條的靈車緩緩開進了火葬場的大院裡，工作人員乾脆就丟下了王亞楠和助手王建，消失在後面的通道裡了。

「王亞楠，這可怎麼辦？」王建沒了主意，「屍體都火化了，我們……」

「等等，我和章法醫聯繫一下，看看她的意思再說！」

王亞楠隨即撥通了章桐辦公室的電話，把眼前的突發情況告訴了她，電話那頭很快就沒有了聲音。

王亞楠急了：「小桐，怎麼辦？屍體火化了，我總不能給妳把骨灰帶

回來吧？妳倒是說句話呀！我可不想在這邊乾耗時間！」

「和家屬商量一下，給我帶回一些還沒有被完全火化的骨頭，即使是碎片也沒有關係的，五十克左右重就可以了。」章桐的聲音顯得很平靜，聽不出任何一點波瀾。

「骨頭？不是火化了嗎？」

「去吧，亞楠，再晚就來不及了，等妳回來後我會向你解釋的！」

「好，那我就聽妳的！」容不得多想，王亞楠直接就推門闖進了火化操作間。

熊熊的火化爐剛剛熄滅，兩個戴著口罩和厚厚的大手套的操作工正準備打開火化爐的鐵門，見到身邊出現了陌生的不速之客，不由得愣住了，隨即不滿地問道：「你們是誰？到底想幹什麼？」

王亞楠也懶得解釋，她掏出了隨身帶著的證件，然後伸手指了指火化爐：「裡面是不是一個多小時前送進去的？」

稍微年長的火化工點了點頭。

「死者的名字是不是叫李曉楠？」

火化工隨即查驗了一下遺體交接簿，點點頭：「沒錯，是叫這個名字，很年輕的一個女孩子。死因是車禍，天使醫院送來的。」

王亞楠懸著的心總算放了下來，她微微鬆了口氣：「繼續吧，我等著。」

兩個火化工不由得面面相覷，實在不明白眼前這個女警察的真正來意，但是又不敢吱聲，只能繼續手頭的工作。

在等待的時候，王建湊在王亞楠身邊小聲問道：「我們應該通知家屬吧？」

王亞楠嘆了口氣，神色凝重地說道：「等骨灰出來後再說吧！」

話音剛落，一陣怪異的聲響過後，爐門緩緩打開了，一股逼人的熱浪很快就撲面而來，王亞楠下意識地閃在一邊。灰白色的骨灰被一個不鏽鋼鐵盤裝著，被慢慢拉出了巨大的爐門口。

王亞楠皺了皺眉，目光不由自主地又一次投向了儘管火焰已經熄滅了，卻還依舊冒著駭人的熱浪的巨大火化爐。突然之間，她感覺到一種莫名其妙的恐懼油然升起，卻很快又被自己這種有些幼稚的念頭給逗樂了，她的嘴角劃過了一絲尷尬的苦笑。

果不其然，在灰白色仍然冒著陣陣熱氣的骨灰中，王亞楠一眼就看到了為數不少的細小骨頭。她伸手指著這些骨頭不解地問道：「師傅，怎麼還會有骨頭？」

「哦，這是因為爐溫不夠的緣故，等會兒我們在交給家屬整理的時候會處理掉的。每一具屍體火化後幾乎都是這個樣子，不可能完全徹底燒成灰的。」

王亞楠心裡頓時有了主意。

＊　　＊　　＊

回到局裡的時候已經快到吃中午餐的時間了，王亞楠一下車就急速來到了位於大樓底層的法醫辦公室，她知道不得到自己的回音，章桐是絕對沒心思吃中午餐的。

一推開門，章桐果然正在電腦邊埋頭整理著什麼資料。

「小桐，我把妳要的東西帶回來了！」說著，王亞楠從證據袋中小心翼翼地取出了那個裝有李曉楠遺骨的特殊的袋子，遞給了章桐。

「太好了，我要的就是這個。」章桐迫不及待地仔細檢視著手中的塑膠證據袋，目光中閃爍著亮晶晶的東西。

「小桐，這些骨頭都已經被火化爐高溫燒過了，妳確定還有用嗎？我想上面的證據應該沒剩下多少了吧？」

章桐點點頭：「妳說得沒錯，屍體火化了，我確實找不到很多證據，但是，」說到這裡，她指了指證據袋中那小小的灰白色的骨頭碎片，「這是我目前唯一能做的補救措施了。我的導師曾經說過，骨頭從來都不會讓我們法醫失望的，妳就等我的消息吧！我今天會打電話給你的。」

王亞楠沒有再多說什麼，只能忐忑不安地看著章桐的身影很快消失在通向隔壁法醫實驗室的過道小門裡。

法醫實驗室很小，只容得下一個人在裡面工作。堆滿儀器和化學製劑的工作臺面上，滿是汙漬斑斑。章桐沒有顧得上整理一下凌亂的桌面，如果運氣不夠好的話，或許得在這個狹小的房間裡耗上一整天的時間，就這也還不一定能夠得出預期的結果，可是，時間已經不等人了，如果再不做毒物檢驗，那麼，手中這袋子裡小小的骨頭碎片上的證據就會迅速流失得無影無蹤。李曉楠的屍體已經不存在了，現今揭開她死亡之謎的唯一方法就只能是進行骨頭上的毒質殘留物檢驗了。

毒物檢驗需要經過層層篩選，提取合適的樣本，然後做相應的配對。天底下的有毒物種有很多，而這些配對工作目前基本上都是要人手來完成。

章桐先從最常規的幾種毒物開始檢驗，她選擇了有關砷的檢驗。砷是一種最普遍的下毒物。砷，就是人們平常所說的砒霜中的成分，屬於一種非金屬類物質，對人體的危害非常大。中毒的人最顯著的一個特徵就是神

志恍惚，反應遲鈍，這和監控錄影中李曉楠臨死時的怪異表現是差不多的。

章桐先從儀器櫃裡找出檢驗砷所要用到的雷因希銅片。在特製的含有檢材樣本的鹽酸溶液裡，砷能與銅發生反應，在銅的表面形成黑色的沉澱物，這種實驗方式通常被用來作為是否有砷中毒的篩選，如果是顯示陰性，那麼，就能夠排除；如果是顯示陽性，那就表明檢材中含有可疑物質。但是，這並不一定就說明是砷中毒，因為一些重金屬也會有這樣的反應，比如說鉛。

所以，當章桐在銅片表面順利發現黑色沉澱物時，她隨即取過了試驗檯另一邊的酒精燈，點燃後將顯示陽性的雷因希實驗銅片進行加熱昇華，然後用顯微鏡檢驗。在那小小的顯微鏡片下，她終於看見了有六面體和八面體的黑色結晶。現在已經完全可以肯定該檢材中含有砷元素了。可是，很快一個疑問在她腦海中又迅速升起，沒有辦法確定李曉楠在生前究竟中毒多久才倒地。她的視線落到了手邊那個還剩下十三克左右骨碎片檢材的證據袋上 —— 最好再找到留有她 DNA 的遺物，進行進一步的比對。想到這裡，章桐摘下了手套，撥通了王亞楠的手機，然後把自己心裡的打算告訴了她。

「沒問題，我這就派人去醫院宿舍。」王亞楠爽快地一口答應了下來。

「任何東西都可以，只要是她最近剛剛使用過的。」章桐想了想，補充道，「最好是死者用過的梳子或者牙刷。」

「好的！」

一個多小時後，王亞楠如約帶回了一把用塑膠證據袋裝著的黃楊木梳，當章桐在黃楊木梳上看到幾根長長的頭髮時，她心裡那塊懸著的大石頭終於可以落下了。

第五章　神祕錄影

第六章　凶手

　　王亞楠不由得皺起了眉頭：「120 是在四點五十分左右進入死者房間的，而前後小區監控錄影我都檢視過了，並沒有人在凌晨兩點至五點之間離開過案發現場。那麼，你的意思是 120 進入房間搶救病人時，很有可能這個犯罪嫌疑人正躲在房間裡的某個角落？」

第六章　凶手

　　負責刑偵工作的李局辦公室裡，此刻正燈火通明。這幾天局裡唯一的會議室正在維修發霉的牆面，所以，一有案情彙報分析會議，李局就只能把所有人全都集中到自己的辦公室裡。這樣一來，開會時站著的、坐著的，甚至於席地而坐的人都有，經常把這個小小的辦公室給擠得水洩不通。

　　「小王，你怎麼確定死者是在死前兩天被下的毒？並且最後一次劑量更大呢？要知道，死者的屍體已經被火化了，我們手頭的證據並不多啊！」李局一臉愁容地翻看著王亞楠上報的案情進展數據。

　　「是這樣的，在死者家屬的配合下，我們找到了死者生前所使用過的一把木梳，上面有死者的頭髮。章法醫在已經透過骨碎片毒物化驗證實死者在生前砷中毒後，為了進一步確定劑量以及中毒的具體時間，她對提取的死者木梳上的頭髮進行了取樣化驗。根據人類頭髮的平均生長速度，以及死者的年齡，推算出了頭髮生長的每一個階段，最終得出結論，死者中毒的時間不會超過三天。而最靠近髮根的那一段，砷含量激增，所以，我們就此得出推論，死者是最近三天之內中的毒。而死者臨死前的那段監控錄影更加證實了我們上面做出的推論，也就是說，我們的死者，天長市天使醫院急診科醫生李曉楠，很可能是被人巧妙地謀殺的。」

　　「可是，死者是死於車禍的。我們只能對她生前被人下毒進行調查，但是這下毒並不是直接導致她死亡的原因。所以，我認為這個案件目前只能作為投毒案處理，不能定為謀殺案。小王，你還得對死者出車禍那件事做進一步的深入調查才行，我們立案要的是具體證據！」李局的話語不容半點質疑。

　　王亞楠點點頭，站起身說道：「好的，我會立刻親自跟進調查！一有

消息就向您彙報！」

　　剛剛走出會議室，王亞楠的手機就響了。接聽完電話後，她的臉色頓時沉了下來，迴轉身攔住了助手王建的去路，硬邦邦地丟下了一句話：「馬上跟我出現場。」然後迅速向地下室停車場跑去。

　　王建才被分配到局裡沒有兩個月，自己平時就跟個打雜的差不多，能真正出現場的機會也很少，更別提跟著王亞楠這個一把手了。這冷不丁地聽到要出現場，王建頓時來了精神頭：「好，我來開車！」

　　王亞楠並沒有搭理他，在她眼中，王建只不過是一個剛出道的小孩子罷了，自己現在和個保母沒有什麼兩樣。帶著這麼個毫無實際經驗的所謂「副隊長」在身邊，王亞楠的心情實在好不到哪裡去。

　　案發現場在位於天長市城北的一處拆遷工地上，一路上道路坑坑窪窪，搞得警車不斷地搖晃顛簸。王亞楠終於惱了，她一聲怒吼：「王建，你到底會不會開車？不會開，給我滾一邊去！」

　　「這是路況不好的原因，和我沒關係的。」王建有些委屈了，透過車窗望去，四處都是洋灰，那些拆遷的土石方工程車不斷地來來去去。他不由得心裡嘀咕，再好的道路都禁不起這麼折騰啊。

　　警車終於艱難地停在了一棟歪歪扭扭的老居民樓下，儘管已經被拆得七零八落，很多樓面牆體也已經被大錘子給狠狠地敲開了，但是，一眼看過去，還是能夠看出房子的本來結構。

　　幾個面部表情十分異樣的拆遷工人正遠遠地蹲在一堆拆下來的舊預製板的旁邊，時不時地還互相嘀咕著什麼。派出所的同事早就在現場的周圍拉起了黃白紅相間的隔離帶。見到王亞楠一行人過來，他點了點頭，一位工頭模樣的中年男人就起身帶著他們穿過隔離帶向裡面走去。樓道裡四處

第六章　凶手

都是拆下來卻還沒有來得及被運走的建築垃圾。大家深一腳淺一腳地來到了三樓，此刻，這棟大樓裡的所有工作都已經停止了，工人們也已經被清理出了現場。耳邊除了單調的腳步聲以外，幾乎就沒有別的聲音了。

「你們市局的法醫已經先來一步了，她帶著一個助手正在裡面。」

「哦？他們在哪裡？」王亞楠一邊嘴裡應付著，一邊回頭狠狠地瞪了王建一眼。

王建沒有吱聲。

進入現場後，首先映入眼簾的是一面房屋的承重牆，它位於房屋整體位置的東面，從髒兮兮的牆面上可以看出以前這個房間曾經被屋主用作廚房。承重牆的旁邊，蹲著兩個身穿白色連體工作服的人，正是先期趕到的章桐和助手潘建。

一見到王亞楠，章桐立刻站起身來，臉上露出了迫不及待的神情：「亞楠，立案申請批下來了嗎？」

王亞楠知道章桐話中所指的是李曉楠的那個案子，她搖了搖頭，走到章桐身邊蹲下：「目前的證據可以定投毒，但是卻定不了謀殺。先就這麼辦吧，我會跟進的，妳放心吧，一有情況我第一時間就告訴妳！」她抬頭看了看章桐助手正在仔細勘驗的牆面，一眼就看到了已經被清理出來的一根人類的手指骨正清晰可辨地露在牆面外。

「說說眼前這個案子吧，情況怎麼樣？」

章桐只能無奈地點點頭：「目前來看所有的屍骨還都被砌在牆裡面，屍骨大體上還是比較完整的，聽先來到現場的人說，工人們最先發現的是死者的頭骨。」說著，章桐伸出戴著手套的手指，輕輕地摸了摸裸露在牆體外面的小部分頭骨，然後轉身讓王亞楠看，「我手套表面沒有任何附著

物，這意味著眼前的這具屍骨已經在牆體裡面待了至少有五年以上，屍骨表面已經得到了充分的分解。」

「接下來妳準備怎麼辦？」

章桐微微一笑：「和考古差不多，慢慢清理吧，盡量避免第二次傷害，妳幫我找盞應急燈過來，猜想今天我和小潘要忙到晚上天黑了。」

東西很快就備齊了，現場除了兩個法醫留下以外，其餘人都撤到了門口。

時間一點點地過去，太陽很快就下山了，四盞應急燈把整間屋子照得雪亮，章桐身邊的塑膠布上，已經整齊地擺出了一副骨架，還有一些碎布條，從它們所附著在屍骨上的位置來看，應該就是死者的衣服。在依次照過相後，屍骨上所有的外部附著證據都被按順序裝袋，準備等痕跡鑑定組的同事前來接收。

擺在章桐面前的這副白骨除了兩節小指骨和一小塊椎骨沒有找到以外，其餘的都已經一一安放到位。人體總共二百零六塊骨頭，六百多塊肌肉，這副被人砌在牆裡面的屍骨，過了這麼多年，還能夠找到二百零四塊骨頭，在章桐看來，已經是挺幸運的了！

最後看了一遍凌亂不堪的現場，確保沒有物證被遺漏，章桐點點頭，這才對潘建說道：「可以了，我們撤吧！」

人被砌在牆裡面，不用說這肯定是一件謀殺案，所以，拆遷工程被擱置了下來，何時才能繼續開工，那就得看警局的破案速度了。

章桐小心翼翼地把屍骨都裝在一個專門的黑色運屍袋子裡，然後，送回局裡進行下一步的驗屍工作。

王亞楠把王建打發去了天使醫院了解情況，自己則乾脆跟著法醫車回

到了局裡。她很清楚就算自己有再大的能耐，死者的身分以及死因不搞清楚的話，這個案子就是在抓瞎。

來蘇水味是在寒氣逼人的解剖室裡唯一能夠聞到的味道，潔白的瓷磚由於被清洗過無數次，早就變得黯淡無光。一推門進來，王亞楠就忍不住抱怨：「我每次來，都會被這裡的味道燻暈！你們就不能換種消毒水啊！」

章桐不由得瞪了她一眼：「來蘇水是最便宜的了，效果又好，不用它，難道妳想被臭死？」

王亞楠乖乖地不吱聲了，這裡是章桐的地盤，什麼事情都是她說了算的。

潘建俐落地找出早就已經準備好的含有酶的專門清洗劑來清洗骨骼表面。由於在牆體裡被封住五年以上，儘管在蒐集證據時，章桐已經非常注意，但是她知道還是有一些地方免不了會受到一些不必要的外力損壞。為此，在骨骼清洗工作開始前，她要一一辨別出來屍骨上所有的外傷裂痕並且登記在案，以防止和以前死者所受到的一些舊傷混淆。

很快，一具乾淨的骨架就基本完整地被擺放在解剖臺上了，除去三處因為敲牆而引起的間接傷痕外，其餘的可以暫時推斷為死者身上的舊傷。

「亞楠，根據恥骨下面的明顯生理特徵來看，死者是男性，而肋骨的軟骨關節已經發育到了最後階段，這也就意味著死者死亡時已經超過了三十九歲這個特殊的人類生理年齡，表示著已經進入了中年階段。」章桐邊仔細檢視屍骨，邊說道。

「還有，妳看這邊……」她指了指死者的頸椎骨，「這裡有一處明顯的不同尋常的傷口，表明死者的第四頸椎骨關節已經斷裂，顯示出死者在生前身體曾經遭受過重壓，導致脊柱變形。而透過對死者的一處關節的檢

視，骨質異常疏鬆的特徵非常明顯，這正好符合我對於死者曾經因為意外導致過下體不能行動的推測。你再看這邊的死者右側橈骨上，也找到了相應的鈣化點，這也印證了我的推論。

「而脊柱骨關節上我發現了相對應的三處矯形螺絲留下的孔，還有三處金屬支架，這表明死者曾經為了脊柱受傷的病因做過多次矯正手術。」說著，章桐小心翼翼地取下了那三個金屬支架，在金屬架的反面，她看到了一串商品編碼，嘴角不由得微微地往上一翹，「任何大型的矯正手術所用到的醫用移植器械上，都會有相應的商品編碼。這樣，或許能夠使我們多一個方法來確定死者的身分。」

「你的意思是死者是一個肢殘人士、中年男性？那還有什麼辦法能夠更快確定他的身分嗎？」

章桐隨即把目光轉移到那個一直還沒有檢查的死者的頭骨上。她輕輕拿起了頭骨仔細端詳了一會兒：「腦幹所處位置的上方有明顯的裂開的痕跡，這不是剛形成的傷口，根據傷口邊緣的鈣化程度，應該有好幾年的時間了。傷口呈龜裂狀，那是鈍器擊打後留下的樣子，我會盡快進行顱面成像復原的工作。」

「那死因呢？」

「可以初步定為鈍器打擊致顱腦損傷死亡。而死者的死亡時間，我還要利用質譜儀對頭骨傷口進行進一步的確定後才可以告訴妳。」

王亞楠心滿意足地離開了，儘管還沒有確定死者的真實身分和真正死因，但是目前的手頭線索已經能夠讓她開始放開手進行工作了。

對於一個法醫而言，人體骨骼就是一個完整的記錄一個人從出生直至死亡的訊息庫。無論外界如何變幻，也無論生命已經離開人體有多長時

間，骨骼總是毫無保留地把其所經歷的一切通通展現於活著的人眼前，而法醫所要做的，就是仔細去觀察，揭開死亡所掩蓋的真相。

看著自己面前無影燈下的死者頭骨，那異樣的顏色讓人心裡很不舒服，看上去就像法醫辦公室裡的那具人體解剖模型，與一個曾經鮮活的生命似乎毫不相干。

「準備好了嗎？」

潘建點點頭，伸手做了個 OK 的手勢。

笨重的三維雷射掃描器發出了「吱吱嘎嘎」的聲響，一縷縷紅色的雷射束穿透了整個死者頭顱，忠實地記錄著每一個細微的數據。章桐知道，用不了多久，死者的大概相貌就會被影印出來，只要是死者親近的人，透過這張模擬畫像，很快就會認出死者的身分。

而剛才的全身 X 光掃描顯示，死者的後腦傷口是真正致命的傷口，也就是說，死者是被人從上往下六十五度角鈍器擊打致死。

半個多鐘頭後，死者的模擬畫像出來了，在透過傳真機傳送給王亞楠辦公室後，章桐撥通了王亞楠的手機：「死者身高在 163 至 165 公分之間，坐在輪椅上大概 120 公分。襲擊他的人在他身後下的手，當時他應該是坐著的。我測量了傷口的角度，是 65 度，也就是說，凶手很有可能是一個身高在 172 公分左右的人，而且身體強壯，是死者親近的人，所以才會有機會在背後襲擊死者，並且是一擊致命的。」

「我知道了，謝謝你提供的情況。」

「我一個小時後派人把屍檢報告給你送來。」

「好！」

＊　　＊　　＊

終於忙完了手頭的工作，章桐婉言謝絕了潘建請吃肯德基的盛情，看著小夥子樂滋滋地啃著手裡的漢堡，她一點胃口都沒有。牆上的鐘已經走到了凌晨一點，章桐徹底打消了給劉春曉打電話要他來接自己下班回家的念頭，這段日子劉春曉本身也很忙，常常是電話也不能夠馬上接了，經常打過去就被轉入語音留言系統。章桐唯一知道的訊息就是劉春曉被調到了反貪局工作。沒辦法，章桐開始想念起了家裡的饅頭，她發愁地又一次看了看牆上的掛鐘，自己今晚要是不回去的話，饅頭就會餓肚子了。王亞楠的車也是指望不上了，人家今晚肯定會通宵加班的，還是搭計程車回去吧。

想到這裡，章桐下意識地直起身子，背部肌肉的痠痛使她頓時齜牙咧嘴起來，緊接著就是渾身肌肉痠痛，連肩膀也開始抽痛。章桐皺起了眉頭，走到門邊，拿下自己的外衣和挎包，轉身對潘建說道：「我先回去了，有情況打電話給我吧。」

「這麼晚了，章法醫，妳還回去？」誰都知道章桐住的地方離局裡非常遠，「這個時候外面還叫得到計程車嗎？」

「沒事，這麼晚回去我已經習慣了。家裡的狗還沒有餵呢！」章桐笑了笑，推開門走了。

城市的夜晚和白天是完全不同的兩個世界，如果用雍容華貴來形容白天的話，那麼夜晚就處處流露著詭異的神祕和淒涼的寂寞。凌晨一點多鐘的街頭，華燈依舊亮著，在它照耀得到的地方，一覽無遺，空空蕩蕩，連個人影都沒有；而燈光背後的黑暗，章桐卻根本就看不清楚，除了黑暗還是伸手不見五指的黑暗。

站在警局門口的大街上，別說看到計程車了，連個過往行人的影子都看不到。章桐微微苦笑，是啊，都這麼晚了，有誰還會像自己這樣在大街上傻傻地站著等計程車呢？看著遠處路燈下的引橋，章桐的眼睛都快看酸了，卻還是見不到有亮著車燈的計程車過來。她抖了抖因為緊緊抓著挎包而變得麻木的手臂，試圖能找回一些感覺，可是，努力了好幾次，卻都像是在晃一條根本就不屬於自己的手臂。章桐開始有些猶豫了，記得劉春曉說過饅頭已經是條大狗了，餓一天兩天無所謂的，只要有水喝就行了。想到這裡，她又一次朝著遠處看了一眼，還是沒有空的計程車向自己站著的方向駛來，那今晚就乾脆在辦公室裡湊合一晚吧。章桐打定主意後，剛要轉身向警局的方向走回去，突然，挎包裡的手機響了起來，在寂靜的大街上，聲音聽上去特別刺耳清脆。

容不得多想，章桐趕緊接起了電話：「你好！哪位？」

電話那頭傳來「沙沙」的聲響，似乎線路不是很好，聽不到對方的任何回答。

「喂？你是哪位？有事嗎？」章桐忍不住追問了一句。

在幾秒鐘的緊張等待後，章桐剛想失望地掛上電話，電話那頭終於傳來了說話聲，刻意壓低的嗓音中透露著明顯的慌亂與害怕：「章法醫，我是劉建南的妻子，我想請妳幫個忙！」

「妳丈夫的遺體不是已經被妳委託別人在今天白天領走了嗎？」

「是，我知道，只是，我想請妳們調查我丈夫的死因，他是被人害死的！……」話還沒有說完，電話就突然中斷了。

「喂，喂……」章桐急了，趕緊把電話回撥過去，聽筒中卻傳來對方已經關機的提示音。「這究竟是唱的哪一齣啊！」章桐不滿地抱怨了一句，

這半夜三更毫無來由的電話讓她頓時心生不滿。但再細想想，對方之前態度非常堅決，不一會兒又來了個一百八十度大轉彎，現在卻又這樣……究竟出了什麼事？章桐的心裡突然隱約感到一些不安。

＊　　＊　　＊

王亞楠完全沉浸在手頭的工作中，她全神貫注地比對著手裡的每一個資料，時不時地在右手邊的紙上做著記號，臉上看不出任何表情。

心亂如麻的章桐在王亞楠的辦公室門口已經站了有一段時間了，她在猶豫著究竟該不該把心中的疑慮告訴王亞楠。從警局大門口走進來直到現在，短短兩百公尺不到的路程，章桐已經不止一次地回撥了劉建南家屬顧女士的那個來電號碼，可是，對方始終處於關機狀態。由於李曉楠的原因，章桐總是覺得劉建南的死似乎哪裡有些不對勁，不是死因，是他腹部怪異的傷口。章桐雖然是一個法醫，面對的都是屍體，但是，同樣是醫學院畢業的她卻很清楚這個世界上沒有一個真正的外科醫生會這樣不負責任地對待自己的病人。這是違背道德常理的，甚至是犯罪。當然，劉建南並不是死於這種潦草的外科手術，但是，很顯然手術後還不到二十四小時的時間，他就選擇了自殺，這解釋不通啊！難道他後悔向別人捐獻自己的器官了？那也不至於落到跳樓自殺的結局，應該還有很多別的選擇的。

「小桐，妳怎麼了？這麼晚還鬼鬼祟祟地站在我的辦公室門口，不回家睡覺啊？妳到底想幹嘛？」王亞楠半開玩笑地打斷了章桐紛亂的思緒。

「我想找妳談談那個案子。」章桐乾脆走到王亞楠辦公桌前的椅子旁，一屁股坐了下去。

「李曉楠那個？」王亞楠一臉的無奈，「我不是跟妳說過了嗎？現在還沒有足夠的證據證明她是被人殺害的，還只是處於推斷中，王建找線索去

了，很快就會有結果。妳的心情我能夠理解，妳不要太傷心太糾結這個案子了，好嗎？」

章桐搖搖頭：「妳搞錯了，我不是說這個案子，只是有一丁點連帶關係，我說的是我們法醫室今天接手的那個家屬要求解剖驗屍的案子。」

王亞楠皺眉：「溫泉小區跳樓的那個男的？」

「對，劉建南！他最後的醫生就是我的同學李曉楠。」說著，章桐把前前後後的經歷以及自己心中的所有相關疑慮一字不落地都說了出來，最後，她把自己的手機放在了王亞楠面前，「這上面的最後一個來電號碼就是她的，我回撥了好幾次，她關機了！」

王亞楠拿起手機，仔細檢視了來電號碼和時間，189×××××××8：「這是電信的號碼，這種天翼號碼都是用身分證登記的，我們這裡有他們電信部門的工作平臺連結，我查一下數據和登記戶主的名字，看看能不能聯繫上戶主，確定一下情況再說。」說著，她在電腦頁面上調出電信天翼內部服務平臺，在輸入手機號碼後，上面很快就顯示出一個訊息框：

機主：顧曉娜

身分證號碼：350088××××××××1023

居住地：天長市北三區溫泉小區 5 棟 408 室

「能馬上聯繫上她嗎？亞楠，我總感覺她的聲音中有些不安，不知道會不會出事，她這麼反覆肯定是有問題的！」

「這不好說，丈夫剛剛去世，妻子的情緒失控那是很正常的，再說了，現在是凌晨，天還沒有亮，這麼貿然上門，不太好。我想還是等天亮後，我派人去她家了解下情況吧，你說呢？」

章桐點點頭：「看來也只能這樣了，這女人，確實很情緒化，我第一次在我們局門口見到她時，就有這種感覺。就是你那副手，被她整得夠嗆，連插嘴的機會都沒有，是個老實人！」

　　王亞楠輕輕哼了聲，顯得很不在意：「那小子，還算是部隊轉業的，笨得要死。我真不明白，什麼都不懂的人，李局竟然還把他派到我身邊來做副手，知道副手的重要性嗎？我要是不在的話，他就要頂上去的，他現在什麼都不懂，到時候怎麼頂得上去？我能放心到時候把手下的人交給他嗎？」

　　「亞楠，對人要有寬容心，我看妳這個副手也是挺不錯的人，從來都不會抱怨妳的壞脾氣，妳還是忍了吧，過段日子習慣了就好了。再說了，李局把他安排在妳身邊，那也是信任妳，想叫妳帶帶他，妳是師父嘛！」

　　王亞楠不耐煩地揮了揮手：「行了，妳那套大道理我都知道的！省省力氣，趕緊回去休息吧，這都幾點啦，明天還得上班呢。」

　　章桐回頭看了看王亞楠辦公室角落裡間那張小小的行軍床：「看來我今晚就只能在妳這邊湊合一下了。」

　　「妳的辦公室不是比我這邊大多了嗎？」王亞楠一邊敲擊著鍵盤，一邊嘴裡嘟嘟囔囔抱怨著。

　　章桐站起身，微微一笑：「妳要是受得了那肯德基炸雞腿的味道，我那邊隨時歡迎妳去過夜！」

＊　　＊　　＊

　　「小桐，快醒醒！快醒醒！」

　　王亞楠的聲音彷彿來自另外一個世界，飄飄蕩蕩的，時遠時近。章桐翻了個身，繼續睡覺。

第六章　凶手

　　看章桐沒把自己的催促當回事，王亞楠急了，湊近她的耳邊，猛地大聲叫道：「快起來！顧曉娜死了！」

　　「妳說什麼？」章桐一下子就從床上坐了起來，睡眼矇矓地瞪著王亞楠，「妳別開玩笑，她昨天晚上剛打完電話給我就死了？不會這麼巧吧？怎麼死的？人現在在哪裡？」

　　王亞楠晃了晃手中的電話聽筒：「王建從天使醫院打來電話，說顧曉娜剛被 120 急診車送進醫院沒多久，就因搶救無效而死亡了，就在剛才，具體原因我還不清楚。怎麼樣，我們馬上一起過去？」

　　「現在幾點了？」

　　王亞楠看了看手機螢幕上的時間：「早上五點四十八分。」

　　「怪不得我腦袋這麼疼，我才睡了不到三個鐘頭！」

＊　　＊　　＊

　　在醫院的急診室裡死一個病人那是再正常不過的了，本來進到這裡的就都是危重病號，生與死都是五成對五成的比例。所以，這裡的護士和醫生照理說應該對死亡是見慣不怪了。可是，當王亞楠帶著章桐走進急診室辦公室時，她分明在周圍人的眼中看到了一些恐懼和不安的神情。想想這也難怪，朝夕相處的同事剛剛因為車禍去世，緊接著就又有病人去世，這種每天看著人死去的滋味確實不好受。

　　「你們哪個是負責人？」在出示了證件後，王亞楠一個個掃視著自己面前的醫生護士，「能和我說說究竟是怎麼回事嗎？」

　　「我是急診科的護士長，我們主任還沒有來上班。」

　　王亞楠仔細打量了一下站在自己面前的這個四十歲左右的女護士長，

一身簡單的護士服，頭頂戴著的護士帽上鑲嵌著一根金線。她要是不表明身分的話，光憑身上的穿著打扮，還真的很難判斷出她是負責人。

「和我說說死者顧曉娜的情況。」

「今天凌晨四點四十分左右，我接到了120急救中心發來的通知，說溫泉小區有人突然心臟病發作，打電話求醫，我們按照平時出診的慣例，馬上就出發了。因為，因為李醫生去世了，所以人手更加不夠，怕頂替的鄧醫生忙不過來，我就跟車一起去了現場。」

「你們到的時候，現場是什麼樣的，房間裡還有別人嗎？」

「沒有，是死者自己打的求救電話。我們趕到現場的時候，大門開著，死者倒在門邊，當時還有心跳反應，只是顯示呼吸困難，已經說不出話來了。」

「她當時是什麼表現？我是指她的肢體動作。」章桐插嘴問道。

「她用右手捂著胸口，左手摸著頭部，臉色發紫，嘴唇發青，完全符合心臟病突然發作的症狀表現。只是……」

「只是什麼？」

「我本來想把病人的手放下來，好往擔架上抬，可是她卻死死地摸著頭部，就是不鬆手！」護士長的臉上顯出一副困惑不解的神情。

「那心跳呢？心電圖怎麼顯示？」

「逐漸變緩，其實當救護車剛剛開上醫院的急診專用通道時，病人的心電圖監視儀螢幕上就已經顯示為一條直線了。」說著，護士長回頭看了一眼身後站著的當班醫生鄧嘉盛，後者點點頭，示意她繼續說下去。

「後來呢？你們進行了哪些急救措施？」

第六章　凶手

「腎上腺素五毫升，電擊，病人的心臟在短時間內曾經一度恢復跳動，但是後來就再也沒有辦法了⋯⋯」

「具體宣布的死亡時間？」

「心臟停跳超過十五分鐘，也就是早上五點二十三分，死亡證明書是我簽的字。」當班急診醫生鄧嘉盛接過了話頭。

「鄧醫生，我能看下屍體嗎？」

「可以，就在急診二號手術室，我這就帶你們過去。還有，你們那個同事不停地四處打聽李醫生的事，一個一個地問，弄得我們科裡那幫小護士人心惶惶的。」言語之間，鄧嘉盛顯得頗為不滿，他邊向外走邊又不停地抱怨。

王亞楠並沒有馬上就接這個話頭，她看了一眼身邊始終緊鎖著眉頭的章桐。

拐過走廊後，來到門上標有大大的數字「2」的一間手術室門口，一位醫院保全正站在門口，見到鄧嘉盛帶著人走來，趕緊打招呼：「鄧醫生，你來了！」

鄧嘉盛沒有回應，只是點點頭，然後走過保全的身邊，推開門直接進了手術室。

王亞楠和章桐則緊緊地跟在鄧嘉盛的身後也走了進去。

手術室裡靜悄悄的，無影燈早就關閉，由於病人在進入手術室前心臟就已經停跳，所以，並沒有明顯的搶救手術所留下的一片狼藉。此刻，狹窄的手術檯上，一具屍體無聲無息地躺著，白布把屍體從頭到腳蓋得嚴嚴實實。

「這就是死者顧曉娜，遵照你們同事的要求，人死後，我們就沒有再動過屍體。」

章桐放下工具箱，打開蓋子，拿出一副手套戴上後，轉身就向手術檯上的屍體走去，輕輕地揭開屍體上的白布。

　　時間在慢慢過去，手術室裡的氣氛漸漸地變得有些緊張。鄧嘉盛幾次要開口詢問，都被王亞楠揮手制止了。

　　終於，章桐把屍體上的白布重新蓋了回去，轉身向王亞楠點點頭，然後面對鄧嘉盛，一臉嚴肅地說道：「這是一起謀殺案，我要接管這具屍體！」

　　鄧嘉盛臉上的表情頓時凝固住了。

　　顧曉娜的屍體很快就被抬上了運屍車。王亞楠叫住了正要上車的章桐：「據妳判斷，死者的大概死因是什麼？」

　　「目前還不好說，但是可以確定的是，死者是被毒死的！」

　　「又是被毒死的？」

　　章桐點點頭：「我懷疑是生物鹼中毒。死者臨死前的症狀也基本符合這種情況。總之，一有結果我就會馬上通知你的！」

　　快到中午的時候，王亞楠推門走進了章桐的解剖室，還沒等她開口，章桐就頭也不抬地說道：「死者死於番木鱉鹼中毒。」

　　「番木鱉鹼？」

　　「對，妳過來看。」說著，章桐把死者的頭部輕輕轉向另一邊，露出耳朵後面的髮際，「番木鱉鹼是一種劇毒的化學物質，一般用來毒殺老鼠等齧齒類動物。妳看到沒有，這裡，就在靠近髮際線的地方，有一個細小的針孔。你拿放大鏡仔細看，針孔周圍的皮膚有略微紅腫的跡象，這就表明是在死者還活著的時候注射的，那個時候死者身體裡的血液還在流動，但是，死者很快就死亡了，人一旦死亡，體內所有的血液就停止了流動，傷

155

口就沒有辦法自癒，才會出現這種情況。」

「妳又怎麼會確定死者是番木鱉鹼中毒呢？」

「只要是生物鹼中毒死亡，死者的牙齦就會出現明顯的粉紅色，也就是我們所稱的『粉齒』，這是生物鹼性毒物在人體大量存在的展現。我在手術室檢查屍體的時候，注意到了『粉齒』的存在，再加上急診室的護士長所反映的死者臨死前的突發心臟病的情況，兩者結合，我就可以確定死者是生物鹼中毒。回來後我做了相應的排查，很快就確定了自己的推論，我所要做的，就是找到注射口。」她伸手指了指死者顧曉娜的腦後髮際線。

「那麼，死者是什麼時候被注射進這種毒物的呢？」

「死者體內每百毫升血液中番木鱉鹼含量為一點八毫克，也就是說，死者被注射進了五個單位的生物鹼毒物。根據醫院紀錄，死者心臟停跳時間是早上五點零八分，那麼，死者被注射的時間應該是在四點十分到四點四十分之間。」

王亞楠不由得皺起了眉頭：「120是在四點五十分左右進入死者房間的，而前後小區監控錄影我都檢視過了，並沒有人在凌晨兩點至五點之間離開過案發現場。那麼，妳的意思是120進入房間搶救病人時，很有可能這個犯罪嫌疑人正躲在房間裡的某個角落？」

章桐沒有說話。很明顯，王亞楠所提出的這個問題並不需要解答。

「番木鱉鹼這種生物毒素一般有哪些人會擁有？」

「生物研究所、大學生物系研究室之類都會配備，包括一些帶有研究性質的醫院，因為這種東西在藥用方面還是有很大的價值的，尤其是在心血管研究方面。」章桐無奈地搖搖頭，雙手一攤，「很難查詢的。」

離開法醫解剖室的時候，王亞楠順手從口袋裡掏出一份報告的影本留

在了門口辦公桌上的檔案欄裡：「我差點把這個給忘了，小桐，這是屍體被砌在牆裡那起案件的結案報告影本，我到妳這邊來的時候，順便帶過來給妳了。」

「我知道了，凶手是誰？」

「就是死者的兒子。」王亞楠的臉上露出了尷尬的苦笑，「不務正業的人，就為了點房子拆遷的補償款，老頭子不願意把錢就這麼拿出來，兒子就起了殺心。現在的人啊，真的是越來越讓人難以理解了。為了一點錢，可以連自己的爹媽都下得去狠手，就不怕遭雷劈啊！」

「算啦，想開點吧，我看要是每個案子都讓妳這麼糾結的話，用不了幾年的時間，妳的神經就會受不了而最終崩潰的。做好妳自己的工作就行了，別想那麼多了！等我忙完了就一起吃飯去吧，從早上忙到現在，肚子還是空空的呢！」

王亞楠點點頭，站在一邊等章桐忙完手頭的工作，一邊和潘建一起整理屍體。章桐的心裡同時又七上八下的，她知道自己很會勸解別人，尤其是面對好朋友王亞楠的時候，但是她也很清楚要是換了自己的話，處在王亞楠的位置上，也不一定會想得開，因為只要是人，遇到這種事情，都不會那麼容易想得開的。

＊　　＊　　＊

一個身穿淺紅色襯衣的年輕女孩推門走出了天使醫院的急診區，屋外刺眼的陽光讓她幾乎睜不開雙眼，但是這一切都沒有阻止她向前的腳步。她低頭看了看手腕上的錶，時間快到中午了，她隨即快步向大門口的公用電話亭走去，在經過門口保全亭的時候，她甚至一反常態沒有和正在值班的保全老王打招呼，只是心不在焉地點點頭。

第六章　凶手

看著年輕女孩的身影很快走到大門外左邊二十公尺左右的一個公用電話亭裡，保全老王突然很理解對方異常的舉動。他微微一笑，並沒有把年輕女孩剛才的反常放在自己心裡，年輕人嘛，談個戀愛情緒波動是很正常的，不過現在還有人不用手機而偏偏要用門口電話亭裡的話機，還真有些出乎意料。但是，沒過幾秒鐘，這個念頭就在老王的腦海中消失了，他並沒有在意，理由還是那個，年輕人嘛，尤其是戀愛中的年輕人，做什麼事情都是很正常的。

電話亭裡，在確定身後的門已經關好後，年輕女孩撥通了天長市警局刑警隊的電話號碼，這是昨天那個四處調查車禍致死的李醫生的年輕警察留給自己的，號碼她已經背了下來。那個面容和藹的年輕警察說過，無論想起了什麼，只要和李醫生有關，隨時都可以撥打他所給的這個手機號碼。

電話很快就接通了，只響過兩聲後，就被接了起來。

還沒等對方開口，年輕女孩就小心翼翼地問道：「是王警官嗎？我是天使醫院急診科的徐貝貝，我想我可能發現了什麼。妳說過我只要一想起什麼，就可以隨時打電話給妳的。」

「對，和李醫生有關的。」

「我什麼時候能見妳？我剛下班。……好的，我知道那個地方，我馬上叫車過去。」掛上電話後，這個自稱叫徐貝貝的女護士迅速推門走了出去，來到幾公尺遠的大馬路邊上，伸手攔了一輛計程車。

＊　　＊　　＊

還沒走進王亞楠的辦公室，王建就遠遠地隔著辦公室的玻璃窗看見頂頭上司正像獅子一樣在房間裡踱著步，彷彿附近有一頭已經受傷的羚羊。

這種狀態王建已經看見過很多次了，他知道這個時候去打擾她很不明智，搞不好就會招來一頓臭罵。他站在緊閉著大門的辦公室門口猶豫了一會兒，還是毅然敲響了門。

「進來！」

「王亞楠，我想讓你見個人。」也不等王亞楠回答，王建把一直站在身後的徐貝貝拉了出來，「這是天使醫院急診科的護士，叫徐貝貝，她也是李曉楠醫生的助手，她有些情況或許很重要。」

王亞楠看了王建一眼，口氣緩和了一些，伸手指了指自己面前的椅子：「坐下吧，徐小姐。」

徐貝貝點點頭，落座後，她從自己的隨身挎包裡拿出了一沓列印紙，遞給了王亞楠：「李醫生在世的時候，她的很多病歷都是我整理歸檔的。她去世後，按照規定，我要把她所有負責過的病歷全都整理出來，然後移交給檔案室管理，重新指定分配醫生。結果……」說到這裡，她略微停頓了一下，抬頭看了一眼一直站在自己身邊的王建，「王警官和我說只要找到任何我覺得有異常的地方，都可以找他，所以，我今天一換班後馬上就過來了。」

王亞楠翻看了一下手裡的幾張列印紙，都是病人的病歷檔案，上面清晰地記錄了病人的姓名、性別以及接診時間、病情、處理方式，當然，還包括最後死亡的時間。王亞楠看不出有什麼值得懷疑的地方，她一臉疑惑地看著面前忐忑不安的年輕女孩：「徐小姐，妳能和我解釋一下嗎？好像這上面的病人大多都已經去世了呀。」她指了指自己手中的病歷列印紙。

「是這樣的，我們急診科因為平時接收的都是危重病人，有死亡那是很正常的。但是，我發覺這一個多月以來，李醫生上班時接診的病人死亡

率太高了，而且基本上都是意外所導致的死亡，也就是說，病人到達醫院後沒有多久，就死在了手術檯上。這很反常。還有就是，據我在急診室參加搶救時的觀察，有好幾起病例，死者在臨死前都動過大手術！」

「妳所說的『大手術』是指什麼樣的大手術？」王亞楠不解地問道。

「我不清楚，但是在病人身體表面都會有很新鮮的傷口存在，是縫合傷口！」

聽到這裡，王亞楠突然想起了什麼，揮手示意徐貝貝等一下，然後抓過辦公桌上的電話機，撥通了章桐辦公室的電話：「妳馬上過來我這邊一下，對，有急事！……好的，我等妳！」

沒過多久，章桐就急匆匆地走進了王亞楠的辦公室。王亞楠一邊把手裡的病歷影本遞給了她，一邊介紹說：「這是我們局裡的法醫章桐，這是李曉楠生前的護士兼助手徐貝貝，這些資料就是她送來的。」

章桐點點頭算是打過了招呼，隨即仔細檢視起自己手中的病歷影本，很快，在病人姓名一欄中，她看到了一個再熟悉不過的名字 —— 劉建南。

「這裡總共有多少個病人？」

「十八個，我列印的就是這一個多月的，前面的已經都交到檔案室去了。妳要的話，我可以去拿。」

「不用了，這些就已經足夠了，徐小姐，謝謝妳。」章桐猶豫了一下，緊接著問道，「關於這些病人，妳還有哪些需要補充的嗎？我是指他們的共同點！我看到病人的名字後面都有一個小小的『*』字標記，這代表著什麼具體含義嗎？」

徐貝貝點點頭：「這是我們做急診手術前必須查明的。我們和市中心血庫是聯網的，做手術前，只要在頁面上輸入病人的名字，就會顯示病人

是否捐過血，如果參加過捐血的話，我們按照規定會讓病人享有應該擁有的待遇，從另一方面講，病人的血型也可以很快知道，減少了驗血的各種環節，增加搶救成功的機率。」

「是這樣啊，那麼，這十八個病人都是在血庫進行過捐血的，對嗎？」

徐貝貝又仔細看了一下病歷影本，隨即肯定地點點頭：「沒錯，他們都參加過捐血，你們可以在市中心血站的資料庫裡查到他們的相關資料。」

「劉建南死亡的當晚，妳在搶救現場嗎？」

「對，那晚我值班。」

「妳也注意到了他腹部的傷口？」

徐貝貝又一次點點頭：「沒錯，我們幾個都注意到了，包括李醫生在內。」

「前幾個病人身上妳是否也注意到了？」

徐貝貝想了想：「我當班的那幾天，反正都是這樣。我記得當時李醫生還很奇怪，她在病歷原始記錄本上做了記錄，以方便日後查詢原因。」

「好，我沒問題了。」章桐看向王亞楠，後者點點頭，「謝謝妳的幫助，徐小姐，今天就到這裡吧，我們會和妳保持聯繫的。」

徐貝貝抿了抿嘴：「只要能幫上李醫生的忙，我做什麼都願意的。說實話，李醫生是個好人，她這麼突然就離開了，我們幾個護士心裡都不好受的！」

徐貝貝的話讓章桐突然有一種想哭的感覺。

王建帶著徐貝貝離開了王亞楠的辦公室，章桐卻並沒有馬上走，她在剛才女孩所坐的椅子上坐了下來，抬頭問道：「顧曉娜的案子立案了嗎？

怎麼樣了？」

「立了，我已經派人去顧曉娜家調查了，很快就會有消息給我。對了，小桐，我記得妳說過劉建南的死因並不可疑，完全符合高空墜落所導致的死亡，對嗎？」

「對，死因很明顯是沒問題，是墜樓死亡。但是，他身上的傷口，我總覺得沒有那麼簡單。而且據我所知，一個剛剛把自己的器官捐獻給別人的人，是不會馬上想到輕生的，而且根據他妻子顧曉娜所提供的情況，劉建南身體狀況一直都是很健康的，沒有任何毛病，一年到頭連感冒都沒有，而家裡也是經濟狀況良好，辦著個大公司，整天忙於生意，人也很有愛心，沒有什麼值得他甩下深愛著的妻子而跳樓自殺啊。你說對不對？」

王亞楠點點頭，隨後卻又皺眉說道：「不過，世事難料，這個世界上，最捉摸不透的，我想就是人的心思了。」

正在這時，王亞楠辦公桌上的電話鈴聲急促地響了起來，章桐的隨身手機也緊接著響個不停。兩人不約而同地對視了一眼，隨後同時接起了電話。

「好的……我馬上到……」

＊　　＊　　＊

一個小時前。

這裡是拾荒者最愛來的地方，因為地處鬧市區，又是上等飯店，所以後門轉彎處的大垃圾箱裡經常會有一些令人意想不到的「寶貝」出現：沒用完的紙巾盒，喝了一半的啤酒，吃剩的烤鴨。這也就是導致拾荒者之間經常大打出手的原因。

這一次，好不容易爭奪到「占領地」的拾荒者阿寶正興沖沖地在垃圾箱裡翻找著什麼。剛剛經歷過一場激烈的鬥爭，阿寶的臉都被打腫了，可是，這一切與飯店員工剛剛扔出來的那一大袋半人高的黑色垃圾袋裡裝著的寶貝比起來，還真的不算什麼。為了抓緊時間，阿寶拚命翻撿著，搜尋著，臉上掛滿了欣喜的笑容。

　　終於，一個神祕的大紙盒子出現在了他的面前，盒子有點髒，但是這影響不了什麼，阿寶如獲至寶般地捧起了紙盒子，鑽出了大垃圾箱。周圍沒什麼人，這個地方是一塊天然的風水寶地，聽得到大街上車來車往的聲音，也聞得到飯店廚房裡那個大抽油煙機裡散發出來的香味，別人卻看不到他，這裡是個監視器的盲點。

　　盒子打開了，阿寶的心卻涼了半截，本以為裡面至少有半隻燒雞，別人吃過也無所謂的，只要能開開葷就行。這個飯店因為有很多星級大廚，所以即使是扔出來的剩菜剩飯也都是美味佳餚。可是，今天這個包裝精美的大紙盒子裡除了一大堆怪怪的黑乎乎的焦肉外，找不到其他誘人的東西。阿寶無奈地盯著這堆黑乎乎的東西，他突然意識到了味道也不對，聞上去怪怪的、酸酸的，還有點臭味。阿寶畢竟不是老眼昏花，不然的話也沒有力氣和別的拾荒者爭奪地盤。他瞪大了眼珠子仔細端詳著眼前這一堆亂七八糟的肉塊，突然一聲尖叫，一屁股坐在了地上，緊接著就是一陣翻江倒海的嘔吐。

　　也不知道過了多久，激烈的嘔吐終於停止了，阿寶顫抖著身子站了起來，頭也不回地衝向外面的大馬路，好像身後有看不見的鬼在追他。等來到人來人往的馬路上，阿寶瘋了一般見人就叫：「幫幫忙，我要報警！幫幫忙！幫我打個電話！」

第六章　凶手

＊　　＊　　＊

　　章桐一邊聽著王亞楠和屬下詢問發現屍體的拾荒者，一邊從局裡新配備的法醫專用勘查箱裡取出了一副乳膠手套戴上。那位報案的拾荒者的臉上早就沒有了血色，身邊是一大堆的嘔吐物，離這麼遠他們都能夠聞到一股酸腐的味兒。

　　章桐把注意力放回到了面前的這個白色的做工精美的已經被打開的大紙盒子上。從外部看來，大紙盒子沒有什麼特別之處，寬四十公分，長約六十公分，混在那些普通的從這家飯店的廚房裡扔出來的各式各樣的垃圾裡，沒什麼不一樣的，紙盒子的表面被油和水浸透後，顯出一種怪異的顏色，盒子外部也快要爛掉了。

　　在潘建的幫助下，章桐把這個紙盒子小心翼翼地挪到了一邊鋪著的黑色塑膠布上，然後，打開了盒子。

　　作為一名法醫，章桐見過很多種死屍的各式各樣的死法，但是眼前出現的這一幕，還是讓在場的所有人都忍不住倒吸了一口涼氣：盒子中是一堆黑乎乎的燒焦的東西，帶有一定的黏性。她伸出兩根手指取出了一點，仔細看了一下，放在鼻尖聞了聞，確定是燒焦的肉。但是暫時還沒有辦法進一步確定這是不是人類的組織。而在這些散發著一股特殊的臭味和焦味的燒焦的肉中間，赫然還有一個類似於人類的頭骨的東西！

　　雖然說從外觀來看只是部分頭骨，耳朵以下的部分也已經無影無蹤，但是，眼窩、鼻竇以及通常大腦所在的位置清清楚楚。為了確定這是人還是動物的頭骨，她伸出雙手把盒子裡的頭骨翻了過來，從頭骨的側面，赫然看到了眼窩裡的眼睛，還有一排牙齒。這一切對於法醫來說都是再熟悉不過的了，它的出現，意味著整個紙盒子裡的東西就是一個人，一個被燒

得面目全非的人！

章桐神色嚴峻地低聲對身邊的助手潘建叮囑道：「告訴王亞楠，馬上封鎖整個飯店廚房，這有可能是一具人類的屍骸！」

潘建一聲不吭地站了起來，向不遠處的人群走去了。

* * *

很快，飯店老闆和廚房的總廚就被叫到了垃圾桶邊上，雖然距離不遠，但是周圍圍觀的人越聚越多，人們議論紛紛，交頭接耳。

「法醫都來了，肯定發現死人了！」

「這怎麼可能？這可是飯店啊！吃飯的地方！」

「飯店就不能有死人嗎？」

沒多久，王亞楠朝章桐和潘建這邊招了招手：「你們可以進去了。」

章桐點點頭，站起身，示意潘建先把裝有可疑物體的大紙盒子送往一邊的法醫現場車備份廂裡鎖好，然後提著沉重的工具箱走進了飯店的廚房後門。

耳邊不斷地傳來總廚拚命嚷嚷的聲音：「不可能，肯定是有人惡作劇。想破壞我們飯店的生意，這是眼紅！」

見此情景，隨後跟來的潘建嘆了口氣，小聲嘀咕道：「這就是我從來都不在外面吃飯的原因！」

章桐無奈地搖了搖頭。

整個後廚的人員都被帶到了靠門的一邊，並且被告知什麼都不允許觸碰。廚房的砧板上擺滿了各式各樣的食材。幾個巨大的爐灶上，還煮著一些不知名的東西，水沸騰著，冒出了陣陣熱氣。

第六章　凶手

　　此行的目的是進一步尋找其餘的人類骸骨，章桐和潘建與隨後緊跟著
進來的痕跡鑑定組的同事一起逐個檢查起了這個如迷宮般的大廚房。鍋
灶、器具，甚至於爐灶下面的小縫隙裡，他們都沒有放過。

第七章　凶案現場

　　章桐用手電筒照射死者身體下的東西，發現了幾個食品袋，裡面隱隱約約露出了一些雞鴨的爪子。顯然，死者身子下面還有一些其他冷凍食品，她的身體應該是被人精心安置在了冷凍櫃中有富餘空間的地方，所以，最終才會形成這個樣子。

「你們這是在胡鬧，我們這裡怎麼會有死人？」

「這樣一來，這裡非得關門不可！誰還會來吃飯哪！……」

一邊站著的廚師們開始不停地抱怨，前面大廳裡的客人都已經被禮貌地勸離了。對於飯店來說，這些客人的飯錢當然是一分錢都收不回來的。

那個裝有疑似人類骸骨的大盒子明顯是被拋棄沒多久的，因為紙盒子的邊緣摸上去還有一點溫度，包括裡面的屍骸。而根據這個紙盒子裡屍骸的分量來估算，還有很大一部分屍骨在外面沒有找到，現在必須盡快搜尋受害人剩下的屍骸。

沒多久，從廚房器具櫃角落裡的幾個大罐子中意外找到了很多被燒焦的熟肉，這些會是受害者的人肉嗎？

「燒焦的肉本來應該很快處理掉的，為什麼還要留著？」

對面站著的總廚不停地搖著頭：「這不是牛肉就是豬肉！肯定是哪個廚師偷懶，燒焦了就扔在這裡不管了！」

章桐沒有再多說什麼，痕跡鑑定組的同事幫她把這些不知名的肉一併裝進了證物袋中，封好口。

很快，潘建在角落的一個水槽裡發現了一些燒焦的肉和骨頭的碎片，雖然說沒有辦法立刻確定這些與門口的垃圾箱中的那個紙盒子所裝的焦肉和骨頭同屬於一個個體，但是，根據其顏色和燒焦的程度來看，應該是差不多的。

房間裡漸漸地變得鴉雀無聲，起初還滿嘴抱怨個不停的廚師們面對著眼前逐漸被發現的證物，一個個都明智地閉上了嘴，臉色也越來越不好看了，有人甚至開始努力遏制住自己越來越強的嘔吐慾望。

痕跡鑑定組在法醫離開現場後，就把廚房中所有的刀具都搬來了實

驗室。

回到局裡，在做完初步檢查以後，章桐懷疑這是一具人類遺骸的念頭越來越強烈，但是，從法醫人類學的角度來講，她還沒有辦法真正做出最後的判斷。

冰冷的解剖室裡，空氣中儘管瀰漫著一股刺鼻的來蘇水的味道，但是卻仍然無法掩蓋住解剖臺上那堆有機物所散發出來的怪異的臭味。

擺在章桐面前的難題是前所未有的，因為不同於火場中的屍骨，面前的屍骸由於經過烘烤和煮沸，所以，骨頭已經所剩無幾，而且看上去就像木炭一樣，許多部分根本無法辨認。

章桐仔細檢查這些被燒焦的肉，想確定裡面是否有人肉的成分，但是，這些肉被燒熟後，細胞核 DNA 分子因為受熱而被分解，因此根本無法檢查裡面的 DNA 分子是否存在。這些堆成一堆的焦肉，和被燒焦的豬肉或者牛肉沒什麼兩樣，光靠肉眼根本區分不出來。

「凶手很聰明，他應該對 DNA 這方面的知識有一定程度的了解，並且他也很清楚飯店後廚經常會有一些肉因為變質而被丟棄。而受害者的屍骨如果混在其間，是不會被發現的。」章桐皺眉說道，「目前看來，我們只能夠暫時放棄對那些燒焦的肉的線索尋找，潘建，你把我們專用的膠水拿來！」

「好的！」潘建轉身走到解剖室門邊的那個大櫃子邊上，伸手打開櫃子，拿出一瓶五百毫升左右的特殊醫用膠水。而身後解剖臺邊的章桐則把所有在現場找到的七零八落的骨頭都集中在了一起，平鋪在解剖臺旁邊的工作臺上。最後，她和潘建兩人面對面地坐了下來，開始艱難地把受害者的頭骨拼貼完整。

第七章　凶案現場

　　人類的頭骨在人體所有部位的骨頭中，是最為複雜的，它的結構也很特殊，要想把零散的頭骨碎片恢復完整，可不像拼圖這麼簡單，更何況其中還混雜有一些別的部位的骨頭碎塊。首先要做的就是把它們一一區分開來，然後根據頭骨的形狀，再把它們盡量放回到它們應該所處的位置上。在尋找下顎骨碎片時，章桐嘗試了好多次，但是因為骨頭碎得實在厲害最終只能放棄。兩個多小時後，一個基本完整的人類頭骨經過膠水黏結，終於出現在兩人的面前。除此之外，她還找到了一塊完整的恥骨和兩塊骼骨。透過恥骨，就可以初步確認受害者為三十歲左右的女性，因為恥骨扁平細長。這樣一來，頭骨的面部復原就有一個大概考慮範圍了。儘管下顎骨還有一些殘缺，但是這些對於電腦辨識已經基本沒有障礙了。

　　很快，模擬畫像就被送到了刑警隊，而紙盒子上的指紋也被痕跡鑑定組順利提取到了，透過比對排除拾荒者的指紋後，嫌疑犯所在的區域就可以縮小到飯店內部員工了。

　　「亞楠，我需要去現場看看，確定那裡是不是第一案發現場。」

　　「需要我派人陪你去嗎？」

　　「不用。」章桐微微一笑，「我雖然是法醫，但也是經過訓練的，你放心吧，我沒事的。你幫我把痕跡鑑定組血跡檢查員小李暫時借過來就行了，我需要他幫我。」

　　「沒問題，我這就通知他到你那邊報到。」

　　掛上電話後，章桐一邊收拾工具箱，一邊吩咐潘建：「把我們的發光氨帶上，等等現場用得到。」

　　再一次來到星級飯店的後廚門口，這裡已經是大門緊閉，周圍被醒目的警方專用藍白警戒帶牢牢地封鎖，包括那個不遠處的垃圾箱。飯店的正

門掛著一塊「停業整頓」的牌子，不過明眼人都知道，要想再次開張已經是不太可能的了。

走進飯店後廚，這裡冷冰冰的，一個人影都沒有，一眼看過去，就是冰冷的廚具與鍋灶。所有的刀具都已經被痕跡鑑定組在昨天案發後不久清理走了，鑑定結果還沒有出來。

「小李，小潘，我們今天的範圍很大，這樣吧，一人負責一塊區域，使用發光氨，查遍整個廚房，看看能不能找出一點線索來。」章桐從工具箱裡拿出了護目鏡，「我負責儲藏室那一部分。」

潘建和小李點點頭，轉身各自忙活去了。盡早找到線索對案件的順利偵破具有很大的作用。

在飯店後廚的儲藏室裡，關上燈後，章桐剛剛噴下發光氨，整個漆黑的儲藏室裡頓時就被一種讓人毛骨悚然的幽幽藍光給覆蓋住了，地上、牆上，到處都是噴濺性的血跡痕跡。章桐知道在一般情況下，飯店的廚師是絕對不會在儲藏室裡屠宰分割新鮮肉品的，更何況從這個血跡的噴濺量和噴濺方向來看，完全是人體動脈被割破後的景象，如果這些血跡都是一個人留下的話，那麼，這個人早就已經死了。

「你們快來！我這裡有發現！」章桐趕緊退到門口，轉身向潘建和小李所處的位置大聲招呼道。

大家都被眼前的景象驚呆了，小李喃喃自語道：「至少有兩千毫升，章法醫，我想這就是妳要找的殺人現場！」

章桐一臉嚴肅地點點頭。

傍晚快下班的時候，王亞楠等在門口，一臉疲倦的笑容。

「怎麼，這麼快就破案了？」

「有妳在，我從來都沒有發過愁！」王亞楠調侃道。

「我又不是什麼神探，妳別亂拍馬屁了。我只不過是做好自己的本職工作而已。」章桐一邊收拾好挎包，一邊向門外走去，「說真的，亞楠，凶手被抓住了嗎？是不是飯店裡的人？」

王亞楠點點頭：「就是那個總廚師長。我手下拿著那張你發給我們的模擬畫像才問了兩個人，就有人認出了是總廚師長的老婆，三天兩頭跑去鬧離婚的那個，案發那天早上就沒有去鬧過。痕跡鑑定組的刀具檢驗報告中顯示，兩把剔骨刀和一把鋒利的片刀上都有大量人血的痕跡，在刀柄上提取到了幾滴微量的血液，經過 DNA 鑑定，也正是屬於死者的。同時，在那個紙盒子上提取到的幾枚指紋也直接把矛頭指向了這位總廚師長，他被帶到局裡後，很快就交代了。總之，簡單概括作案動機就是因愛生恨，總廚師長不願意離婚，忍無可忍，就下了狠心。」

「我的天，對自己老婆下這種毒手。光殺了還不解恨，還要那樣做，真怪讓人噁心的。」一邊的潘建忍不住插嘴抱怨道，「這種愛，我寧願不要！還是不結婚好啊！再說了，現在結婚又結不起，到處都要錢，唉……」

章桐皺了皺眉：「你不開口沒人當你是啞巴！趕緊下班吧，待會你的『肯德基』就該等急了！」

潘建不吱聲了，看了看手腕上的錶，朝兩人點點頭，趕緊向大門口跑去了。

「肯德基？」看著潘建匆匆離去的背影，王亞楠一頭霧水。

「我說的是他的女朋友，叫『小辛』，就在對面肯德基工作。小女孩挺知冷知熱的，三天兩頭請我的小徒弟改善夥食。」章桐笑了。

「哦，怪不得妳老說妳的辦公室裡有股炸雞味。」

「沒辦法，小年輕談個戀愛不容易，我們當長輩的就睜一隻眼閉一隻眼吧。」

「嗬，妳年紀大嗎？」

正在這時，王建迎面走了過來，看見王亞楠，他的臉上微微閃過一絲尷尬，還有一絲溫柔。

這一系列細微的變化並沒有躲過正面對著他的章桐的目光，她若有所思地看了看身邊正滔滔不絕、渾然不知的好朋友，又看了看站在另一邊的王建，臉上不由得露出了欣慰的笑容。旁觀者清，章桐知道，好朋友的春天終於來到了。

＊　　＊　　＊

上班路上，快要走到警局門口時，章桐遠遠地看到門衛保全老王彎腰正在和一個小女孩說著什麼，看樣子是在勸她。等走近時，章桐這才注意到眼前這個小女孩才十二三歲，紮著馬尾辮，一雙大大的眼睛，小嘴一抿一抿的，一副欲言又止的樣子。老王站在她的身邊，看樣子是要把她父母的電話號碼騙出來，哪怕是名字也行，可是小女孩就是不開口。沒辦法，老王眼見到累得夠嗆，正要發脾氣時，一抬頭看見站在自己身邊的章桐，立刻就像看見了救星一樣，連忙迎了上來，愁眉苦臉地說道：「章法醫，妳快幫幫忙吧！這小丫頭嘴巴死硬，我都快沒轍了。」

章桐皺了皺眉，打量了一下站在老王身邊的小女孩，看看她的樣子，不像是在鬧著玩的，相反是一臉的認真。隨即她想了想，安慰老王說：「你去忙吧，我來問問她。」

老王這才如釋重負般地回值班室去了，走過小女孩的身邊時，還埋怨地瞪了她一眼。

　　章桐蹲下身子，語氣盡量平靜柔和地說道：「小女孩，告訴阿姨，妳找誰呀？」

　　「妳是管殺人案的嗎？」小女孩脫口說出這麼一句沒頭沒腦的話，把章桐給鎮住了。

　　「阿姨是管那些被殺害的人的。妳有什麼事嗎？看看阿姨能不能幫妳。妳爸爸媽媽去哪裡了？現在這麼早，妳不用去學校上學嗎？」

　　小女孩的眼眶突然紅了，眼眶中充滿了淚水，漸漸地開始小聲地抽泣了起來。

　　「別哭別哭！誰欺負妳了，阿姨幫妳！」章桐頓時慌了手腳。

　　「阿姨，妳能找人幫幫我嗎？我媽媽被我爸爸殺了，我親眼看見的。」小女孩「哇」的一聲撲在章桐懷裡痛哭了起來，「阿姨，我媽媽死了。」

　　章桐是真的沒有辦法了，再問，小女孩也只是哭，一句話都說不上來。無奈之下，就只能把她帶到了刑警隊重案組的辦公室。等了沒幾分鐘，王亞楠就來上班了。

　　「妳來得正好，快幫幫我，這小女孩哭個不停。」章桐站了起來，「我是沒有辦法了。」

　　「哄孩子我可沒這個本事！」王亞楠一臉的俏皮，「妳上哪裡撿了個這麼大的孩子啊？」

　　章桐也不搭理她的調侃，大略講了事由後又蹲下身子，湊近了小女孩，溫柔地說道：「告訴阿姨，到底出什麼事情了？我們會幫妳的！」

　　王亞楠也在一邊安慰道：「小女孩，阿姨就是妳要找的管殺人案的，妳現在能夠告訴阿姨究竟出什麼事情了嗎？妳爸爸媽媽呢？妳跑來這裡，他們知道嗎？」

小女孩急了，「騰」的一聲從王亞楠面前的沙發上站了起來，一把眼淚一把鼻涕地說道：「妳還是不相信我！我爸爸把我媽媽給殺掉了。我躲在樓梯間親眼看到的。他把媽媽藏在冷凍櫃裡了，還加了一把大鎖，我嚇得馬上就跑出來了。我先到派出所，叔叔不相信我，把我攬了出去，還是看門的阿伯指點我到這邊來找管殺人的人的。我媽媽真的死了，我不騙妳。媽媽……」小女孩最終還是嘴巴一咧，又哭了起來，那個傷心樣，一點都不像是在惡作劇。

　　見此情景，章桐和王亞楠面面相覷，王亞楠長嘆了一聲，硬著頭皮蹲下身子，面對著這個傷心至極的小「報案人」，無奈地說道：「好了好了，妳別哭了，阿姨的頭都要被妳哭得炸掉了。阿姨幫妳看看，第一步，妳現在告訴我，妳叫什麼名字？」

　　「朱心怡！」小女孩終於看到了王亞楠從抽屜裡拿出了紙和筆，知道眼前這個面容嚴肅的阿姨總算要動真格的了，所以，這回她倒是很爽快地報出了自己的名字，也不哭了。

　　看著兩人一問一答的樣子，時不時地，王亞楠還做著筆錄，章桐就悄悄地轉身離開了重案組的辦公室。

　　一個多小時後，這件事情終於有了下文，章桐接到了排程的電話，說要馬上出現場。當她和潘建帶著勘查箱，開車趕到案發現場時，一眼就看到了王亞楠身邊站著的那個熟悉的小女孩，她非常傷心，眼淚還在眼角打著轉轉。

　　章桐用目光詢問面前的王亞楠，她默默點了點頭。章桐的心不由得一沉，小女孩的母親真的死了！

　　案發現場是一片棚戶區，房屋簡陋，屬於天長市最早的住宅區。小女

孩的家就在巷子的盡頭。家裡前後兩間，外帶一個閣樓，前面當作店面，開了一家食雜店，在前後屋之間的儲藏室裡，放著一臺很大的冷凍櫃，猜想在平時用來放一些冷凍食品，夏天則用來放些飲料雪糕之類的東西。而小女孩的母親，此刻，就在裡面躺著。

　　冰箱外面的大鎖已經被撬開了，章桐戴上乳膠手套，打開勘查箱，取出一支小型強光手電筒，因為這個儲藏室裡的光線太暗了，唯一用來照明的就只有頭頂那一顆二十五瓦的散發著昏黃的光線的燈泡。她把手電筒夾在脖子上，然後，和潘建一起用力地抬起了冷凍櫃沉重的蓋子，隨後出現在大家面前的一幕簡直是怵目驚心！

　　一具女人的屍體用一種怪異的姿勢斜躺在冷凍櫃裡，她的軀體在深度冷凍的狀態下凍得很結實，滿身都是血，致命傷應該是在顱腦處。被害人雙眼睜得大大的，雙腿往裡面彎曲，身體勉強蜷縮著。章桐非常清楚，從人體學角度來講，這種姿勢不在旁人的幫助下，是完全做不到的。

　　章桐用手電筒照射死者身體下的東西，發現了幾個食品袋，裡面隱隱約約露出了一些雞鴨的爪子，顯然，死者身子下面還有一些其他冷凍食品，她的身體應該是被人精心安置在了冷凍櫃中有富餘空間的地方，所以，最終才會形成這個樣子。

　　此時，王亞楠獨自一人走了進來。章桐回頭問道：「那小女孩呢？」

　　「我叫小鄭先帶回局裡去了。對了，死因怎麼說？」

　　「他殺！」章桐簡明扼要地回答道，「其餘的，我回局裡解剖後才能夠告訴妳。」

　　王亞楠點了點頭。

　　章桐和潘建在把屍體裝好後，抬出案發現場時，身邊圍觀的人越來越

多了，耳邊突然傳來了一個男人拚命的咆哮聲：「我沒有說謊，你們不能抓我，我沒有殺我妻子。她不小心撞到了頭，就掉進去了，她當時就死了。我很害怕，就只是把冰箱蓋上了而已。你們不能沒憑沒據地亂抓好人！我沒殺人！」

章桐搖了搖頭，無話可說。

「如果真如死者丈夫所說，死者是在狹小的儲藏間不慎撞到了頭而失去重心掉入冷凍櫃的話，那麼，屍體在冷凍櫃裡就不可能是這種怪異的姿勢。就好像一隻殺好的雞，當冷凍櫃裡的東西太多時，那隻雞肯定塞不進去，我們就必須得把這隻雞扭一下，把爪子朝後拉一拉，或者再把雞的脖子彎一下，然後才能塞進去。而本案中，我仔細觀察過那個冷凍櫃，剩餘的空間是肯定不夠的！死者的身體一定是被別人刻意擺成這個樣子。她女兒也曾說過，她親眼看見爸爸把媽媽殺了，放進冷凍櫃裡。所以，死者的丈夫完全是在胡說八道！」解剖室裡，潘建顯得一副憤憤不平的樣子。

章桐沒有搭理他，這死者的軀體經過回暖後，僵硬的手臂和雙腿才平整地放下來。因為死者渾身上下就只有頭部有傷口，而且身上的血跡幾乎都是從頭部流下來的，所以，章桐對死者的顱腦受損情況的嚴重性進行了進一步的檢驗。

她從勘查箱裡取出一把鋒利的大號手術刀，從死者的左耳下方一公分處，插入刀尖一公分，然後向死者右耳部位劃去，呈現弧狀，中間橫貫整個頭頂。手術刀片很鋒利，就像在切一塊豆腐一樣。緊接著，她把死者的頭皮剝開，蓋在死者的臉上。

此刻，呈現在章桐面前的就是死者白森森的顱骨了，她用放大鏡仔細觀看著死者的顱腦受傷程度。在顱骨上，清晰地分布著八處獨立的重物打

擊傷口，顱骨已經呈現出骨折的龜殼狀裂痕！這些傷口絕對不是一個人撞在柱子上就能夠形成的，那得需要多次外力打擊才會最終形成這樣的傷口！而且所用的力量是非常大的！

章桐隨即又打開了死者的顱腦，用輕薄的小手術刀輕輕割開大腦與脊髓和血管的連線處的神經，然後把它放在了白色手術托盤上。顯微鏡下，顱腦表面已經有明顯的損傷出血，腦幹部位也受到了外力致命的傷害，顱腦表皮已經破損。這樣一來，死者丈夫所說的話就沒有一個字是可以相信的了！要知道，這麼嚴重甚至於可以說是致命的顱腦損傷，光靠一次撞頭是根本沒有辦法造成的，必須要有外力用力敲擊！從受損的部位來看，死者渾身上下沒有防衛傷口，因為這一擊就已經把她敲昏迷了。

至於造成這種傷口的凶器，根據骨折的程度以及頭骨縱裂傷口的方向，還有傷口提取到的一些細微的木屑，章桐判斷：「凶器應該被推斷為一根結實的木棍，形狀扁平。」

「死因呢？」匆匆趕來的王亞楠皺眉接著問道。

「多次打擊導致顱腦損傷死亡！」話音剛落，章桐的眼前浮現出了那個一直在她腦海裡的小女孩的影子。

第二天中午，章桐正在食堂吃飯，王亞楠端著盤子也一屁股坐了下來：「知道嗎？案子破了，夫妻之間的口角，唉！害死孩子了現在！」

「就是冷凍櫃那個？」

王亞楠點點頭：「除了那個還有哪個？我氣的倒不是別的，那渾蛋都招了，最後還來一句『想不到把女兒一把屎一把尿地養大，偏偏還是女兒把我送了進來』！你說氣不氣人，我當時就回了他一句——你把人家的親媽都殺了，你早就不是她的父親了。真是渾蛋！呸！」王亞楠邊說臉上邊

流露出厭惡的表情，「這種人，真過分！」

　　章桐沒有吱聲，她知道每次案子破了的時候，王亞楠不需要安慰，要的只是傾聽者，而她，就是最好的聆聽者。

＊　　＊　　＊

　　「鄭女士，真的沒有辦法，我們已經盡力了！」天使醫院醫務科長王金明愁眉苦臉地雙手一攤。這幾天醫院裡接二連三發生的倒楣事早就讓他吃不消了，偏偏現在又出現了眼前這麼個特殊狀況，所以王金明除了苦笑和討好外，真的是黔驢技窮了。仔細打量眼前的這個女人，財大氣粗，光手指上戴著的東西，就足夠讓他這個堂堂的三甲醫院醫務科長吃上一年的了。想到這裡，他下意識地嚥了口唾沫：「鄭女士，妳女兒的病情是很值得大家同情，可是妳要知道，不只是我們醫院，天長市裡所有能夠做這個移植手術的三甲醫院，都得遵循排隊的規定，這是法律，我們不能隨便通融的！要是被病人舉報的話，我們是要坐牢的！」

　　「少來這一套！我女兒已經等了很久。再等下去，命都要沒了。」說著，女人一下子竄到了王金明的面前，伸出一根珠光寶氣的手指，在後者的鼻子底下輕輕搖了搖，不屑地說，「你別裝好人，我早就打聽過了，你們醫院是完全可以做這種手術的。開個價吧，一個心臟，多少錢？我不還價！」

　　一聽這話，王金明雙眼的瞳孔不由自主地收縮了一下，他剛想開口辯解，可是立即又很明智地把已經到嘴邊的話給硬生生嚥了回去。

　　「怎麼了？不說話了？」女人臉上的神情越發不可一世。

　　王金明重重地嘆了口氣，沒有吱聲。

　　「你們不也是為了錢嗎？這容易，你要多少我給你們多少，我的條件很簡單，那就是讓我女兒這個禮拜就動手術。傻瓜都能看得出來她已經熬

不到春節了。我現在回病房去，你有我的電話的。」臨了，女人鋒利的目光直逼王金明的內心，她一字一句地說道，「女兒就是我的一切，你給我牢牢記住這一點！」

王金明始終不敢再抬頭看一眼這個幾乎發了瘋的女人，直到尖厲清脆的皮鞋後跟敲擊瓷磚地板的聲音消失在屋外的走廊裡，他這才抬起頭，咬了咬牙，拽過辦公桌上的電話機聽筒，撥打了一個號碼。

電話很快就接通了，還沒等對方開口，王金明就顫抖著嗓音小聲說道：「客戶下了訂單，這回要的是『主機』，時間就是這週！我怕……不，她不還價，只要東西……好的，我安排好後馬上就通知她！」

天使醫院住院大樓五樓心血管內科，走廊兩邊的病房裡已經住滿了病人，有些是已經做過移植手術的幸運兒，這些畢竟是少數。而大部分人，則還在絕望和期望中掙扎著等待著器官。

走廊轉彎處的單人病房，門開著，一個年輕女孩正靜靜地躺在病床上，身上插滿管子，管子的另一頭連線到了病床一邊的心肺機上。

床對面的椅子上正坐著剛才大鬧醫務科長辦公室的女人，此刻的她兩眼怔怔地注視著正在昏睡中的女孩，目光空洞，面容憔悴。許久，她又看了看病床旁邊的儀器，那上面的數字說明死亡已經不遠了，女人的目光中充滿了絕望。

突然，耳邊響起了一陣急促的手機鈴聲，女人沒有絲毫猶豫，迅速伸手接起了電話，不用看來電號碼，她就已經猜到了電話究竟是從哪裡打來的了，通話時間很短，但是在女人看來就已經足夠了。通話結束後，她輕輕地放下手機，目光再一次轉向面前的病床，瞬間變得溫柔許多，嘴角甚至漾出了一絲難得的笑意。

「佳佳，妳有救了！很快媽媽就可以帶妳回家了！」

＊　　＊　　＊

傍晚，天長大學門口，一個十八九歲的年輕人背著個小挎包，健步如飛地走出了大學校門。他一邊走一邊皺著眉頭不停地看著腕上的手錶，公車站臺就在不遠處，可是，站臺上和以往任何一天中的此刻一樣擠滿了下班的人。

突然，年輕人的身後響起了汽車喇叭聲，他下意識地回頭一看，立刻站住了腳，臉上隨即露出了輕鬆的笑容：「汪教授！」

一輛黑色的福斯應聲停了下來，車窗搖了下去，一個滿頭白髮的老人探出了頭，熱情地招呼道：「小杭，快上車，我順路送你去市區！」

「好嘞，謝謝汪教授！」小杭興沖沖地跑到福斯的後面，拉開門鑽了進去。

車門關上後，這輛福斯迅速開進滾滾車流駛向了高架橋。

這一晚，外出當家教的天長大學醫學院臨床系大二的學生小杭破天荒地沒有回到寢室，他就這樣消失得無影無蹤。一週後，在四處遍尋無果的狀況下，學生處的老師惴惴不安地撥打了 110 報警。

＊　　＊　　＊

一個半月後。

十二月分的天長市已經明顯能夠感到一絲寒意，尤其是凌晨三點多的時候，被電話吵醒的章桐接完電話後剛剛掀開被子，就鼻子一癢，緊接著就毫無防備地來了一個非常響亮的噴嚏。嚇得縮在床腳的饅頭一個激靈，立刻站了起來，警惕的目光迅速掃向四周。

　　見狀，章桐不由得一陣苦笑，下床摸了摸饅頭毛茸茸的大腦袋：「傻瓜，你也太膽小了，不就打個噴嚏嗎？看把你嚇的。」

　　饅頭感激於主人的寬慰，搖了搖掃把一樣的大尾巴，順從地又趴下了。

　　每次看到饅頭憨厚的狗臉，章桐的心裡總會不由自主地想起好久沒有聯繫的劉春曉。已經快四個月了，劉春曉就彷彿人間蒸發一樣，電話關機，人也不知道去了哪裡。臨告別的那一天，劉春曉只留下了一句話，說是有重要案子要處理，可能會有很長時間不會和自己聯繫，章桐沒有多問，她從劉春曉的目光中讀到了不捨，但是沒有辦法，這就是工作。她沒有料到的是，劉春曉的一句「很長時間」竟然需要這麼久，都快整整四個月了。

　　急促的電話鈴聲又一次響起，章桐一個激靈，趕緊接起了電話，王亞楠的聲音立刻在耳邊響了起來：「小桐，我的車馬上就到樓下了，妳準備好了嗎？」

　　章桐掃了一眼身邊沙發上的黑色小包，為了應付這種半夜突發狀況，她早就養成了每天晚上把必備防護工具和衣服打包準備好的習慣：「放心吧，我這就下樓！」

　　三十分鐘後，寒風刺骨，章桐打著哆嗦，站在一戶居民樓下的已經打開蓋子的化糞池邊上。儘管現在是寒冬臘月，但是，化糞池裡那撲面而來的陣陣臭味，還是讓她忍不住胃裡一陣陣地噁心。

　　稍稍歇了一會兒，章桐嘆了口氣，穿上了塑膠工作服，外面還套上了那種海邊漁民經常穿的連體皮褲，最後戴上雙層的手套，潘建幫她在手套外面的接縫處狠狠地纏上了好幾道黃色的防水膠帶，緊接著就遞給了她一個大漏勺，一個鐵桶。章桐身邊還站著和她幾乎一樣打扮的另外三

位法醫，今晚，天長市警局技術中隊法醫室所有法醫都出動了，任務就是——在面前的這個大化糞池裡尋找受害人的遺骸，如果可能的話，找到人體骨骼碎片，那就是額外的收穫了！

剛到達現場的時候，王亞楠向幾個法醫簡單地介紹了一下案情，或者說，就是章桐和幾個同事所要尋找的目標到底是什麼。根據舉報，犯罪嫌疑人已經找到，是兩個年輕人，他們很有可能在一個多月的時間裡先後共殺害了三個洗頭房的小姐。但是，這只是可能，因為王亞楠帶著人已經把位於這棟六層八零式套房住宅樓二樓的凶案現場搜了個遍，除了牆面死角處的幾滴可疑的血跡外，根本就找不到一點殺人的跡象，由於案發時間至今已經過去了整整一個月，所以，現場取證有一定的難度。

光靠幾滴血跡是沒有辦法把這兩個年輕人準確定案的，再說了，凶案現場經過了防白蟻藥水噴灑處理，而那幾滴僅有的血跡上，也被噴灑上了藥水，血跡含量又非常稀少，不夠提取生物檢材，而同時，血跡的 DNA 也已經被破壞了。後來，根據其中一位嫌疑人的交代，他們處理這三具屍體，先是用上了絞肉機，然後，又用硫酸對骨頭進行了軟化處理，所有的殘骸最終就都沖下了下水道。至於絞肉機這條線索，他們痕跡鑑定組已經做過生物檢材提取檢驗，但是，由於這絞肉機後來又用來加工過豬肉和一些禽類的肉品，所以樣本已經完全破壞，這上面的線索也斷了。那麼剩下的，就只有這長三公尺、寬兩公尺、深三公尺的化糞池了。最後，王亞楠鄭重其事地伸手指了指自己身後的化糞池：「如果你們能夠在這個化糞池裡找出受害者 DNA 的生物檢材樣本的話，那麼，我們就可以把這兩個犯罪嫌疑人順利移交給檢察院了。」

章桐沒有吱聲，她冷得都快要說不出話來了。

化糞池，所有汙物的彙集點。當那個大大的蓋子被徹底揭開後，那些令人作嘔的黑色液體就毫無保留地呈現在大家的面前。

「天哪！」身後傳來了一陣低低的驚呼，冷風又一次刮過了章桐的身體，由於要下化糞池工作，她穿得很少，那件厚厚的羽絨服留在身後的現場勘查車上了。章桐已經很清楚地聽到了上下牙床打架的聲音，而她身邊的三個同事也好不到哪裡去，大家在原地跺著腳，希望能在下池子之前，至少讓自己暖和一點。

由於生物檢材樣本非常細小，所以，不能簡單地動用抽糞車的管道，那股強大的吸力會讓所有有用的證據在瞬間消失得無影無蹤，只能用手一桶一桶地把整個化糞池淘乾淨。

大樓裡的居民已經接到了通知，盡量不要使用廁所等一切涉及樓下化糞池的設施。章桐暗自慶幸，真得感謝這是一棟年代比較久遠的大樓，化糞池的結構比較簡單，不像那些剛建立起來的新房地產，如果要想在那迷宮一樣的化糞池管道中尋找這特殊的證物的話，那簡直是比登天還要難。

四個法醫分別站在化糞池的四個角上，然後，彼此看了一眼，點點頭，隨即順著側壁下到了池子裡。

章桐舉步維艱地跋涉著，舌頭底下一陣陣地泛著酸水，膽汁不停地往上冒著。她對面三位同事的臉上也是一片讓人同情的綠色。

大家各自站好後，章桐舉手示意上面把一個大桶用繩子放下來，這樣，所有人等等就可以把經過過濾後的汙穢物全都倒在裡面了，等滿了後，他們再拉上去，處理掉。整個過程，讓章桐感覺自己和一個淘糞工人所幹的活沒有兩樣。不同的是，自己對淘出的東西還得仔細過濾。

雖然說大家都戴上了空氣過濾口罩，就是那種圓圓的，戴在口鼻上

的，但是，這沼氣的味道卻還是燻得章桐兩隻眼睛都快要睜不開了，鼻子一陣陣地刺疼。

這是一幅只有在電影中才能看到的奇異景象，四個全副武裝的法醫沿著池壁，一步一步小心翼翼地搜尋著，清理著，化糞池邊緣上方，有很多雙眼睛在緊緊地盯著他們的一舉一動……

章桐向前慢慢移動的腳突然碰到了一個硬硬的小塊，沒有規則的那種，她把桶和漏勺掛在腰間，然後彎下腰，把手伸下去。沒過幾秒鐘，她快要被凍得僵硬的手指終於觸碰到了那引起她注意的不知名的東西。此時，章桐的舉動已經吸引了她對面那三位同事，他們不由得停下了手中的勺子，開始緊張地注視著她的一舉一動。

顧不上五臟六腑的翻滾，章桐抓住了那塊長約五公分，寬約三公分的東西，把它給成功拽了出來。章桐趕緊示意上面的人打開了強光燈，心情也隨之變得有些激動。這是一片人體的前額骨！儘管已經碎裂了，但是那形狀，章桐已經看得夠多了，它彎彎的曲線向下延伸，形成了半個完美的眼眶部位。

章桐微笑著衝對面的同事們點了點頭，因為她知道，自己此刻的發現如同一針強心針，大家的情緒立刻被調動了起來。可能是分屍的時候，凶手沒有注意到這麼一塊細小的只有幾公分寬的人骨沒有被硫酸處理掉，或者說即使注意到了，他們也絕對不會想到有人會跳到化糞池裡去搜尋他們認為已經處理得很完美的東西。

當一切都忙完的時候，顧不得一身的汗水外加一股已經牢牢地鑽進皮膚裡的惡臭，章桐趕緊清理找到的東西。十三顆人的牙齒，還有一些軟乎乎類似於肉的不知名物質，還有一些人的指甲，最主要的一點，發現了一

些細小的人骨。這麼多證據對今天來說已經算是很不錯的收穫了。

　　眼前是一堆特殊的屍體，或者說，叫「屍塊」最為合適。解剖臺上的東西加起來總共三公斤都不到，儘管經過了小心翼翼的清洗，但是，那股彷彿已經在人的鼻孔裡扎根的臭味卻還是久久無法散去，只是比起現場來，要好了許多。章桐感覺自己的鼻子不會那麼疼了。

　　觀看這一堆擺在自己面前的七零八落的證物是一件非常令人沮喪而且煩躁的工作。章桐仔細地辨認著手中的骨頭碎塊，儘管經過了化糞池裡的汙物的浸泡，但是，骨頭還是保持著堅硬的本質。回想起王亞楠在現場所介紹的案情，很大一部分遺骨可能已經找不到了，犯罪嫌疑人作案時據說是使用了硫酸來進行毀屍滅跡。而手上的這堆碎骨頭明顯是人骨，在顯微鏡底下，可以清楚地看到骨頭橫切面上人骨所特有的圈紋。但要辨別出它們各自屬於哪一部分，確實不是一件容易的事情，努力了五個小時，才確認了兩塊額骨、一小塊恥骨、五塊小腿骨，僅此而已。章桐不由得感到有些懊喪。

　　她把目光又一次投向了自己手裡剩下的那些牙齒，牙齒是人身體上保留時間最長的組織。還好這幾顆牙齒都是很完整的，牙冠和牙根都存在，章桐努力抑制住內心油然而生的強烈的興奮感，把這幾顆倖存下來的牙齒分別提取了牙髓 DNA。辦公桌上已經有了那三位死去的髮廊妹的 DNA 樣本報告，那麼接下來自己所要做的，就是最終跟它們做比對，這樣下來很快就能夠證實這些屍骨的身分了。

　　章桐對剩下的一些疑似人類肌肉組織以及人類指甲的不明物體也做了取樣分析，越多線索，對於這個案子的順利結案幫助越大。

　　很快，DNA 檢驗結果出來了，那十三顆牙齒其中的九顆分別屬於三

個不同女性。剩下的四顆牙齒的 DNA 比對結果卻讓章桐大吃一驚，她再三檢視著自己的 DNA 數據報告，並且又一次做了檢驗，結果卻還是和前面所做的結果一致。章桐不敢再耽擱了，她回頭對身後正在仔細檢驗肌肉組織樣本的潘建說道：「馬上打電話到刑警隊，叫王亞楠趕緊過來！」

＊　　＊　　＊

「你能確定化糞池裡只有三具屍骨？」

王亞楠一臉的愕然：「沒錯，他們也承認了，被害的是三個年齡差不多的髮廊小姐。」

章桐臉上的表情更加凝重了：「那三組妳所說的 DNA 我都已經配上了，但是，我在當中檢查出了第四組 DNA 樣本，男性，也就是說，化糞池裡的屍體很有可能是四具，而不是三具！」

「這不可能！」

章桐拿起自己辦公桌上的 DNA 檢驗報告單遞給了王亞楠：「我重複比對了檢材，沒有錯！」

「這上面最後一組 DNA 就是妳所說的第四組嗎？」

「對，是男性的。因為長期受到化糞池裡的細菌汙染，別的組織樣本已經沒有比對的價值了。有價值的只有這幾顆還保留有完整的牙冠和牙根的人齒。」

「我們必須盡快確定這個人的身分！」

「這個應該沒有多大難度。」她重新在顯微鏡旁坐了下來，一邊檢視那幾顆特殊的牙齒，一邊說道，「根據牙齒表面的腐蝕程度，這幾顆牙齒應該是一到兩個月前出現在化糞池裡的，比那幾位女死者要早一些時間，而

其中一顆臼齒還沒有發育完整，表明這牙齒的主人應該在十八至二十二歲之間。」

「有沒有可能這個人已經死了？」王亞楠突然問道。

「不排除這個懷疑，因為一般人的牙齒如果掉落到化糞池裡的話，應該是不完整的，尤其是在受到外力因素的影響之下，會出現斷裂的狀況。像這麼完整的牙齒，齒冠、牙根都在，明顯不是自然脫落的，和那幾顆女被害者的牙齒相對比，幾乎沒有外觀上的差距，所以，很有可能這牙齒的主人已經死了，他也是被拋屍在化糞池裡的，我們現在所看到的是屍骨自然分解後脫落的牙齒，所以顯得比較完整。」

「我們該怎麼確定死者的身分，就這麼幾顆牙齒？」潘建疑惑地問道，「好像線索少了一點。」

「看來最好查一查失蹤人口報案紀錄。我記得小言他們那邊有個失蹤人口 DNA 資料庫，年初的時候破獲了好幾起拐賣兒童案，因為缺乏線索比對，耽誤了很多時間，所以他們組乾脆就申請專門建立了有關失蹤人口 DNA 訊息的資料庫。只要有報案的，他們一般都會把失蹤人口家屬所提供的 DNA 樣本數據輸入在裡面。我去碰碰運氣！」說著，王亞楠拿起章桐方才遞給自己看的 DNA 數據包告，「我一有線索就會通知妳的。」

「對了，亞楠，李曉楠的案子有進展嗎？」章桐突然想起了什麼，立刻叫住了已經走出解剖室的王亞楠。

王亞楠伸手擋住了自己身後正要自動關上的大門，想了想，搖頭說道：「暫時沒有線索，我的人在跟進這個案子。我會給你一個交代的！」

回到樓上辦公室，王亞楠把手中的 DNA 數據包告交給了助手，並且一再叮囑要盡快知道結果。助手離開後，王亞楠獨自一人坐在辦公椅上，

心裡忍不住有些惱火，想想李曉楠的案子從案發至今，自己竟然一點線索都沒有，毫無頭緒。將近好幾個月的時間，連一點投毒的痕跡都查不到，以致每一次章桐在自己面前問起這個案子的時候，都沒有辦法去正面回答。難道，這個急診室的女醫生真的只是死於意外？表面看上去是這樣，可是，王亞楠的心裡卻總是疑慮重重。她下意識地搖搖頭，不會這麼巧的，或許自己可以從劉建南和顧曉娜的死著手，換個角度看看，顧曉娜已經被證實是他殺，那麼劉建南呢？顧曉娜臨死前一再聲稱她丈夫劉建南是被人害死的，想想那些病歷本上的疑問標記，還有李曉楠生前的護士徐貝貝所提供的那一長串死者的名單，劉建南就在那個名單上，王亞楠的心頓時揪緊了起來。

她迅速按下了內部通話按鈕：「王建，我們馬上去溫泉小區，我要再看一看顧曉娜的家，你帶上案發現場的照片，我們在地下停車場會合。」

半個小時後，王亞楠和王建兩人一前一後站在了死者生前居住的家門口。小區保全阿成則規規矩矩地站在一邊，他打開房門後，呈現在大家眼前的是一片空空蕩蕩的房間，由於這裡死過人，所以一時半會還轉賣不了，只能就這麼空著，而顧曉娜和劉建南的親人在警方調查完後沒多久就已經把房間裡的所有東西都搬空了。

「這屋子多久沒有人來了？」

阿成皺眉想了想：「已經過世的屋主的妹妹來過一次，為的是把鑰匙交給我們保管，說有合適的買房人，就會帶人過來要鑰匙看房，時間大概是十四天前，那天是我值班。」

王亞楠點點頭，率先走進了房間。這是一套三室兩廳的居室，裝修考究，就像保全阿成先前所說的那樣，要不是這裡出過事，相信這種房子早

就被人買走了。從顧曉娜的案子發生後至今，王亞楠已經來過這裡無數次，可以說把整個房間都翻了個底朝天，可是所掌握的線索卻依舊還是少得可憐。這一次，房間空空蕩蕩的，自己究竟該從哪裡著手呢？

王建把公文包裡的現場放大相片拿了出來，遞給了王亞楠。王亞楠看著手裡的相片，又看著自己眼前的房間位置，一一掃過去，她不由得鎖緊了雙眉。一切看上去似乎都完美無缺，沒有任何疑點。已經可以確定的是，顧曉娜是被人殺害的，但是她只不過是一個平平常常的家庭主婦，生活中沒有任何仇人，也從不與人結怨，親友關係也極其簡單，那麼，會是誰要她永遠閉嘴？難道真的是她知道了自己丈夫劉建南的死非同一般？想想她臨死前給章桐打的那個電話中所提到的要求，王亞楠心中的疑點更多了，她回頭向保全阿成問道：「根據派出所的報案紀錄，顧曉娜的丈夫劉建南跳樓死亡的那一晚是你報的案，對嗎？」

阿成點點頭：「那晚是我值晚班，也是我第一個到達現場。」說到這裡，他尷尬地笑了笑，「也可以說是我看著他跳樓的。」

「他的屍體是在哪個位置被發現的？」

阿成指了指側面的洗手間：「就在洗手間窗臺下面的樓底水泥地面上，我正奇怪跳樓幹嘛從洗手間跳，那個窗戶那麼小，陽臺不是更加方便寬敞一點？」

聞聽此言，王亞楠不由得瞪了他一眼，可是轉念一想，眼前這個矮個子保全所說的話也不是沒有道理，死者為什麼偏偏要從洗手間的窗戶往下跳呢？眼前這個房間的洗手間結構設施決定了它的窗戶確實比一般的洗手間窗戶要大一些，這也是現在上等小區的象徵之一，可是，死者劉建南的身體也是比較壯實的，要想俐落地爬過這個窗戶再往下跳的話，正如保全

所說的，有些讓人費解。而根據案情紀錄，案發當晚，家裡就只有死者劉建南一個人，顧曉娜去了自己娘家，那麼，為何她一再堅持自己的丈夫是死於他殺呢？僅僅只是因為不願意去面對自己丈夫拋下家庭而選擇自殺的殘酷結果嗎？

想到這裡，王亞楠走進了洗手間。她仔細打量著眼前的窗戶，很平常的一扇鋁合金窗，八十公分左右的寬度，一百二十公分左右的高度，一個中等體形的男人絕對可以貓著腰鑽過去。可是，劉建南為什麼要選擇從這裡跳出去自殺呢？

突然，王亞楠的視線被地上的瓷磚給吸引住了，這是那種上等的切割式歐式瓷磚，奶白色的底，淺黑色的線條完美地勾勒出了弧線形的外部輪廓，乍看之下，沒有什麼異樣，可是，瓷磚靠近浴缸一端有一些深色的汙漬，這汙漬顯得很刺眼。她皺了皺眉，彎下腰仔細檢視了起來。

王建則在一邊詢問起了保全阿成：「你說那晚是你看到了劉建南跳樓，那你是否注意到當時四周有什麼異樣呢？」

阿成下意識地伸手摸了摸自己的後腦勺，皺眉想了半天，這才吞吞吐吐地說道：「我沒辦法確定，因為當時都已經過了午夜了，我有點犯睏，聽到死者跳樓的聲音後，我曾經無意間把手電筒朝上面照了照。我那時還真的以為是哪個沒有公德心的人在深更半夜朝樓下扔垃圾呢。」

「接著呢？」

「我好像看見了一個黑影，但是……」

「但是什麼？你快說！」王建急了，他湊近了阿成。

「我真的沒有注意，因為那東西一閃就不見了，肯定是我眼花了！」阿成愁眉苦臉地辯解著。

「那……」王建正要繼續追問，卻被王亞楠打斷了話語。

「算了，別逼他了。」她邊說邊站了起來，從兜裡掏出手機，撥通了章桐的電話，「我是亞楠，妳馬上過來，我可能發現了劉建南被害的現場。」

＊　　＊　　＊

王亞楠死死地盯著章桐手中棉花棒的變化，從最初的深褐色瞬間轉變為醒目的紫色，章桐的臉上看不出任何表情。

「怎麼樣？是不是人血？」

章桐點點頭，把棉花棒小心翼翼地塞進了試管裡，然後蓋上蓋子，放回了工具箱：「我還要回去做進一步的 DNA 比對，以確定是劉建南的血跡還是顧曉娜的血跡，但是，我在醫院見過顧曉娜的屍體，沒有外傷，所以，是劉建南的可能性比較大。」

王亞楠見章桐並沒有站起身，相反從工具箱的底部拿出了一把小巧玲瓏卻異常鋒利的小鏟子，轉身就要往濺有汙漬的瓷磚敲下去。

「妳這是想幹什麼？」一邊站著的保全阿成急了，上前一步緊張地問道，「搞壞了我沒有辦法向屋主交代的！」

「這種瓷磚有一定的弧度，所以，我想撬開上面這幾塊瓷磚，看看是否下面有血跡存在。」章桐看著王亞楠，手裡的小鏟子停留在半空中。

王亞楠點點頭：「沒事，妳做吧！以前一直沒有懷疑到劉建南的死是否異常，現在既然有那麼多疑點的存在，我們警方重新介入調查起來是有根據的。」

話音剛落，清脆的撞擊聲就在小小的洗手間裡響了起來，嗶嗶啪啪幾聲後，幾塊瓷磚頓時面目全非。看看差不多了，章桐放下了手中的小鏟

子，然後輕輕挪開瓷磚碎塊，眼前的景象頓時讓在場的所有人都大吃一驚 —— 瓷磚下滿是乾涸的血漬！

王亞楠果斷地決定，把洗手間中所有的地面瓷磚全都撬開。結果是可怕的，因為靠近浴缸的那一塊大約有一平方公尺的地方，幾乎被乾涸的血漬給完全掩蓋住了。

「看來，有人對洗手間地面進行了細緻的清理，他不想讓我們懷疑到什麼。」王亞楠神情嚴肅地說道。

「沒錯，他卻百密一疏，偏偏忘記了這裡的瓷磚磚面是有弧度的，血跡會往下滲漏！」章桐微微苦笑，「沒想到中看不中用的瓷磚這一次卻幫了我們的大忙。」

「這麼多血跡，不包括那些已經被清理的，小桐，妳說，這裡到底發生過什麼可怕的事情？」

章桐搖搖頭：「我不知道，但是有一點可以肯定的是，如果血跡被證明是劉建南的，那麼，正如顧曉娜所說，劉建南是被人殺害的。可是，亞楠，李曉楠的病歷紀錄中，劉建南從樓上摔下去後，還是活著的，可見，對方並沒有直接要他的命，除非……」

「除非什麼？」王亞楠緊張地追問道。

「我回去查了才知道，我先走，我們等等局裡見！」

王亞楠點點頭，也沒有再多說什麼。

章桐從沒有這麼心慌過，隱約之間，她感到自己正在一步步向著一種莫名的危險逼近，可是，自己卻又不能夠放棄。

一路上無話，從現場勘查車上下來後，章桐頭也不回地直接向自己的辦公室走去。推創辦公室的大門，她把手中的工具箱往地上一放，然後迅

速打開抽屜，找到那一份自己已經看過無數遍的病歷彙總，十八個病人的病歷都在上面，標註得非常詳細，細心的李曉楠甚至在每頁病歷的下面都標註上了在哪個部位發現了奇異的傷口。章桐擰亮了辦公桌上的檯燈，把桌面上堆得凌亂不堪的檔案和紙張推到一邊，然後撕下一張 A4 紙，拿過一邊的紅藍鉛筆，在白紙上面快速地畫上了一張人體結構草圖，然後根據李曉楠所提到的傷口位置，一個一個地註明每個病人相對應的器官位置，旁邊再記上死亡時間。

令人窒息的十多分鐘過去了，章桐終於完成了最後一個病例的登記，她長長地噓了口氣，不知不覺中已是滿頭大汗。她沒有做絲毫停留，很快又在牆角的檔案櫃裡找出了劉建南的屍檢報告。由於劉建南的屍檢是家屬自願要求的，所以章桐不需要把報告遞交給刑警隊。

屍檢相片很詳細地記錄了劉建南體內所摘除的器官名稱和所處的位置。

「難道這些人都被摘除了不同的器官？」章桐的腦海中突然冒出了一個驚人的念頭，隨即她又為自己的這個念頭感到了深深的不安。

可是，事實就擺在自己面前，每個名字的後面都對應著一個重要的人體器官。章桐自己就是學醫出身，她完全清楚現在移植人體器官的重要性，一方面是嚴重缺乏人體器官供體，另一方面是難以計數的渴望得到供體來救命的病人。差距如此之大，讓人難以相信！想到這裡，章桐不由得渾身冒出一陣冷汗。

第八章　熊貓血

　　本來肝臟的供體就非常稀缺，更別提這種特殊的血型了，章桐渾身冰冷。突然，她注意到電腦下方還顯示了一行數據紀錄，她趕緊把滑鼠往下拖拉 —— RH 陰性 O 型血，移植時間是一個月前，供體器官是心臟，來源是自殺，男性，健康。

第八章　熊貓血

供體離開人體的時間平均不能超過十二個小時，章桐咬了咬牙，隨即撥通了天使醫院急診科的電話，電話很快就接通了。

「你好，我找徐貝貝，請問她在嗎？」章桐竭力使自己的嗓音聽上去與平時毫無差別。

「妳找貝貝啊，等一下，我看看！」電話聽筒顯然是被放在了桌子上，很快，就有一個女人的聲音在大聲叫喊，「貝貝，貝貝，妳快來！有人找妳！」

當電話被又一次接起來時，章桐立刻聽出了這個女孩特殊的帶點奶聲奶氣的說話聲：「哪位？」

「我是市警局的法醫章桐，我想請妳幫個忙！」

「是嗎？說吧，我會盡力的。」女孩很乾脆地一口答應了。

十多分鐘後，章桐的手機上接收到了一份特殊的檔案，裡面是有關十八個病人的血型紀錄，比對著這些血型紀錄，章桐開始了艱難的查詢。

當天邊泛出第一縷魚肚白的時候，章桐接到了王亞楠的電話：「化糞池裡的第四個人我找到了。」電話聽筒另一頭傳來的王亞楠的嗓音顯得很乾澀、疲憊。章桐知道，自己也好不到哪裡去，只要一晚上沒睡，嗓音就像在乾牛皮上磨刀。

「確定身分了？」

「對，比對剛剛出了結果，是一個月前失蹤的天長大學醫學院的大二學生，叫杭曉明。家裡人四處尋找都不見蹤影，其做家教的那家人也說那天沒有見到他，以為臨時有事沒去，就沒當回事。誰都沒有想到，會出現在這個地方！」

「年齡呢？」

「十九歲。」

章桐忍不住長嘆一聲：「有結果了妳就通知我吧。死在那種地方，真的是很慘！」

「那是啊！對了，小桐，妳那邊查得怎麼樣？現場所取回的樣本是劉建南的血跡嗎？」

「是，DNA 報告正在我的手上，完全吻合。還有就是，亞楠，我想可能劉建南的死是因為他身上的器官被人非法摘取了。」

「妳說什麼？妳能確定嗎？」

「我查了徐貝貝所提供的十八個病人的相關資料，可能性非常大，因為器官離開人體後的存活時間非常短暫，最多不會超過十二個小時，所以我現在正在查詢相對應的器官移植手術紀錄，結果出來還要一定的時間。」

「我馬上向李局彙報這個情況！」

掛上電話後，章桐仔細檢視著紙上還剩下的七個名字，屍展現在肯定已經被家屬火化了，沒有辦法再去進一步驗看，也就是說沒有直接的證據能夠證明這些死者的器官被移植到了某個具體的人的身上。她的目光再一次掃過這些人名旁邊的血型紀錄，要想器官移植，首先一點血型必須吻合，這是首要的條件，也是非常重要的不可或缺的條件。

「RH 陰性 AB 型！」章桐辨認出了倒數第二個人的血型標記，心頭不由得一喜，這種血型是非常稀有的血型，一般一萬個人中最多只有十個人左右會有這種血型，那就好辦了。

在移植數據登記庫中輸入相關的血型後，很快電腦螢幕上就跳出了一個手術記錄，時間、地點正好和自己估算的吻合，也就是在倒數第二個死者死後的第三個小時，移植的器官是肝臟。

第八章　熊貓血

　　本來肝臟的供體就非常稀缺，更別提這種特殊的血型了，章桐渾身冰冷。突然，她注意到電腦下方還顯示了一行數據記錄，她趕緊把滑鼠往下拖拉 —— RH 陰性 O 型血，移植時間是一個月前，供體器官是心臟，來源是自殺，男性，健康。

　　看到這裡，章桐的心猛地一沉，她趕緊撥通了王亞楠的電話：「快告訴我杭曉明，也就是那個失蹤的大學生，他的血型是什麼？」

　　「我看一下……很特別，是 RH 陰性 O 型。」

　　「我知道，RH 陰性 O 型血！也就是最稀有的『熊貓血』！」

　　「你的意思是？」

　　「亞楠，相信我，他不是自殺的，和那十八個人一樣，是被謀殺的！他的心臟很有可能已經被人偷走了！」章桐的聲音中透露著讓人不寒而慄的冰冷。

＊　　＊　　＊

　　鄭俊雅只能透過眼角掃到監護螢幕，螢幕上布滿了銀白色和黑色的光點，心跳就像幽靈般時隱時現，而縫合血管的胸鉤像大號的黑色鉛彈一樣排在胸口，遠遠看去，像極了一隻趴在胸口的讓人渾身起雞皮疙瘩的蜈蚣。

　　「應該就在這裡了！」只聽見一個聲音在講。

　　那嗓音是從右耳後邊傳過來的，是自己的主治醫師，醫院的心血管內科專家汪教授，聽到這個聲音，鄭俊雅的心裡頓時感到很安慰，繃緊的弦鬆了下來。她看到導管蛇型的曲線在 X 光透視區緩緩移動，沿著動脈逐漸進入心臟位置。鄭俊雅雖然生病前是醫學院的學生，但是她仍然不喜歡看

見這個可怖的醫用鉤子，尤其是它在自己身體裡不斷滑行的時候。儘管汪教授一再表示，這個鉤子在身體裡感覺不出來，但是鄭俊雅總是能夠清晰地感覺到它的確切位置。

「很快就好了，佳佳！不要動！」佳佳是鄭俊雅的小名，此刻在她右手邊說話的，是她的母親鄭女士。

「再忍耐一會兒，馬上就好了！」自從心臟移植手術結束後，母親就一直沒有離開過自己的床邊，看著母親一天天地憔悴下去，鄭俊雅的心裡很不好受。

終於找到地方了，鄭俊雅聯想到魚線頂端那個小小的魚鉤，貪吃的魚兒終於吞下了鉤子上的魚餌，她睜大雙眼，看見細細的導管還留在自己的心臟深處。

「好，可以了，我們終於取到了！」汪教授說道，「現在慢慢拉出導管，要小心，注意用力的程度！」

鄭俊雅的頭不能動，雖然看不見汪教授的面容，卻感覺到他在伸手輕拍自己的肩膀。心導管撤出後，汪教授就用鑷子架起一沓紗布輕輕壓到鄭俊雅左面脖子上的切口處，角度非常難受的頭部固定器總算鬆開了。鄭俊雅慢慢伸直脖子，用一隻手來幫助活動一下脖子上的肌肉，接著，汪教授的笑臉出現在自己的面前。

「覺得怎麼樣？疼嗎？」

鄭俊雅微微一笑：「沒事，還好！」

「那就好，妳很勇敢！」說著，他把手裡的檢材樣本和切片組織遞給了身邊的助手，「趕緊拿去實驗室檢查，我需要馬上知道結果！」

助手點點頭，離開了病房。

第八章　熊貓血

鄭俊雅的母親此刻終於有機會開口詢問自己女兒的病情了：「汪教授，我有件事情想跟你談談！」

「說吧！」汪教授依舊笑容滿面。

「佳佳的身體恢復得怎麼樣？那心臟⋯⋯」

「據我觀察，應該是一切正常，沒有任何排異反應，現在就看等會兒實驗室的檢驗報告了。不過，憑我以往的經驗來看，應該是沒問題了。說實話，妳女兒很幸運，血型這麼特殊，還能得到這麼健康的供體，可以說是第二次人生的開始啊！」

「那太好了！」

「對了，手術結束後到現在這段日子裡，妳女兒有沒有發燒？」

「沒有。」

「腹瀉呢？」

「沒有，除了身體有些虛弱外，別的都是很正常的！」

從僅有的一些醫學知識中，鄭俊雅很清楚發燒和腹瀉是器官出現排異反應的兩種預兆。母親為自己請了兩個看護，每天都要測上兩次體溫、血壓和脈搏，所以，她並不擔心自己的身體在恢復過程中有什麼突發情況會被耽誤。

在談話的間隙中，汪教授的助手一路小跑送來了檢驗報告單。汪教授接過來後仔仔細細地看了一遍，隨即抬起頭，滿臉笑容。

「鄭女士，妳女兒的生命體徵看起來很不錯，供展現在已經完全適應了她的身體需求，我想妳應該不用再擔心了，再過個半年一年的時間，妳女兒會和正常人沒有什麼兩樣了。當然了，還有兩次活檢，也是以防萬一嘛！」

聽了這話，鄭俊雅剛想和母親說些什麼，一抬頭卻吃驚地發現母親的臉上竟然流下了淚水。她的心一軟，鼻子一酸，忍不住輕輕伸手摸了摸母親的臉：「媽媽，別哭了，我不會離開妳了！妳放心吧！」

　　見此情景，汪教授轉身輕輕退出了病房。在帶上門的那一刻，手機響了，汪教授皺了皺眉，接起了電話，沒過多久，他的臉上就流露出了明顯的厭惡神情。

　　「……手術是成功的，你別忘了我們約定好的！」

　　電話那頭的人顯然是辯解了幾句，但是很快就被汪教授給喝斥住了。與方才在病房裡和藹可親的樣子判若兩人，他怒氣沖沖地快步走到樓梯間拐角的僻靜處，一邊壓低了嗓門說話，一邊用力地扯下了自己脖子上牢牢繫住的衣服釦子，好讓自己說話不用那麼費勁。

　　「我告訴你，價錢是我們早就說好的，你別來給我玩陰的。沒有我，誰來給你賣命。再說了，你去找找，整個天長市的移植領域裡，還有誰的手術刀比我厲害？你就知足吧！再嫌這嫌那的，以後就別找我來幫你做這種手術了！」

　　「……好了好了，別說了。囉唆什麼？就這樣，我還有事呢！回頭再說！」

　　汪教授氣呼呼地結束通話電話後，轉身快步向樓下走去了。

　　過了兩三分鐘後，直到確定走廊裡已經沒有聲音了，離汪教授剛才所站之處不到半公尺遠的一處標記為「醫用裝置庫房」的小門這才被輕輕推開，徐貝貝拿著兩捆止血帶，神情慌張地走了出來。她不放心地左右看了看，然後快步向急診科辦公室走去了。

　　「媽媽，我想知道這顆心臟原來是屬於誰的？」鄭俊雅若有所思地伸

手撫摩著自己的左胸口。

「妳想知道這個幹什麼？」母親本來溫柔的面容突然變得異常冰冷，目光也迅速從女兒消瘦的臉龐上移開了。

「我……我不想惹妳生氣，我只想謝謝人家。媽媽，請妳理解我，我知道對方把心臟給了我以後，他肯定已經離開了這個世界。走的本來應該是我，他又給了我生的機會，我很想能夠去他的墓碑前，當面謝謝人家。」

母親的心一顫，她微微嘆了口氣，又溫柔地看著從死亡線上剛剛掙扎回來的女兒：「佳佳，人都已經死了，也不存在什麼謝不謝的問題了。妳是一個懂事的孩子，其實，在媽媽看來，妳只要好好活著，就是對人家最好的報答了，明白嗎？不要想太多了，休息吧！」

鄭俊雅默默地點點頭：「媽媽，這樣的檢查是不是我們以後每個月都要做一次啊？」

母親笑道：「能把妳救回來就已經很不錯了，這點苦又算什麼？再說了，總共只要三次檢查，我們還有兩次，放心，媽媽都會陪妳來的！」

「做手術要花很多錢吧？」

鄭俊雅從病發住院到現在，已經有大半年的時間了，一度曾經以為自己再也不會活著離開這個醫院，可是，最終她卻能一直堅持到自己得到供體並且順利做完手術。這在周圍病房中的人看來，除了很幸運以外，應該就是得益於家人的大筆支出了，所以，她才會這麼問。

「錢算什麼？佳佳，妳就是媽媽在這個世界上所擁有的一切。媽媽就算散盡家財也要讓妳好好地活著。」母親的目光中閃爍著亮晶晶的東西，她其實很清楚，有時候光有錢還是遠遠不夠的。總之，在這件事情上，

錢和運氣真的是一樣都不能少。不然的話，自己或許早就失去唯一的女兒了。

＊　　＊　　＊

天長市警局裡，李局辦公室的房門緊閉。屋裡除了李局外，就只有王亞楠和章桐兩個人。

「那現在有沒有辦法證實對方所移植的器官就是死者身上被摘除的呢？血型相配和時間吻合只是一個間接的證據，而其他的遺體差不多都已經被死者家屬給火化了。我們目前手頭所保留下的就只有最後一個死者杭曉明的 DNA 了。」李局皺眉說道。

「有個辦法，那就是拿到供體的活體檢材，上面的 DNA 可以和死者配上就沒有問題了。」

「活體檢材？」

「對！按照慣例，接受供體的患者，術後每隔一段時間就要進行供體活檢，也就是說從所移植的供體上取下一定的檢材切片和血液，檢視其細胞存活程度，從而判斷出供體在被移植的人體內是否已經真正存活。我想我們只要拿到這份檢材來進行 DNA 對比的話，一切疑問就都會迎刃而解了。」

「可是，問題是我們不能光憑懷疑來拿到這份證據的。」

章桐想了想：「有一個人或許能夠幫我們。」

「誰？」

「李曉楠生前的助手，急診科護士徐貝貝。」

「妳的意思難道是叫她去偷？」

「這也是不是辦法的辦法了，他們醫院裡肯定有問題，不然的話，怎麼會這麼巧，就在最黃金的十二個小時裡，同樣的血型，同樣的器官移植手術？這不能不讓人懷疑啊！」章桐若有所思地說道。

＊　　＊　　＊

「貝貝，大門口有人找！」護士長沒好氣地抱怨道，「這麼忙，還有人找妳。快點啊！待會我們就有病人來了。妳最多只有十分鐘。」

「哦，好的，我馬上就回來！」徐貝貝慌裡慌張地一路小跑來到了門口，人來人往的醫院大門口，只有保全老王站在那裡。

「王叔，是不是有人找我？我是急診科的徐貝貝！」

保全老王點點頭，隨即伸手指向身後的休息區：「是你堂姐，在裡面等妳呢！快去吧！」

徐貝貝一頭霧水，自己並沒有堂姐，是不是哪個人搞錯了？推開門的那一刻，一個女人應聲站了起來，徐貝貝不由得一愣，眼前的女人非常眼熟，可是一下子卻又想不起來在哪裡見過了。見她愣在那裡半天沒有說話，年輕女人順手摘下了自己的眼鏡：「我們見過一次面，我是市局刑警隊的王亞楠，我需要妳幫忙！」

「那妳……」徐貝貝不解地伸手指向王亞楠手中的有色眼鏡和桌上的帽子。

「是這樣的，我不想讓別人知道妳和我們警方合作，也是為了不給妳帶來不必要的麻煩。」

徐貝貝臉上的疑惑頓時消失了，她憨憨地一笑：「其實也沒什麼的，我會小心的，說吧，我該做什麼？我的時間不多，待會護士長又得催我了！」

王亞楠從桌上的小包裡拿出一張字條，遞給了徐貝貝：「我需要拿到這個血型心臟移植患者的活體檢材，是一個月前在你們醫院心血管內科做的移植手術。妳拿到後，打我電話。我會派人過來取的。」

徐貝貝張了張嘴，很快又閉上了。

「怎麼，有困難嗎？」

「這倒不會，只是我很奇怪你們要這個幹什麼？」

王亞楠微微一笑：「到時候妳會知道的。快去吧！」

徐貝貝點點頭，走到門口，突然想起了什麼，轉身問道：「王警官，請問李醫生真的是被害的嗎？」

「妳為什麼這麼問？」

徐貝貝咬了咬嘴唇：「我也不知道，最近發生的事情太多了！」說著，她順手拍了拍自己護士服的口袋，「放心吧，王警官，我一拿到檢材後就會馬上通知妳的！」

徐貝貝剛走到急診通道口，耳邊就響起了由遠至近的刺耳的救護車警報聲，她嚇了一跳，趕緊加快腳步向急診科跑去。

護士長一臉怒氣地站在門口。徐貝貝不敢吱聲，哧溜一下就從護士長的身邊鑽了過去。

接下來的一個多小時裡，徐貝貝幾乎都快麻木了，搶救，點滴，插管……她機械般地做著自己每天都要重複做的事情，可是她的心裡，卻一刻不停地在想著口袋裡的那張字條。憑直覺，王警官口中所提到的那個心臟移植手術肯定有著不同一般的祕密，不然的話，她不會叫自己去做這種事。如果自己的舉動被人發現，那麼就不會是開除那麼簡單了。徐貝貝突然回想起今天上午在五樓「醫用裝置倉庫」裡取貨時，無意間聽到的那段

對話，她不由得暗暗倒吸一口涼氣。誰都知道，在天使醫院裡就只有汪教授可以單獨主刀做這種心臟移植手術，難道這件事和汪教授有關？

趁著休息的間隙，徐貝貝來到了病理科，全院所有的組織活檢都在這裡進行。病理科位於醫院最底層的地下室，終年不見陽光，所以，大白天的走在走廊上都會讓人感覺陰森森的。

徐貝貝盡量使自己顯得很鎮靜，一臉若無其事的樣子，目光卻在不停地四處尋找。終於，她看見了要找的人，病理科的助理檢驗員阿芳，她趕緊湊上前，笑瞇瞇地說道：「阿芳，在忙啊？」

阿芳頭也不抬地伸手指了指身邊的一大堆試管，沒好氣地說道：「我可沒有妳清閒，還有好多工作沒做呢！」

徐貝貝一瞪眼：「我清閒？算了吧，誰都知道我們急診科是整個醫院裡最忙的了。」

「那妳今天來找我幹什麼？無事不登三寶殿，說吧，有什麼要我幫忙的？」

徐貝貝剛想把來意和盤托出，可是轉念一想，還是別說為妙，她微微一笑：「就知道今天妳值班，我想轉部門，到妳們這裡來工作，所以向妳取經來啦！」

「真的？你們主任會同意？」

「那還用說，來，我幫你整理吧！」說著，徐貝貝就向桌邊的那盤裝著活體檢材的試管走去了。

「是這樣啊，那妳就忙吧，我不客氣了。幫我登記一下編號就可以了。」

「對了，阿芳，汪教授的檢材送樣妳放在哪裡了？」

「就在第三層那邊。已經做完了，結果也已經拿走了，只是樣本還沒有銷毀。妳問這個幹什麼？」

徐貝貝的心一陣狂跳，她努力使自己的聲音聽上去很平常：「沒什麼，今天下來的時候，聽到心血管內科的小趙說，汪教授這一次的心臟移植手術完成得太完美了，病人才術後一個多月的時間，就已經可以下床走動了，恢復得也很不錯。所以我想看看資料報告。」

徐貝貝一邊應付著，一邊小心翼翼地從自己的袖子中拿出一個一模一樣的試管，裡面是自己臨時找來的廢棄組織樣本，然後用眼角的餘光掃了一下身後的阿芳。見她仍舊埋頭忙碌著，並沒有注意到自己的舉動，她就迅速替換了試管，並且把上面的標籤重新又貼了回去，最後裝模作樣地東拉西扯了幾句後，這才做出恍然大悟的樣子：「阿芳，我得先回去了，不然護士長又得罵我了。」

「去吧，去吧！就知道指望不上妳的！」阿芳又頭也不抬地揮揮手，目光始終都沒有離開過自己面前的顯微鏡鏡片。

走出病理科大門，徐貝貝長舒一口氣，隨即迫不及待地撥通了王亞楠的電話：「我拿到了，妳快派人過來吧，我今天去不了妳那裡，要加班！」

＊　　＊　　＊

王亞楠手裡拿著一個塑膠證據袋推門走進了章桐的辦公室，還沒等章桐抬起頭，就把證據袋推到了她的面前：「是那小護士搞到的，多久能出結果？」

「可能要到晚上，我盡快吧。」章桐一邊打開塑膠袋取出試管，一邊向放有顯微鏡的辦公桌走去。

王亞楠一屁股坐在了章桐的辦公椅上，想了想，隨即問道：「我覺得

第八章　熊貓血

我們有了這個證據後，還是不夠定罪的，如果他們醫院真的在利用非法獲得的人體器官進行移植手術的話，我們還需要有人出面指證才可以。」

「你是說買家？」

王亞楠點點頭：「那是最好不過的了。我想我該找這個接受供體的人好好談談。」

一聽這話，章桐不由得皺了皺眉，她轉頭看向身後的王亞楠，神情忐忑不安地說道：「亞楠，妳可要考慮好了，一旦接受供體的對象從妳這邊知道了事情真相，尤其是知道自己的生命很有可能是建立在另一個人被非法剝奪生命的前提之上的話，那麼，對她來講，說不定就是滅頂之災了。」

「應該不會像妳所說的那麼嚴重，我會掌握好尺度的。妳放心吧！」

看著王亞楠匆匆離開的背影，章桐心事重重地嘆了口氣。沒有誰會真正知道對方心裡的想法，這個世界上最難以捉摸的就是人的思想了，王亞楠的這個舉動很有可能會讓一個人的下半輩子都背上一個沉重的心理包袱。可是現在也顧不了那麼多了。自己手頭的證據微乎其微，什麼忙都幫不上，為了破案，或許王亞楠的做法在這個時候是最恰當的了。想到這裡，章桐的心裡不由得沮喪到了極點。

＊　　＊　　＊

「你好，我找章桐章法醫。」電話那頭是一個蒼老的聲音。

章桐不由得一愣：「我是，請問你是哪位？」

「李曉楠是我的女兒。」老人的聲音顯得很平靜。

「是李伯伯。」章桐心裡不由得一震，她放下了手中的筆，把辦公桌上的電話拉近一些，「李伯伯，真沒想到你會打電話給我，請問，你找我有

什麼事嗎？」章桐聽到自己講話的聲音有些微微發顫。

「我現在在警局的門口，我想見見妳。有一樣東西要給妳。」

「好，我馬上出來！你等我一下！」掛上電話後，章桐深吸一口氣，努力使自己鎮定下來，隨即快步走出了辦公室。

雖然說章桐並沒有見過李曉楠的父親，但是從老人憔悴的眉宇之間，她一眼就辨認出了李曉楠的影子。

「李伯伯，我就是章桐，你找我有什麼事嗎？」

老人的臉上勉強展露出一絲禮節性的笑容：「我知道妳的工作很忙，所以也不耽誤妳。是這樣的，我本來早就應該來找妳了，但是自從楠楠出事後，我老伴兒一時之間接受不了，就住院了，所以我一直脫不開身，直到現在才來見妳。」

章桐不知道自己此刻究竟該說什麼才能安慰面前的老人，看著老人一臉的風塵僕僕，心裡不由得感到一陣酸楚：「李伯伯，大老遠地趕來，你還沒吃飯吧？我們去吃點什麼，我們可以坐下談。」

老人慈祥地一笑：「沒事的，閨女，這件事情了了，我就沒有牽掛了。」說著，他從隨身帶著的布包裡拿出了一本棕色的筆記本，「我常聽楠楠說起妳，但是卻一直沒有機會見到妳。閨女，我知道妳是我家楠楠的好朋友，所以，我想妳會願意保留她的日記的。這是我在整理她的遺物時發現的，就留給妳做個紀念吧。閨女，別忘了楠楠！」

章桐的眼淚瞬間滑落下來，她拚命地咬著嘴唇，不讓自己哭出聲來。

「好了，給妳了，我也就放心了，我想楠楠也是希望妳不要忘了她的。可憐的孩子……」老人長嘆一聲，衝著章桐歉意地點點頭，然後轉身默默地離開了。

　　章桐呆呆地看著手中的筆記本，心裡充滿了說不出的滋味。她輕輕地撫摩著棕色筆記本凹凸不平的封面，突然，一張相片在不經意之間從筆記本中飄落到了地面上。她彎腰撿起相片，剛想把它重新夾回到筆記本中，自己的視線卻再也離不開相片上的那個女孩了，熟悉的笑容，飄逸的長髮，彷彿自己伸手就能夠觸控到——相片中的女孩正是李曉楠。

　　章桐終於忍不住哭了，淚水大滴大滴地落在了相片上，漸漸地，李曉楠的笑容在她的視線中變得模糊不清了……

＊　　＊　　＊

　　「啪！」一本棕色的筆記本被重重地放在了王亞楠的眼前。

　　「這是什麼？」王亞楠一頭霧水，伸手拿起了筆記本。

　　「這是李曉楠父親一個小時前特地給我送來的日記，是他在整理李曉楠的遺物時發現的，所以拿來給我了。」

　　「我明白了，他知道自己女兒和妳曾經是同學，也是好朋友，所以他才會來找妳。」

　　章桐點點頭：「沒錯，日記我已經看過了。我想對妳的案子應該會有很大的幫助的，所以我拿來給妳。最後一篇日記是她出事前一晚上寫的。」

　　王亞楠若有所思地注視著章桐，半天沒有說話。

　　「妳看著我做什麼？」

　　「妳哭過了！」

　　「她出事前的那天，我該接她的電話的。要是我接了那個電話的話，或許，她就不會死！」章桐並沒有正面回答王亞楠的問題，「亞楠，我真的很後悔！」說完這句話後，章桐頭也不回地離開了王亞楠的辦公室。

＊　　＊　　＊

「王科長，有兩個警局刑警隊的人來找你。」

王金明嚇了一跳，結結巴巴地說道：「警局的來找我幹什麼？急診科那個女醫生被車撞死的案子不是已經說好了和醫院沒有關係了嗎？他們還來找我幹什麼？」

祕書趕緊在電話中解釋：「這我可不清楚，他們並沒有說明來意。」

「就說我開會去了。」王金明有些懊惱。

話音剛落，辦公室的門口就出現了一男一女。

王金明心裡一沉，趕緊掛上了電話，抬頭仔細看過去：「你們找誰？」

「我們是市局刑警隊的，這是我們的隊長王亞楠。」年輕男子開口說道。

「我想我們見過面！」王亞楠說道，「王科長，你還記得嗎？就在兩個多月前。你應該不會貴人多忘事吧？」

王金明點點頭：「我當然不會忘。你們有事嗎？」

「想請你配合我們做些調查取證工作，是有關你們醫院兩個多月前死於車禍的李曉楠醫生的事故調查。」王亞楠慢條斯理地說。

王金明立刻換上了一副笑臉：「那是，我肯定會代表院方好好配合你們警方調查工作的。警察同志，快請進來坐！」

王亞楠和助手坐下後，王金明殷勤地遞上了兩杯水，然後在對面沙發上也坐了下來。

還沒有開口，他先長嘆一聲，搖搖頭，一臉的苦惱。

王亞楠和助手兩人面面相覷：「王科長，怎麼了，有難處嗎？」

「一個活生生的人就這麼死了，儘管是死於意外車禍，但是我們作為

院方，還是感到很心痛的，很年輕的一個醫生，很有前途的啊！工作也認真負責，肯吃苦！現在這樣的年輕人，不多了！」王金明喃喃自語，突然他抬起頭，緊接著話鋒一轉，「王亞楠隊長，不是說已經確定她是死於車禍了嗎？你們刑警隊怎麼還要調查呢？人都已經火化了，骨灰也被家屬領走了，最主要的是，我們醫院已經給了足夠多的撫卹金了，你們今天又一次來這裡到底是有什麼用意！」

王亞楠吃驚於眼前這個矮個子男人的情感轉變之快，幾秒鐘之前還是充滿了同情與傷感，瞬間在言語用詞中就充斥著警惕和抱怨。她想了想，決定開門見山：「王科長，我們是刑警隊的，來這邊找你，想必你也應該懂得其中的真正目的。我現在正式通知你，李曉楠醫生是死於他殺的，我們已經對這個案子進行了正式立案調查！」

「李曉楠是他殺？這不可能！有誰會要害她呢？」王金明吃驚地問道。

「這個就不用你擔心了，王科長。」說著，王亞楠從隨身帶著的公文包裡掏出了一份「立案通知書」，遞給了王金明，「這裡面的附頁是查扣清單，也就是說我們需要馬上查扣你們急診科在過去三個月裡所有的急診病歷還有醫生檔案，同時，還請你立刻提供所有你們醫院在過去三個月中所做的移植手術詳細數據，包括器官來源證明。」

王金明都快要聽傻了，他簡直不敢相信自己的耳朵，愣在那裡半天都沒有反應過來。

「怎麼了，王科長，你有沒有明白我所說的每一條要求？」

王金明趕緊點頭：「明白，當然明白，我會好好配合你們的工作的。」

走出王金明的辦公室，助手小丁一邊把磁碟放到檔案袋裡，一邊忍不住好奇地問道：「王隊長，我不明白，究竟是什麼幫助妳申請到這個案子

的立案調查批准的呢？」

王亞楠嘆了口氣：「是死者李曉楠的一本日記，我昨晚才拿到的。她在裡面記錄下了所有的一切。這真的是冥冥之中的注定啊！雖然說還暫時沒辦法直接證明她的死亡是他人有意造成的，也就是他殺，但是也已經足夠我們開始進行調查的了。」

「她日記中寫了什麼？」

「所有的一切！」

*　　*　　*

「完了完了，警察把所有的東西都帶走了，我該怎麼辦啊？警察遲早會抓住我們的把柄的！」王金明愁眉苦臉地瞪著電話機上閃個不停的訊息燈，握著聽筒的手在微微顫抖著。

「慌什麼慌？沒出息的東西！警察查不到你的頭上的，最多是把汪松濤這個老傢伙給咬死，他的胃口也太大了，遲早是個禍害，這樣一來也省了我們不少心思。」

「要是把那個老頭給抓起來，他會不會把我們咬出來？他的心黑著呢！那顆心臟就是他親自下的手，我到現在想起來還渾身起雞皮疙瘩。」

「他這是自作自受！壞事也做得夠多的了，出來混，遲早是要還的！他不會把我們咬出來的，你放一百個心好了，再說了，他也不會有這個機會的。」

聽了這句話，王金明不由得打了個哆嗦：「你的意思是……」

電話那頭的人顯得很不耐煩了：「你別管那麼多了，知道得越少越好，明白嗎？」

「明白！明白！」王金明不由得耷拉著腦袋，「可是，汪松濤要是被除掉的話，以後心臟移植手術，我們又得重新找人了。」

「這世界上三隻腳的蛤蟆不好找，兩隻腳的人可是一抓一大把啊。用錢砸就是了，我就不信有人不見錢眼開！」

撂下這句話後，電話被迅速結束通話了，話筒中傳來了單調的「嘟嘟」聲。王金明一臉沮喪地放下聽筒，輕輕舒了口氣，這時他才發覺自己竟然已經渾身是汗。他分不清這汗水究竟是熱出來的還是剛才被嚇出來的，反正現在這一切都已經顯得不再重要了，還是明哲保身要緊啊！本來這事情就不是人幹的，遲早要遭報應的！

想到這裡，王金明伸手拉開了辦公桌最底層的一個小抽屜，彎腰窸窸窣窣地翻了一會兒，終於找到了一張小小的銀行卡。隨著手指輕輕依次觸控銀行卡表面那金色的凸起的字型，王金明的目光中頓時閃爍起了亮晶晶的東西，變得神采奕奕起來。他深知一直以來，自己所走的每一步都是很小心的，除了他王金明以外，身邊沒有第二個人知道自己擁有這麼一筆巨大的財富，而這裡面的錢已經足夠讓他在一個誰也不認識自己的地方平平靜靜地過完下半輩子了。他突然明白了一個道理，那就是人要是太貪心的話，是絕對不會有好下場的。

　　　　　＊　　　＊　　　＊

城市花園小區是整個天長市裡設施最上等的小區，王亞楠只是聽說過，還從沒有真正走進去過。此刻，她正一臉惱怒地站在門口保全登記處，被迫耐心地等待所謂的保全隊長的到來。或許是平時見慣了來來往往的有錢人，眼前這些身穿上等制服的保全自然而然地也就有了一種似乎與生俱來的高貴心態。儘管王亞楠和副手王建已經出示了隨身攜帶的警官

證，卻還是被禮貌地要求在這裡耐心等待隊長的親自接見，理由是這裡是上等小區，不是隨隨便便什麼人都可以進去的，特別是還要徵求業主，也就是被訪者的同意才可以。

「我們是隨隨便便的人嗎？」王建終於忍無可忍地小聲抱怨了一句。

王亞楠瞪了他一眼：「算了，等吧，別製造不必要的麻煩。」言下之意其實也很明白，沒必要和這些保全為了一點小事情而糾纏不清。

時間在一分一秒地過去，終於，保全隊長晃徘徊悠地在保全登記處的大門口出現了，在得知王亞楠一行人的來意後，又花了十多分鐘時間打電話徵求了業主的同意，這才點頭示意王亞楠和王建可以進去了。

雖然說在門口被無理刁難的滋味並不好受，但是，一走進城市花園小區，王亞楠頓時被眼前結構典雅獨特的建築群深深吸引住了。那一棟棟高高的歐式住宅大樓隱藏在綠樹之間，整潔的小區街面與一牆之隔的嘈雜的大馬路相比，真的是兩個不同的世界。更加誇張的是那五步一崗十步一哨的紅外線鏡頭裝置，使得她不由得點頭讚嘆這裡的安保措施真的是做到了家。

「怪不得別人說這裡是天長市最有錢的人住的地方！」

聽了這話，王亞楠若有所思地點點頭：「我想，這也是買得起器官來救命的人住的地方。」

根據病歷上所登記的詳細地址，鄭俊雅的家就在 C 區十八棟 A 座六零一室。來到房門口，王亞楠剛要按門鈴，大門意外地被打開了，出現在王亞楠面前的是一個年輕女孩姣好的面容。由於化妝品的成功掩飾，所以如果不仔細看的話，還真的不容易馬上就看出女孩那被刻意掩藏起來的蒼白的膚色。

「你們是市警局的吧？很抱歉讓你們等了這麼長時間，快進來坐吧！」

「請問你是？」

「我叫鄭俊雅。」年輕女孩落落大方的笑容讓王亞楠心裡很不是滋味。

客廳裡的家居擺設只能用「上等奢侈」四個字來形容，但是卻很得體，一點都沒有那種做生意突然發大財的暴發戶的感覺。由此可以看出，鄭俊雅的家人並不只是有錢那麼簡單。

客廳的一角站著一個年近六旬的老婦人，穿著幹練，一臉的笑容。

「這位是？」

「我的保母，我和我母親兩人在這裡居住，母親忙生意，就由保母照顧我的起居。」鄭俊雅微微一笑，言辭之間變得非常無奈，「我現在上不了學，這一年都得休學了，連大門都出不去。」

「我們今天來是想向你打聽一下有關你一個多月前所進行的那個心臟移植手術的事情，這一點，我在來之前的電話中就已經告訴你了。」王建一邊說著一邊從公文包裡拿出一個記事本，翻開後開始記錄了起來。

「你們想知道什麼？手術的事情都是我母親經手的，我真的是不太了解情況。那時候我的身體很糟糕，經常神志不清而昏睡，醫生為了維持我的生命，用了很多藥。」

「這個情況我們了解，那，鄭小姐，妳有沒有聽說過別的什麼？尤其是在妳手術前後，關於供體提供者的情況。我們現在懷疑妳的供體來源有問題。」

「請你們不要打擾我女兒！」一個威嚴的聲音在王亞楠和王建的身後響起。

鄭俊雅驚訝地站起身，脫口而出：「媽媽，我還以為妳出去了！」

說話的正是鄭俊雅的母親鄭女士，她陰沉著臉站在門口，不用問，她肯定在那邊站了很久了。

「你們走吧，我沒有什麼好說的。我女兒剛做完手術，身體還很差，你們不要來打擾她了。」說著，鄭女士快步向站在窗口的女兒鄭俊雅走去。

「鄭女士，我們現在已經有足夠的證據證實您的女兒的心臟來源有可能涉嫌非法。我們希望您能放下一切心理包袱，和我們警方合作，還死者一個公道。」

一聽這話，鄭俊雅的臉色頓時一片煞白，她一個踉蹌，趕緊伸手撐住了身邊的牆壁。她回頭看向臉色鐵青的母親：「媽媽，真的嗎？我的心臟？」

「別聽他們胡說！」鄭女士咬牙切齒地說道，「你們趕緊走，不然我去投訴你們騷擾我女兒！」

在回警局的路上，警車穿梭在車流滾滾的馬路上，車裡的氣氛有些凝重。王亞楠始終一言不發，她突然有些後悔自己的貿然舉措了，鄭俊雅蒼白的面容一次次地在自己的眼前出現，難道自己的這一步棋真的走錯了？不管怎麼說，鄭俊雅都是無辜的，一個不諳世事的年輕女孩，剛剛從死亡線上掙扎回來，她會承受得了這個無情的打擊嗎？從鄭俊雅母親臉上的神情可以明白，她是完全知道真相的。王亞楠也很清楚，為了挽救自己孩子的生命，一個母親會不惜一切代價！

「媽媽，妳和我說實話，我的心臟是排隊等來的，還是妳花錢買來的？警察不會沒有根據隨隨便便找上門的！」生平頭一回，鄭俊雅對母親

發起了火，「到現在妳還要瞞著我，為什麼？妳經常教育我說，做人要對得起自己的良心。妳快說啊！妳倒是說話啊！……」

鄭女士雙眉緊鎖，半天沒有吭聲。

見母親沒有承認，但是也沒有否認，鄭俊雅的眼淚瞬間奪眶而出。

＊　　＊　　＊

「李局，我手頭還有案子，為什麼非得要我現在出差呢？」章桐站在李局辦公桌前，言語之間有些勉強。今天一大早剛到局裡上班，就接到了李局祕書派她出差去秀水縣的通知。

「我知道，小章，但是這個案子很特殊，報案人聲稱她丈夫在秀水殺了人，並且在那裡拋屍，秀水縣城的同事已經盡力了，妳也知道秀水縣地方小，尤其是法醫裝置和人員配備不足，妳的經驗是局裡最豐富的了。這樣吧，查出真正死因，快去快回，再說了來回的路程也不遠，怎麼樣？就耽誤一天的時間而已。我叫小鄭開車送你去。」

小鄭是李局的司機，上司都把話說到這個份上了，章桐只能無奈地嘆了口氣，點點頭：「好吧，我快去快回。」

直到風塵僕僕地趕到秀水縣警局的刑警隊辦公室，見到了報案人 —— 一個憔悴的孕婦後，章桐才懊惱地意識到，這個案子其實並不像李局說的那麼簡單。刑警隊裡也沒有一具現成的屍體放在那邊讓她檢查，一切都得從零開始。

「章法醫，這就是報案人張淑蘭女士，她向我們報了一起殺人拋屍案，嫌疑人就是她丈夫。」秀水縣的負責警官小郭接著說道，「她會帶我們去拋屍現場尋找屍體的。我們因為地方小，沒有專業的法醫，所以，就只能勞煩你們天長市那邊派人來走這一趟了。」

章桐點點頭：「沒事，我們快走吧！現場不等人的！」她很清楚秀水縣警局的人之所以會相信眼前的報案人，有兩個顯而易見的原因：其一，報案人是孕婦，至少有八個月的身孕；其二，她能指認現場。

秀水縣城雖然說緊鄰天長市，但是因為群山環繞的地形特殊，對外交通相對比較落後。秀水郊外屬於特殊的溶洞喀斯特地形，洞洞相連，洞裡套洞，如果不是當地人的話，是很難熟悉裡面的情況的。然而作為一名法醫，章桐卻深知這種獨特的地形的另一個用處，那就是 —— 拋屍！

汽車足足顛簸了一個多小時，一行人才到達了目的地所在的山腳下，而真正的拋屍現場要翻過這一座陡峭的山頭。由於報案人的身體不方便爬山，在講明了具體位置後，秀水警局的同事安排了人在下面車裡照顧她。其餘的人，則在當地嚮導的帶領下，緊跟著爬上了山。

此刻，天空陰沉了下來，很快就下起了瓢潑大雨。這是郊區山裡的特殊氣候，每年的夏末秋初的雨季，這裡幾乎天天晌午的時候都會來上這麼一陣子的大雨。大家都來不及穿上雨衣，整個人就被澆透了，章桐婉言拒絕了小郭要幫忙的好意，獨自一人扛著勘查箱，深一腳淺一腳地跟著眾人向山上爬去。山路不同於柏油馬路，一下雨，就會溼滑得要命，等他們終於來到了山背後的一處不起眼的溶洞邊時，已經過去了將近兩個小時。

儘管做好了足夠的心理準備，可是，眼前溶洞的複雜程度卻還是讓章桐感到了一絲棘手。這樣的洞，並不如表面所顯示的這麼簡單。郭警官看了看身邊的嚮導，嚮導點了點頭，表示地址沒有錯，也就是說屍體就在裡面，而大家沒有想到的是，洞口很小，現場也只有身材嬌小的章桐能夠鑽得進去。

章桐隨即放下了肩頭的工具箱，穿好防護服，這種洞裡說不準隨時隨

地就會竄出一條不知名的蛇來，小心總是最好的預防措施。

「章法醫，能行嗎？」

「沒問題，這種場面我見多了。」章桐微微一笑，緊接著在腦袋上綁上了照明燈，手裡帶上相機，還有一把鏟子，最後在背上的防護服口袋裡放進去一個黑色的運屍袋。

一切都準備妥當了，郭警官在一旁替她在腰間綁上一根粗粗的繩子。待會章桐下去後，所需要的一切就都要透過繩索來傳遞了。

洞口很窄，比章桐的肩膀寬度寬不了幾公分，她要想順利鑽進去的話，就必須得小心翼翼地側著身子。

章桐先趴在洞口，打開手電筒，向洞裡面望去，光柱在洞底照出了一些雜亂的物品，甚至還有一些人類的廢棄物，間或跑過兩隻不知名的小囓齒類動物，但是卻並沒有看到所謂的「人類屍骨」。不過，洞的一角被一塊石頭擋住了，在上面看不到，所以最好還是下洞裡去看一看。

章桐手腳並用地爬著坐了起來，裡外衣服早就溼透了，要不是穿著厚厚的防護服，鐵定渾身上下都是泥漿。她戴上手套，側過身子，面對著大家，然後一手緊緊地抓住繩索，一手抓住洞壁上偶爾凸出來的石塊，一步步小心翼翼地向洞裡鑽了進去。

章桐幾乎是擠過了狹窄的洞口，一進洞裡，空間頓時大了起來。空氣越來越潮溼，死亡的氣味越來越濃，鼻子開始辨別出其他的東西，不是實實在在的氣味，而是一些嗅覺上的暗示，讓人聯想到尿味、腐爛的橘子味，還有讓人作嘔的放久了的牛奶味。

又下了兩三公尺的樣子，就到了洞底。眼前一片漆黑，上面的光線根本就照不下來，章桐伸手打開了頭頂的照明燈，讓瞳孔適應一下這裡的環

境。她的腳在堅實的地面上一步一步艱難地挪動著。洞裡有人來過，這一點是很肯定的，因為洞角有人類排洩物的痕跡。

　　章桐緊緊咬住牙關，努力抑制急遽上升的腎上腺素。在這個狹小的空間裡，她感到了一種從未有過的幽閉恐懼的感覺，這是一種本能的反應，沒過多久，自己的呼吸也開始急促了起來。

　　她深深地吸了口氣，不顧洞裡又臭又悶的味道，開始仔細搜尋了起來。結果是，除了一些雜物與動物屍體外，並沒有發現人類屍骨。

　　章桐不由得感到一陣失望，難道自己白忙活了一場？正在這時，眼前的一塊石頭吸引住了她的目光。在照明燈的光線下，石塊明顯與周圍的石塊格格不入，甚至顏色也不一樣。章桐的心裡不由得一陣狂跳，難道這就是一個書上所說的「洞中套洞」？想到這裡，她趕緊用力拽開了這塊牢牢堵在洞壁上的石頭，不顧防護服裡熱得大汗淋漓的身體，手忙腳亂地清理著洞壁上的土塊。沒多久，一個大約八十公分寬六十公分高的洞口赫然出現在了她的面前！章桐長長地舒了一口氣，趕緊朝外面那個洞口大叫了起來：「我又發現了一個洞！現在就進去看看！」洞口探出了一個腦袋，是小郭警官：「妳小心點，我這就想辦法找人下來幫妳！」

　　「我知道了！」剛說完這句話，一回頭之際，一條黑影在章桐面前飛快地滑過，憑直覺，那應該是條蛇，章桐頓時驚出了一身冷汗。像這種溶洞裡的巖壁蛇，條條都有劇毒。章桐真慶幸自己穿著厚厚的防護服。

　　因為腰間的繩子不夠長，章桐就乾脆解開了繩子，裡面還有多深的洞，她不知道，照明燈看過去，裡面一片黑乎乎的。猜想還要往裡面爬一段路才行。在仔細檢查了身上的防護服和隨身所帶的一些工具後，她一咬牙，頭一低，就鑽進了這個第二層套洞裡面。

空間很狹小，勉強夠一個人爬過，大約爬了有十分鐘，眼前竟然出現了第三個洞。章桐回頭看了一眼，才明白這第二個洞其實只是一個過道而已。第三個洞比第一個洞更加狹窄，不過，在這裡，有她找了很久的東西──死人的屍骨！那熟悉的令人噁心的臭味是章桐這輩子都不會忘記的味道！看著這本來很有可能永遠都不會被別人發現的裝著屍體的蛇皮袋，章桐重重地嘆了口氣，渾身就像虛脫了一樣……

在用小型相機拍過幾張現場相片後，章桐用力把蛇皮袋推回了第二層溶洞裡。由於第二層洞的空間太狹小，她不能拽，就只能把裝有屍體的蛇皮袋放在自己的前面，然後以半抱半推的姿勢，把蛇皮袋給推回了第一層空間比較大的溶洞裡。

在繩索的幫助下，她終於順利地把沉甸甸的蛇皮袋運回了地面。當章桐艱難地爬出洞口的時候，天空的暴雨早就不知什麼時候停了下來……

來到秀水縣衛生院簡陋的太平間，這裡暫時被當作了驗屍現場。當章桐打開蛇皮袋時，出現在大家面前的是一具無頭屍體。章桐隨即打開隨身所帶來的勘查工具箱，開始認真查驗起了面前殘缺不全的屍體。

「郭警官，你來看，死者頸部的傷口並沒有鮮血滲出的痕跡，由此可以得出結論，死者是在死後被人砍斷了腦袋。傷口很平整，凶器應該是一把非常鋒利的刀具。」章桐伸手指著死者的脖頸部，繼續說道，「因為切口沒有拖拉的痕跡，我建議你去查一下鍘刀之類的用具。」

郭警官點點頭，在隨身筆記本上詳細地記錄了下來。

「死者是女性，渾身赤裸，顯然，凶手拿走了所有的能夠讓我們確定死者身分的外部證據。根據死者皮膚以及肌肉組織來看，死者的年齡不會超過二十五歲。我拿放大鏡仔細地檢查過死者的雙手。你看，死者的雙手

錶面皮膚很粗糙，在左手手背上，紋著一朵玫瑰花，而根據這紋身的圖案來看，應該不是什麼上等的紋身店繪製的，而是一般的街頭小店。死者也塗著指甲，是那種深紫色的，指甲油已經有一點脫落的跡象，而在右手的中指和食指上，我們很容易就可以看到吸菸者的痕跡 —— 也就是手指被燻沒了。死者的死因判斷起來雖然有一定的難度，因為死者的頭顱到目前為止還沒有找到，但是，死者的渾身上下沒有傷口，而斷頸處，經過我剛才使用脫水酒精球擦拭，我發現了殘留的半枚指紋。這種方法叫『區域性皮革樣化』，一般來說，有些傷痕在死者死後不會馬上顯現出來，用這種方法，加快皮膚表面的乾燥，這樣傷痕即使再細小也躲不開了。而死者的指甲上經過清洗後也發現了窒息缺氧而引起的紺紫現象……」

說到這裡，章桐摘下了醫用橡膠手套，扔進了一邊的醫用垃圾回收箱，「我不排除死者是被掐死的，死後被分了屍。而綜上所述，死者應該是一個沒有受過高等教育的年輕女性，有可能從事街頭生意，有吸菸史，並且菸癮很重。我所能得出的，就是這些了。那半枚指紋，我已經提取了下來，等你們抓到嫌疑人的時候，可以進行比對考核。」

「太謝謝妳了，章法醫，這麼快就幫我們解決了難題。」郭警官合上筆記本後，由衷地說道，「我看時間也晚了，要不今晚就在我們秀水休息一晚，明天再回天長？」

「不了，謝謝，我那邊還有案子，以後有機會再來這邊旅遊吧！」章桐疲憊地一笑。

再一次走出秀水警局大門時，已經快要天黑了，看著天邊美麗的晚霞，章桐渾身的疲憊頓時消失得無影無蹤。她深吸一口氣，然後迅速打開車門，鑽進了副駕駛的位置。

第八章　熊貓血

　　正躲在車裡打瞌睡的司機小鄭被嚇了一跳，趕緊從椅子上坐了起來，一邊發火車子一邊尷尬地說道：「章法醫，這麼快就解決問題了？」

　　章桐不由得苦笑：「快開車吧，我們還趕得及回去吃晚餐。天長市那邊還有案子沒結，我不敢耽擱啊！」

　　當車子終於駛進天長市區時，章桐迫不及待地撥打了王亞楠的手機號碼，電話很快就接通了：「亞楠，我今天臨時出差去了秀水，那邊手機訊號不好，我剛回來，今天有什麼事嗎？」

　　電話那頭，王亞楠卻一反常態破天荒地沉默了許久都沒有說話。

　　章桐隱約之間意識到了有什麼不對勁，趕緊追問道：「亞楠，妳快說話，到底出什麼事了？難道又發現了器官丟失的屍體？」

　　「不，那倒沒有。」王亞楠似乎下定了決心，她終於開口說話了，但是嗓音卻聽上去異常嘶啞，「小桐，妳不要難過，要挺住啊！」

　　章桐慌了：「亞楠，妳別嚇我，快告訴我到底出什麼事了？」

　　「是……是劉春曉……」

　　章桐的腦海裡頓時嗡嗡作響：「劉春曉？他出什麼事了？你快說！」

　　「他，他，自殺了！」王亞楠結結巴巴地說道。

第九章　奇特的自殺

　　「現場這麼多的血跡，那是因為劉檢察官總共劃了自己十一刀，左右手臂各兩刀，脖頸上四刀，你可以看到嚴重的地方甚至把頸部切斷了一半，腹部兩刀，深可見內臟，潘建的驗屍報告上都有註明的。最致命的一刀是在左胸口，插入右心室三公分，直接導致機械性窒息死亡。」說到這裡，王亞楠重重地嘆了口氣，「我到現在都沒辦法弄明白為什麼劉檢察官要這麼結束自己的生命，甚至到了自殘的地步。現場……太慘了！」

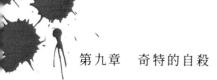

第九章　奇特的自殺

　　冰冷的太平間裡，沒有任何生命的氣息，因為在這裡見不到陽光，終年都是陰森森的，寒氣逼人。刺眼的白熾燈照得整個房間彷彿是另外一個世界。

　　「妳真的確定要見他？」王亞楠不放心地問道。

　　章桐無聲地點點頭，毅然推開了身邊的王亞楠，面無表情地直接走向了太平間最裡端的停屍庫。這是一排上下兩層的冷凍庫，總共有二十八個小冷凍櫃。冷凍庫的門把手都是由統一的不鏽鋼製成的。

　　太平間和停屍房是章桐最熟悉的地方，可是，此刻，站在冷凍庫門前，她卻不知所措。這時候，她才意識到，自己沒有問王亞楠具體的櫃門號碼。

　　「二十二號。」王亞楠低聲說道。

　　章桐深吸一口氣，輕輕拉開了二十二號櫃門，一股冷氣撲面而來，章桐頓時渾身哆嗦了一下。她伸手拉出了拖床，冷氣散去的時候，她看到了劉春曉的臉。

　　原來人死後是這麼安靜，除了那令人心碎的慘白，劉春曉的神情是那麼平靜，就彷彿睡著了一樣，嘴角微微上揚，一絲笑意似乎還掛在嘴邊。但是章桐明白，這不是笑，這是人死後面部神經萎縮所引起的肌肉痙攣而已。可是她倒寧願相信這是劉春曉臨死時掛在嘴角的最後的笑容，因為這樣就意味著他的最後一刻至少是平靜和滿足的。

　　章桐半天都沒有說話，整個人就像傻了一樣，呆呆地看著拖床上躺著的劉春曉。

　　王亞楠有些擔心了，她伸手輕輕地摟住了章桐瘦弱的肩膀：「小桐，哭出來，哭出來會好一點。妳這樣子我會害怕的！」

章桐就彷彿沒聽見王亞楠所說的話，只是呆呆地站著，像極了一尊石頭雕像。

　　「小桐，妳倒是哭啊！妳哭啊！」王亞楠急了，拚命地推搡起了章桐，「妳哭出來會好一點，別憋著，我知道妳心裡難受！」

　　章桐輕輕嘆了口氣，搖搖頭：「走吧！」說著，她輕輕地把拖床推了回去，然後用力關上了不鏽鋼門，隨後頭也不回地走出了太平間停屍房。

　　在回警局的路上，章桐平靜得可怕，整個人就彷彿只留下了一個麻木的軀殼，靈魂卻早就不知道飄到了什麼地方。王亞楠偷眼看著章桐，心裡充滿了擔憂，卻又不敢開口安慰她。

　　直到車子開進了警局地下停車庫，章桐才終於開口：「我跟妳一起去妳的辦公室，我想看看現場相片，屍體的相片。」

　　王亞楠知道往日的那個章法醫終於回來了，她忍不住哭出了聲，用力一把摟住了章桐：「我倒寧願妳像電話中那樣對我發火。妳別嚇我就行了。妳要是出了什麼事，我……我……我不會原諒自己的。妳一定要答應我不要做傻事啊！」

　　章桐微微一笑：「我沒事，妳放心吧，我只是想看看。我不會做傻事的！我們都認識這麼久了，難道妳還會懷疑我的承諾？」

　　一聽這話，王亞楠趕緊鬆開了章桐的肩膀，半信半疑地看著她：「妳真的沒事了？」

　　章桐長嘆一聲，神色悲戚：「看來我真是瞞不過妳的！我說沒事那是假的，但劉春曉既然選擇自殺，他是個成年人，我也沒有辦法阻止。我只是想看看現場相片，妳應該能夠明白我的想法，對嗎？」

　　王亞楠趕緊一把抹去眼淚，點點頭，伸手拉開了車門：「那就好，快

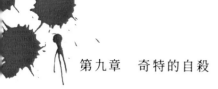

第九章　奇特的自殺

跟我來！」

　　章桐一走進刑警隊辦公室的時候，就聽見講話聲音立刻小了下來，現在局裡的每個人應該都已經知道劉春曉自殺的事情了。雖然沒有人跟她說話，但是她能夠聽到周圍同事的竊竊私語，能看到他們不安的眼神。她跟隨著王亞楠直接走向了最裡間的辦公室隔間，這個小小的舉動頓時引來了許多人的關注。直到辦公室隔間的門在自己身後輕輕地被關上後，章桐這才悄悄地鬆了口氣。跨進這個普通的小隔間就意味著遠離身後每個人的視線，她感到很輕鬆。王亞楠走到隔間的窗前，伸手拉上了百葉窗簾，這是她上週才叫人裝的，這樣一來至少能夠給自己留下那麼點隱私的空間。

　　「坐吧，他們也是關心你。」王亞楠顯然意識到了外面投來的目光和章桐的渾身不自在，「他們沒有惡意的。」

　　「我沒有怪他們的意思，妳放心吧！」

　　王亞楠勉強擠出了一絲笑容，然後伸手拉開了自己面前的抽屜，拿出一本黃色的資料夾：「資料都在裡面，我打算明天報上去給檢察院那邊。」

　　章桐一邊打開資料夾，一邊說：「和我講一講這件案子吧。」

　　「前段日子因為劉檢察官出差，所以，他位於三層東頭第一間辦公室的大門一直是鎖著的。今天上午，管理員接到二層東頭第一間辦公室的工作人員反映說天花板上好像漏水了，滿是半凝固狀態的棕色不明液體，懷疑是地暖漏水，他就趕去檢修。結果在打開頂上那間辦公室緊閉著的房門時，發現了劉檢察官的屍體。」王亞楠刻意沒有直接稱呼劉春曉的名字。

　　「檢察院當即就通知了我們。等我們趕到現場的時候，發現劉檢察官早就已經去世了，在辦公桌上發現了他的遺言，上面寫著 —— 我受不了了，對不起！」

「這件案子是誰去的現場？」

「潘建。」

「自殺的結論也是他下的嗎？」

「起先我們也是有懷疑，因為劉檢察官坐在自己的辦公椅上，辦公椅離開桌面有大約十公分的距離，可是，辦公椅周圍都是血跡，甚至透過地板的縫隙滲漏到了下面一層辦公室的天花板上，而離他僅十公分遠的辦公桌上卻一滴血都沒有濺到。」

章桐一聲不吭地緊盯著自己面前的現場相片，正如王亞楠所說，劉春曉的身體斜斜地靠在了辦公椅上，腦袋向後耷拉著，雙手也無力地下垂在辦公椅的扶手兩側。因為身上有太多的刀傷，所以劉春曉身上的那件白色襯衣早就被自己的鮮血給徹底染紅了。辦公椅四周也全是血跡。

「現場這麼多的血跡，那是因為劉檢察官總共劃了自己十一刀，左右手臂各兩刀，脖頸上四刀，你可以看到嚴重的地方甚至把頸部切斷了一半，腹部兩刀，深可見內臟，潘建的驗屍報告上都有註明的。最致命的一刀是在左胸口，插入右心室三公分，直接導致機械性窒息死亡。」說到這裡，王亞楠重重地嘆了口氣，「我到現在都沒辦法弄明白為什麼劉檢察官要這麼結束自己的生命，甚至到了自殘的地步。現場……太慘了！」

「可是，現場的一切卻又都讓人無法得出他殺的結論。第一，現場唯一進出的門是從裡面鎖住的，除了清潔工那邊，沒有第三把鑰匙可以開他的門。而窗戶都是緊緊地鎖上的，插銷都是從裡面插上的，現場沒有第二個人存在過的痕跡。可是，這血跡？還有這傷口？小桐，你也看到了，手腕上的那幾道刀傷，還有脖頸上的傷口，人都那樣了，還會用那麼大的力氣捅上自己最後一刀嗎？潘法醫也有這樣的懷疑，可是，他沒有辦法推倒

自殺的結論，而且現場的遺書筆跡經過鑑定比對，也是劉⋯⋯檢察官留下的親筆。」

章桐點點頭，一臉的悲傷：「從法醫學的角度來講，這是完全有可能的。亞楠，你的結論我可以理解，我也不願意去相信劉春曉會選擇自殺這種方式離開這個世界。但是，我們要講客觀事實證據。首先，你看這一張相片，是死者手腕上的傷口，排列很整齊，而且由淺至深，這屬於試探性傷口，我想這是最初造成的傷口。緊接著，死者把刀指向了自己的脖頸處，你看，同樣的情況，排列整齊，由淺至深。」

「但是，你看那一刀，都已經割斷了喉管，人不是會死了嗎？」

章桐搖搖頭，面露苦澀的笑容：「不會那麼快，血液還沒有全部進入人體的肺部，他最多只會感覺呼吸困難，但是人還是清醒的。根據傷口的深淺，這腹部的傷口深度比較接近胸口的那一刀，所以，這是排列在第三組的。最後，我想，劉春曉最終用盡了全身的力氣，把刀插進了自己的心臟。死亡來得很快的。他最後應該感覺不到太多的痛苦了。」

王亞楠都快哭了：「他為什麼要選擇這麼痛苦的方式來結束自己的生命呢？他難道就沒有想過妳的感受嗎？」

「十一刀，他肯定猶豫過，可是，最終還是選擇了自殺。」說到這裡，章桐幾乎泣不成聲了。

「那辦公桌上沒有血跡又該怎麼解釋呢？」王亞楠突然追問道。

「他割斷的應該是靜脈，而不是動脈血管。亞楠，你也知道，動脈的壓力比較大，一旦割破，會以噴濺的方式把血液壓出人體的血管，所以才會導致現場有大量噴濺式血跡留下。但是靜脈就不一樣了，它屬於『泉湧』式，因為它的壓力沒有那麼大，是『汩汩』地流出，這樣你才不會在

離劉春曉那麼近的辦公桌上看到一滴血跡。而他的辦公椅周圍，包括他的身上，全都流滿了鮮血。我不在現場，沒有辦法做出更準確的判斷，但是目前看來，我對潘建的定論沒有異議。」

面對王亞楠吃驚的目光，章桐突然感覺到了一陣說不出的疲憊和頭暈目眩，她趕緊站起身來：「我該回去了，今天出差回來還沒有到過家。」

「我送妳！」

「不用了，亞楠，妳忙吧，我自己叫車回去就可以了。」

說著，章桐強忍著胃部一陣陣的痙攣，轉身離開了王亞楠的辦公室。

直到跨進家門的那一刻，面對著饅頭那一如既往忠實的臉和上下翻飛的掃把式的大尾巴時，章桐再也忍不住了，她伸手摟著饅頭，「撲通」一聲跪倒在地，拚命地號哭了起來。撕心裂肺的疼痛就像一陣狂風暴雨般，瞬間布滿了她的全身，她不停地痛哭著，全身發抖，身體縮成了一團，彷彿要把積蓄了整整一生的痛苦都在此時傾瀉出來。

懷裡的饅頭顯然是被嚇壞了，它耷拉著腦袋，滿臉的憂鬱，嗚嗚了幾聲後，隨即輕輕地在章桐身邊趴了下來。它那大大的狗腦袋如同以往那樣靠近主人，眼神中充滿了同情和悲傷。

這一夜，章桐摟著饅頭的手一直都沒有鬆開過。

＊　　＊　　＊

鄭俊雅接連兩天做了相同的噩夢，每次都是在尖叫聲中驚醒，渾身被汗水溼透了。母親嚇壞了，趕緊又把她送進了天長市醫院的加護病房。護士們來回忙亂地替鄭俊雅做著各項檢查，因為還處在移植手術後的觀察期，要不是鄭女士再三堅持把女兒帶回家休養的話，鄭俊雅最起碼還得在

醫院裡再觀察半年多的時間。現在，看著女兒沒有任何血色的面孔，鄭女士感到了從未有過的恐慌。

由於是進了加護病房，所以鄭女士不能夠陪伴在女兒的身邊，她焦急萬分地站在醫院的走廊裡，心神不定地看著自己身後那扇緊閉著的大門。

好不容易看見汪松濤推門走了出來，鄭女士趕緊迎了上去：「汪教授，我女兒怎麼樣了？情況嚴重嗎？我會不會失去我的女兒？」

汪松濤微微嘆了口氣：「供體是沒有問題的，很健康，我這一點是可以保證的。妳女兒這段時間老做噩夢的原因，我想也是因為術後恢復中所服用的甲強龍、環孢黴素等抗排異和鎮痛藥物的反應而已。在術前，我就和妳說過，凡是接受器官移植的病人，術後終生都要服用這些藥物，而只要是藥物就都會有副作用，所以，妳女兒的大腦神經可能受到了藥物的影響，她當然會做噩夢。換上誰吃這麼大把藥，又是天天吃，也會這樣的，所以呢，鄭女士，妳沒有什麼好擔心的，噩夢總會過去的，休養幾天相信就會好的！妳就放心吧。這裡是加護病房，不允許家屬陪同，妳過幾天再來接她出院吧。」

鄭女士只能無奈地點點頭，忐忑不安地離開了醫院。

鄭俊雅雖然不說話，但是她躺在加護病房的病床上，眼淚卻一下子湧了出來。夢中的景象她記得清清楚楚，而且這個可怕的夢永遠都不會過去，它現在已經如幽靈般地成了她生命中的一部分，就像心臟成為她的一部分那樣。

輕輕地，她用手去觸控胸口的繃帶，雖然手術已經過去了一個多月，表皮傷口也已經漸漸癒合了，但是痛苦剛剛開始釋放，母親逃避的眼神讓她隱約感覺到了一種莫名的負疚感。自己病了那麼久，她都已經忘記了擁

有強健心臟的感覺了，走路可以不喘，能感覺到溫暖而生機勃勃的血流注入自己的肌肉中去，低頭看自己的手指時，可以為那些粉紅的微血管感到驚嘆不已。鄭俊雅已經用了太久的時間來等待死亡，接受死亡，她已經開始習慣死亡逐步接近的腳步聲，以至於生命本身對於她來說，已經變得非常陌生。可現在，她竟然能夠在自己的雙手上看到生命，能從十指的指尖上感覺到它的存在，當然了，還有那顆跳動的心臟。

不過，現在她還沒有辦法感覺到這顆心臟屬於自己，也或許，它永遠都不會屬於自己。

小時候，只要一有機會，鄭俊雅都會偷偷摸摸地穿起母親的漂亮衣服。母親忙於生意，總是無暇顧及自己衣櫃裡那些數都數不過來的上好的羊毛衫和綴著如星星般的美麗亮片的真絲外套，因為母親獨特的眼光，這些衣服永遠都不會過時。雖然如今這些衣服母親都送給了自己，或者確切點說是在自己考上大學的那一天，母親就非常隆重地把自己寶貝似的衣櫃打開，然後宣布說，從今天開始起，鄭俊雅可以隨意穿著母親所有的衣服，包括使用母親那些進口的化妝品，但是對於鄭俊雅而言，她卻始終認為，自己只是暫時借用一下母親的衣服和化妝品而已，在她腦子裡，衣服永遠是母親的衣服，而化妝品也永遠都是母親的化妝品。

那麼，這究竟是誰的心臟？鄭俊雅一邊想，一邊用手輕輕地撫摸自己的胸口。

「妳醒了？」

鄭俊雅抬起頭，一個胖胖的小護士正站在自己的床前，周圍此起彼伏的機器滴滴聲幾乎掩蓋了護士的腳步聲。

鄭俊雅記不清所有人的長相，而醫院裡每個護士幾乎都長得差不多。

「我做噩夢了，我不敢睡覺！」

「是類固醇的作用，這是妳所服用的抗排異藥物的副作用引起的，沒事的，很快就會過去的。」

「我想沒那麼簡單，護士！」

小護士一邊檢查著儀器的讀數，一邊忙著做記錄：「為什麼妳會這麼想？」

「妳知道我的心臟是誰給我的嗎？我想知道他的名字。我在夢裡總是會夢見他，渾身是血地向我靠近……可怕極了。」

小護士皺了皺眉：「妳不該這麼想的，這樣會讓妳的精神狀況更加糟糕。妳還處在移植手術後的恢復期，心態要平和。」

「可是……」鄭俊雅輕輕地說，「如果那人有家人的話，我是說如果有家人的話，我很想見見他們。」

「我肯定他們不會想見你的，他們剛剛失去親人，心理還沒有恢復過來。再說了，醫院裡有規定，這件事，也就是妳的心臟供體來源者的姓名和所有身分訊息都是嚴格保密的，你明白嗎？」

「有那麼糟糕嗎？我只是想對他們說一聲謝謝，謝謝他們，我可以不告訴他們我的名字，求妳了！」

「不行，鄭小姐，我幫不了妳。對不起！」說著，小護士同情地點點頭，轉身離開了病房。

鄭俊雅默默地把頭陷回枕頭裡。她感到很傷心，屋子裡突然變得很冷很冷，她的目光不由自主地投向窗外的某個角落，打了個寒顫。

護士值班室裡，剛剛從心臟外科加護病房查房回來的小護士正埋頭在病歷上查詢著什麼。良久，她疑惑地抬起了頭，嘴裡嘟嘟囔囔：「不會呀，

奇怪，這上面怎麼會沒有記錄？」自己已經找遍了所有可能記載有移植供體來源的記錄本，也沒有找到加護病房三號床的那個年輕女孩接受供體來源的相關記錄，可憐的小護士都找暈了。

中午吃飯的時候，小護士神神祕祕壓低嗓門把自己的這個疑惑告訴了好友急診科的護士徐貝貝，臨了，忐忑不安地追問道：「貝貝，妳說會不會出了什麼問題？我在心臟外科都做了這麼久了，還從沒有看見過找不到來源的。」看著徐貝貝半信半疑的樣子，她又強調了一句，「會不會她的供體來源不合法啊？」

「這不可能吧，妳是不是偵探小說看多了，唯恐天下不亂啊？」

「妳胡說什麼！」小護士生氣了，「這種事情能隨便開玩笑的嗎？妳也不想想！現在網路上流傳說有人偷器官來賣，妳知道這事嗎？」

「我不經常上網的。」徐貝貝老老實實地承認，「我的房東把網線掐了，很小氣的！我和男朋友現在暫時沒有多餘的錢去申請新的。」

「沒出息的男人！算了，那我告訴妳吧。網上說有人參加別人的聚會，結果喝多了，醉了，等醒來時，發現自己躺在浴缸裡，一浴缸的冰塊，而自己的腎臟沒了。」

「那怎麼辦？」

「什麼怎麼辦？出了很多血！等 120 趕到的時候，失血過多死了唄！現在的人啊，一個器官能賣很多錢的，妳不賣，就下藥偷，妳死不死，和他沒關係！妳說這還是人幹的事嗎？所以我懷疑，這三號床的器官就是這麼來的。我見過她母親一面，穿得很珠光寶氣的一個女人，也很驕橫。有錢人嘛，這麼做也是可以理解的！」

徐貝貝呆呆地看著好朋友那不停嘮叨的嘴巴，只覺得自己的後脊梁骨

一直在不停地冒冷汗。天底下不會有這麼巧的事情的，可是，那一道道怪異的傷口，還有那死在手術檯上的急診病人，雖然說每一個人看上去都有一種非常合理的死因，但徐貝貝卻還是倒吸了一口涼氣。

好不容易熬到了下午上班的時間，徐貝貝趕緊向護士長聲稱自己不舒服，想回家休息半天，然後不顧護士長一臉的惱火，手腳俐落地換好了衣服，一溜小跑地離開了醫院。

＊　＊　＊

局裡的會議室終於重新裝修好了，聽到這個消息後，沒有一個人的臉上不是輕輕鬆了一口氣的表情，除了章桐。

李局的祕書電話通知開會的時候，章桐半天才回過神來，讓身邊的潘建感到莫名的擔心。

現在局裡每一個人都已經知道了章桐的戀人劉春曉自殺身亡的訊息，大家心裡都有很多疑問，但是卻沒有一個人會去開口問章桐，更何況自殺也已經成了定論。自殺，並不是一件非常光彩的事，尤其是發生在從事公檢法這些特殊職位的人身上，所以，劉春曉生前的檢察院高層對外統一口徑宣布劉春曉是意外心臟病發作所導致心源性心肌梗塞死亡，簡單來說也就是突發心臟病病死的。但是，內部系統的人幾乎都知道自殺才是劉春曉真正的死因，而且死狀極慘，簡直就是活活把自己折磨死的。所以，人們就順理成章地都很同情章桐，不忍心去戳她心裡的那個深深的傷口。

裝修一新的會議室裡，警員們很快就陸續到齊了。因為章桐是負責劉建南和李曉楠死亡案件的法醫官，所以，她不能缺席這場特殊的案情分析會。

「都到齊了？好，請王亞楠先向大家介紹一下案情和目前的進展。」李

局主持會議一向言辭簡練，開場直奔主題，這也是為什麼大家在他唱主角的會議上從來都不會有打瞌睡的念頭的原因。

　　王亞楠看了看自己面前攤開的筆記本，略微整理了一下思路，然後說道：「八月二日凌晨一點五十分左右，建材商人劉建南被小區巡夜保全發現躺在所居住的大樓下面的過道水泥地面上，已經被證實是高空墜落，當時還有生命跡象，120 急救車趕到後，被送到最近的天使醫院進行搶救，凌晨兩點十七分，正式宣布死亡，死因是高空墜落所導致的多臟器損傷和出血性休克。因為案發現場沒有搏鬥過的痕跡，死者為人和藹，並沒有與人結怨，生意場中口碑也不錯，而死因很明顯，據當時趕到現場的派出所同仁的報告中所描述，死者是從洗手間窗口失足墜落的，沒有他殺的跡象，所以，我們當時就沒有立案，作為失足墜落致死處理，定為一起意外事故，有自殺的可能。但是死者的家屬顧曉娜，她當晚因為娘家有事就臨時回去了。當她得知丈夫墜樓身亡時，就一再堅稱自己的丈夫是被人害死的，並且主動要求章法醫進行屍檢，理由是自己的丈夫是老實人，平時從來都不會得罪身邊人，沒有一個仇人。最終證實，死者劉建南的死因並沒有疑問，但是死者身上的器官摘除手術傷口卻很讓人懷疑，大家可以看一下，這是當時屍檢的照片。」

　　說著，王亞楠把早就準備好的幾張放大的屍檢照片遞給了身邊的人，「大家可以看，死者體內的腎臟和肝臟摘除手術非常草率，草草了事，一點都不顧及死者術後的恢復。我們也曾經考慮過是否因為死者後悔捐出自己的器官而想不開自殺了，於是想找到顧曉娜考核情況，但是顧曉娜卻突然消失了。不久就打來電話，態度一百八十度的大轉彎，聲稱對丈夫的死因不再做任何堅持，只想早一點讓死者入土為安。因為沒有立案，所以遵照親屬的意願，我們讓她的家人接走了劉建南的遺體。可是，第二天凌

晨，顧曉娜就給章法醫打去電話，又說自己的丈夫是被人害死的，並且懇求我們警方介入調查。」

「那後來呢？」李局問道。

王亞楠再一次看了看筆記本上的案發記錄：「就在那天掛完電話後半小時左右，顧曉娜就自己撥通了120急救電話，等醫生趕到時，她被宣布死於心臟病突發。我們法醫檢驗後，證實是一種生物鹼毒素中毒所引起的全身麻痺導致呼吸衰竭死亡，死狀和心臟病發作非常相似。」

「她顯然是因為知道內情而被滅口了！」

「我們查過顧曉娜生前的所有資料，這是一個非常顧家的女人，和劉建南自由戀愛，打拚了好幾年，好不容易有了現在的安逸生活，正準備要孩子，就出了這個事情。出於一個女人的本能，顧曉娜不願意相信她丈夫是跳樓自殺的。」王亞楠補充說道，「我後來又帶人去了趟現場，結果在瓷磚底下發現了大量的血跡。經證實，正是死者劉建南的血跡，現場是被人清理過的。而死者劉建南跳樓的位置也很特殊，是從洗手間的窗戶跳出去的，但劉建南身材矮胖，想要在失血那麼嚴重的狀況下再爬上那麼高的窗臺，鑽過窗戶朝外跳的可能性就非常小了。因此我們推測，死者劉建南很有可能是被人從樓上洗手間窗口推出去墜樓導致死亡的。而顧曉娜則是因為在偶然的狀況下發現了劉建南的死因可疑，一再堅稱要屍檢，犯罪嫌疑人擔心暴露，就封住了她的嘴。在發生這兩起死亡案件的同時，還有一起案件非常可疑，也是被刻意掩飾成了意外所導致的死亡，那就是天使醫院急診科的醫生李曉楠。據她的護士反映，還有李曉楠的親筆日記所記載的詳細事件經過，李曉楠在注意到了近期醫院急診科病人意外死亡事件離奇增多後，曾經找院方高層反映過這件事。沒過多久，她就死於一場很特殊的車禍，大家可以看一下車禍現場的監控錄影。錄影中穿淺色衣服摔倒在

地的人就是死者李曉楠。」王亞楠示意身邊的王建在投影儀中播放那段短短的雨天錄影，雖然說錄影鏡頭畫面並不是很清晰，但是，已經足以清楚地看到當時的案發場面。

＊　　＊　　＊

「大家注意看，李曉楠摔倒後，並沒有馬上爬起來。我們都知道，摔倒在車流密集的馬路中央是非常危險的，而像李曉楠這樣的年輕人肯定是會第一時間從地上爬起來，盡快站回到安全島去的。但是，整整二十八秒，死者一直保持著不變的姿勢躺在那裡，最終導致了悲劇的發生。」王亞楠看了一眼坐在自己對面自始至終一直一言不發的章桐，「我們沒有能夠及時找到死者的屍體，當我們能夠順利立案調查這個案子的時候，死者的屍體已經被火化了。我們只能得到一些死者沒有被火化完全的遺骨。而經過化驗，死者生前曾經被人投毒。而她出車禍前的那一刻，正是要前來與我們警方會合。在現場，我們沒有找到死者隨身所帶的個人用品，當然了，不排除死者出車禍後，當時在場的人中有人順手牽羊拿走了死者的東西。」

「看來這是一起刻意用車禍掩飾的殺人滅口的案件！」

「對，但是我們沒有直接證據，除非找到當時現場的目擊證人才可以進行有效的指證。」

章桐站了起來，走到會議室靠牆處的白板面前，貼出了三張放大的天使醫院病人病歷彙總表，然後迴轉身面對大家說道：「經過一系列對比，我得出結論，這十八個病人之間有著非常重要的連繫。第一，他們都是由李曉楠接診的急診病號；第二，和他們的醫生一樣，這十八個病人無一例外都死了，或者死在救護車上，或者死在醫院急診搶救室的手術檯上；第

三，這十八個病人在生前都在紅十字血液中心那邊捐過血；第四，他們死前，李曉楠都在他們身上發現了或多或少的移植手術縫合傷口。而前面王亞楠所提到的劉建南，就是第十八號死者。」

「這十八個病人的死因呢？都一樣嗎？」李局問道。

章桐搖搖頭：「不完全一樣，有的是車禍死的，有的是跳樓自殺，有的則是自己開煤氣自盡的。總之，經過仔細核查，每一個死者都有一個貌似合理的死因。而每一個死者的身上都有一個奇異的傷口。只是很可惜的是，當我們發覺這個致命的連繫時，十七具屍體都已經火化了，而最後一個死者劉建南，屍體很快也被家人火化了，所以說，我們除了依據已經死亡的李曉楠醫生生前的筆記本和手術記錄外，證人就只有當時和李曉楠醫生在一起工作的急診科護士了。我懷疑，我們所發現的這些死者的人數還並不完整，肯定還有別的死者。」

「那麼，會不會在這些死者的背後存在著一個嚴密的人體器官盜竊鏈條？」

王亞楠回答道：「很有可能，我們目前就懷疑一個心臟移植患者所接受的供體來源不合法，而心臟供體的 DNA 檢驗也證實和一個多月前離奇失蹤的醫學院學生杭曉明的完全吻合，我的人正在著手調查這個患者的供體來源。」

聽了這話，李局點點頭：「接下來妳準備怎麼做，王亞楠？」

「我想調查這十八個病人在血液中心捐獻時所留下的血型紀錄，同時交叉比對近三個月以來我們天長市所有接受供體的手術記錄以及手術所進行的時間和地點。一旦找到吻合的，就進一步深入查詢相關責任人員。」王亞楠信心滿滿地回答道。

「我認為王亞楠的做法可行，因為人體器官組織一旦離開人體後，都有相對固定的存活時間，平均不會超過十二個小時。按照這樣的範圍來查詢，應該沒有問題。」章桐一邊把白板上的病歷紙收起來，一邊點頭贊成。

「那好，盡早找到這根黑色的利益鏈條，抓住凶手！嚴懲犯罪嫌疑人！」李局神情嚴肅地說道。

＊　　＊　　＊

八月二日，晴，五點四十七分。

此刻我正坐在醫院辦公室的窗臺上，眺望著城市遠處的夜景，一陣冷風襲來，讓我感到了逐漸走近的秋天的滋味。遙遠的天邊泛起了微微的魚肚白，新的一天就要開始了。我回想起上次拋開一切工作和責任，坐在這裡看窗外的時候，我的心情還是很不錯的，可是今天，我卻感到自己成了一個罪人，一個永遠都不可饒恕的罪人。又一個鮮活的生命在我的面前消失了，我開始懷疑我的工作能力！我是醫生，卻為何面對死亡就變得那麼束手無策？

我以前從未遇到過這樣的狀況，就在這一個多月的時間裡，在我手中，竟然已經有十八條生命離去了。我想，我不能再沉默了，我必須做點什麼，為了我自己的良心，我也要做點什麼。哪怕別人不相信我所講述的事實，我都要堅持下去！

我打算先去找找我的導師汪教授，他是心臟外科手術的專家，他應該會相信我的話！

＊　　＊　　＊

第九章　奇特的自殺

這是李曉楠日記本中的最後一篇，寫於劉建南死後不到一個小時的時間裡。從字裡行間，章桐分明可以觸控到李曉楠充滿痛苦和自責的靈魂。同樣是醫生，儘管職業方向不同，但是出發點和內心世界的種種感受卻是一樣的。

章桐悲哀地意識到，就在李曉楠寫完這篇日記後十二個小時，她的生命就永遠停止在一場瓢潑大雨中了。

合上日記本，章桐伸手輕輕揉了揉發酸的眼角，這些天裡，她總是感到莫名的疲憊，整天都昏昏沉沉提不起精神，而一到晚上，就徹底失眠。今天白天開完會後，王亞楠一聲不吭地把裝著李曉楠日記本的馬尼拉紙信封交給了章桐，然後轉身悄然離開了。

章桐這才能夠靜下心來仔仔細細地又一次讀起了這本特殊的日記，試圖更進一步地走進李曉楠的內心世界。

現在日記讀完了，章桐的心裡卻始終難以平靜下來，她嘴裡默默地念叨著一個名字——汪教授。很耳熟！難道就是自己記憶中那個在醫學院裡為學生講課的非常有名的客座教授，心臟外科手術的專家汪松濤？自己還曾經特地旁聽過他的課。難道他和這件事情也脫不了關係？如果真是那樣的話，就太可怕了！

窗外不知何時下起了雨，章桐微微打了個寒顫，雨絲已經順著風勢刮到了自己的臉上，涼涼的，手指尖輕輕一抹，和人的眼淚差不多的。饅頭靜靜地伏在章桐的腳邊，臉上掛滿了憂傷，一雙如瑪瑙般的黑眼珠無聲地哭泣著，自從劉春曉去世後，饅頭就一直這個樣子，章桐再也沒有在它的臉上看見過任何笑容。饅頭不會說話，但是它卻能像一個人一樣讀懂章桐的內心，章桐知道，和自己一樣，這一輩子，饅頭再也不會笑了。

＊　　＊　　＊

「王亞楠，這是妳要的杭曉明最後出現的那天傍晚，天長醫學院門口的監控錄影資料！」王建把黑色錄影帶放在王亞楠的辦公桌上，隨即微微嘆了口氣，「這麼年輕，太可惜了！」

「學校那邊查得怎麼樣了？」

「沒有什麼異常，在周圍同學眼中，杭曉明是一個老實穩重的男孩，因為家境比較差，所以從大一開始就一直在外面兼職賺自己的學費，是個苦出身的孩子。」

「他以前有過夜不歸宿的記錄嗎？」

王建搖搖頭：「從來沒有過，每一次外出兼職，總是能夠在十一點半宿舍鎖門前趕回來，是個難得的遵章守紀的學生。」

「那杭曉明的家屬呢？」

「一直在醫學院招待所住著，每天都來我們這邊打聽訊息。」

「現在 DNA 確定了杭曉明已經遭遇不測，你有沒有通知對方家屬？」

「我……」王建吞吞吐吐地說，「王亞楠，這種通知家屬的工作，我可不想做，太傷人了！」

王亞楠皺起了眉頭：「你不做誰做？要是誰都像你這樣挑三揀四的，我們的工作還怎麼展開？你以為這是什麼地方？你是我的副手，要是連你都挑三揀四的了，那麼，我不在的時候，你還怎麼去領導別人？我們做警察的怎麼可以感情用事？」

「我……」或許意識到自己的話有些出格了，王建的臉一陣紅一陣白的，尷尬地低下了頭。

「算了，你出去吧，我有事再叫你！」王亞楠低下頭揮揮手就下了逐客令，不再搭理他了。

王建垂頭喪氣地回到了外間自己的辦公桌前，正在這時，同事安陸走了過來：「副隊長，怎麼了？又被罵了？」

王建沒有吱聲。

安陸大大咧咧地伸手拍了拍王建的肩膀：「沒事的，副隊長，我們王隊長是刀子嘴豆腐心，以前的副隊長一樣被她經常罵了個狗血噴頭，還不照樣在一起工作？後來趙副隊長因傷住了院，我們王隊長還偷偷地抹過眼淚，我可是親眼看見的哦！」

「真的？」

「你別忘了，我們王隊長說到底還是個女人，心思細膩那是天生的。這麼粗魯是被逼的，不雷厲風行的話，我們這幫大老爺們兒怎麼對她服服帖帖？你也不多動動腦子！」

「你說得倒有理，我就沒有注意到。」王建訕訕地笑了。

「對了副隊長，我差點忘了，你剛才出外勤，有一個女孩子來找過你，看她的樣子很著急，聽說你不在，就匆匆忙忙地走了。」

「女孩子？長什麼樣？她說了什麼嗎？」

「長得是挺不錯的，以前好像來過，沒說什麼具體的，就只留下一句話，說打你電話老是打不通，叫你盡快和她聯繫。」

「她有留下名字嗎？」

「徐貝貝，這名字和我家的寶貝閨女一樣，所以我一下子就記住了！」

＊　　＊　　＊

　　章桐剛剛走進天使醫院的住院部大樓三樓心臟外科手術病房區，還沒來得及開口詢問汪松濤教授的辦公室在哪裡，耳邊卻突然傳來了刺耳的警報聲。循著聲音望去，警報聲來自走廊盡頭的心臟外科手術病房加護病房。章桐心裡一沉，一種不祥的感覺頓時升起。

　　果然，立刻有身穿護士服的人迅速向加護病房的方向跑去，一邊跑一邊大聲催促身邊的同伴：「趕緊通知汪醫生！快！緊急情況！」

　　章桐知道這種情況只有在重症監護病人出現意外狀況時才會見到，而這種意外狀況，很多時候所面臨的結局就是突發性死亡。

　　加護病房裡，神情焦灼的護士進進出出忙個不停，章桐守在門外，靜靜地觀察著，耳邊不時地傳來護士們的隻言片語。

　　「快，馬上通知鄧醫生，病人現在高燒！」

　　「汪醫生怎麼還沒到……」

　　「已經派人去請了。」

　　章桐的雙眉漸漸緊鎖了起來，高燒？這是器官移植患者最忌諱碰到的事情，因為高燒就意味著體內嚴重感染。

　　正在這時，章桐的身後傳來了急促的腳步聲，回頭看去，一個衣著得體卻面容慌張的中年婦女跌跌撞撞地跑了過來。

　　「佳佳，佳佳……」中年婦女的嘴裡不停地念叨著一個名字。她剛要往裡衝，一個護士趕緊攔腰抱住了她：「鄭女士，妳不能進去，裡面正在搶救！」

　　「為什麼？我要見我的女兒！你們不是說她已經好了，馬上就可以出

院了？現在是怎麼回事？」中年婦女尖聲叫著、掙扎著，她突然意識到了什麼，回頭衝著身邊的護士憤怒地吼道，「汪松濤呢，他在哪裡？我要找他……你別攔著我。」

「我們也正在找汪醫生，現在鄧醫生在裡面，妳女兒會沒事的！」小護士急得臉都漲紅了，一邊竭力勸說著病人家屬，一邊還不忘偷偷地瞟一眼樓道轉彎處。章桐知道，她在等整個突發事件的中心人物汪教授的出現。

可是奇怪的是，直至搶救室裡變得死一般的寂靜，汪松濤就像人間蒸發了一般沒有出現過。

加護病房門上的紅色警報燈終於熄滅了，緊接著一個年輕醫生神情黯然地走了出來，他緩緩摘下了臉上的口罩，掃了一眼門口站著的幾個女人：「誰是鄭俊雅的家屬？」

中年婦女茫然地點點頭：「我是。」

「對不起，我們已經盡力了，她走了！」

當了這麼多年的法醫，章桐見過很多悲傷過度的家屬，有的歇斯底里，有的失魂落魄，有的哭天喊地。但是眼前的這個女人，眼中所流露出來的神情卻讓章桐有種不寒而慄的感覺。

剛才還在憤怒之中的中年婦女突然轉身就走，不顧身後的護士和醫生的勸阻，腳步匆匆地消失在了醫院樓道的轉角處，只留下護士和醫生面面相覷。

這時，護士才意識到了章桐的存在：「請問妳有什麼事嗎？」

章桐趕緊出示了自己的證件：「我來是想找汪松濤醫生的，請問你們知道他去哪裡了嗎？」

小護士搖搖頭：「今天上午他都沒有露過面。」

章桐剛要告辭，轉身走了幾步，又停下了：「這位護士，能問下裡面究竟發生什麼事了嗎？」

小護士小心翼翼地說：「一個心臟手術移植患者，前段日子還好好的，突發感染，搶救無效，這不，去世了。剛才那個，是她的母親。猜想今天得夠嗆了！」

章桐沒有明白小護士最後那句話的意思。

＊　　＊　　＊

醫務科長王金明一邊深表同情，一邊雙手一攤竭力否認：「鄭女士，妳反應過激了，這個事情到時候肯定是有一個合理的解釋的。」

「再說了，這個手術也是妳自己執意要求做的！」王金明很快又顯出一副很冤枉的樣子，「而心臟移植是一個大手術，風險是很大的，即使術後沒有問題，也難以保證一兩個月甚至半年後不會有問題，什麼事情都是未知的。這點相信妳是最清楚的！」

「可是那姓汪的跟我說已經沒有問題了，說是藥物副作用的原因，住一段時間後就可以出院了。你說，為什麼我女兒就這麼死了？分明是你們害死她的！」

「我們沒有必要害死妳的女兒！鄭女士，妳冷靜點！」王金明就像被踩了尾巴的貓一樣一蹦老高，「我們是醫院，堂堂正正的三甲醫院，不是孫二娘開的黑店，妳可要對妳說的話負責任啊！」

「那為什麼昨天還說我的女兒好好的，今天就死了？你們要給我個合理的解釋，不然的話我就去報案！」

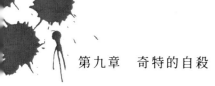

第九章　奇特的自殺

「鄭女士，妳可要冷靜啊！妳也不好好想想，我們害死妳女兒究竟有什麼好處，妳說對不對？相反只會給自己惹上一身的麻煩，這種吃力不討好的事情我們腦袋被驢踢了才會這麼做！」

「那為什麼會這樣？除非……」

「除非什麼？」

「你們的心臟供體有問題！」

中年婦女斬釘截鐵說出的這句話頓時讓王金明嚇出了一身冷汗，他一屁股跌坐在了自己的辦公椅上：「這不可能，鄭女士，妳剛剛失去女兒的悲慟心情我是完全能夠理解的。可是，妳也不能就此沒有根據地瞎說啊，我這邊是有完整的記錄的，心臟來源是很健康的，包裝很好，運送方式也很正確，就連心臟摘除手術也是汪教授親自主刀的，一個非常健康的供體！」

「一個花了我一百萬元的供體，我女兒到頭來卻還是沒了命！」中年婦女憤憤不平地站了起來，「我要讓你們付出代價，你們這是殺人……」

「鄭女士，妳聽我說……」王金明急了，「一切好商量的！」話音未落，對方卻早就已經頭也不回地走出了辦公室，緊接著，辦公室的門就被重重地甩上了。

＊　　＊　　＊

不只是章桐在四處尋找汪松濤，王亞楠也在找他。因為杭曉明生前所在醫學院的保衛處所提供的監控錄影上顯示，杭曉明最後上的是汪松濤的私人轎車。也就是說，汪松濤很有可能是杭曉明臨死前所見到的最後一個人，再連繫到杭曉明的心臟竟然出現在別人的身上，汪松濤的疑點就越來越大。

可是，出乎大家的意料，人間蒸發了的汪松濤最後卻在天使醫院頂樓的閒置倉庫裡，被人意外發現吊死在了一根橫梁上。被發現時，距離他失蹤已經過去了整整兩天的時間。

「汪松濤的妻子三年前因病去世了，身邊又沒有子女，所以，他的失蹤不會引起家人的注意。」王亞楠皺眉說道，「我們需要盡快確定死者是自殺還是他殺。」

說話的間隙，汪松濤的屍體正被潘建和另一個新來的法醫助理一起輕輕地放下來，章桐則一臉平靜地站在一邊，沒有說話。

屍體被放在了一張早就平鋪好的黑色塑膠布上，章桐走上前，在屍體邊蹲下，仔細地檢視了起來。

「死者肝臟溫度為十八點二攝氏度，那也就是說死亡時間應該是距現在八個小時到十個小時之間，死者體表的皮膚呈現出典型的藍色，這是因為死者體內的紅血球嚴重缺氧所導致的。眼球血管爆裂，血絲呈現放射狀遍布眼底，這是大腦缺氧、腦壓驟然增加所展現出來的典型症狀。」說到這裡，章桐伸手解開了死者緊緊包住脖子的衣領，好進一步地看清楚脖子上繩索的痕跡，突然，眼前的一幕讓她有些吃驚，「死者頸部繩索勒痕處並沒有紅腫的跡象，這不應該是自殺。」

王亞楠湊上前問道：「你是說死者是他殺？」

「不排除這個可能，因為如果是死者掛在這根繩子上直至死亡的話，痕跡周圍應該會發生紅腫的跡象。根據剛才所測量出的肝臟溫度，死者死亡時間還沒有超過二十四個小時，照目前狀況分析，死者應該是在死後被人吊上去的。」

「潘建，你再把那上面的繩子解下來給我看一下！」章桐指了指依舊

掛在頭頂橫梁上的孤零零的繩索。

　　拿到繩索後，章桐把它和汪松濤脖子上的繩索印痕進行對比：「死者頸部的繩索痕跡比我們現在看到的這根要細零點五公分，而且，死者頸部的繩索痕跡是條紋狀一束一束的，而現場那根是左右交錯編織的麻繩，兩種痕跡完全不一樣！亞楠，汪松濤是被人殺害的！死後才掛了上去並偽裝成自殺的假象。其餘的我還要回解剖室檢查後才可以進一步告訴你情況。」

　　「沒問題，你隨時打我電話。」

＊　　＊　　＊

　　回到局裡，已經是下午，章桐草草地在食堂裡拿了個冷饅頭塞在兜裡算是自己的午餐。剛走到解剖室的門口，口袋裡手機卻意外地響了起來。

　　「是章法醫嗎？」

　　「你是哪位？」

　　「我是市檢察院反貪局的趙國棟，劉春曉的朋友，我打電話是通知妳，明天是他的遺體告別儀式，早上八點，浩園。」

　　「我知道了，謝謝。」

　　結束通話電話後，章桐半天都沒有回過神來。劉春曉自殺身亡後直至今天，她只去市殯儀館看過他一次，後來就再也沒有去過。別人以為章桐這麼做是因為她心裡難受，怕見到劉春曉死去的樣子。其實真正的原因只有章桐自己心裡最清楚，悲痛之餘，她恨劉春曉的狠心。因為在她看來，這個世界上沒有什麼事情是不能夠解決的，劉春曉為什麼要偏偏選擇這麼一種殘酷甚至殘忍的方式毅然離開自己，離開這個世界？章桐想不明白，

她也不願意去想明白。

但是明天，章桐知道自己再也沒有辦法躲開了，不知不覺中，已經過了頭七，劉春曉就要下葬了，這一次再不去的話，可能就是永別了。

想到這裡，章桐鼻子一酸，眼淚瞬間滑落下了臉頰。她下意識地狠狠吸了一下鼻子，掏出紙巾擦乾淨了眼角的淚水，然後推開解剖室的門，走了進去。

＊　　＊　　＊

作為一名法醫，章桐絕大部分工作時間都是和死人在一起度過的，有時甚至是和面目全非的屍體在一起。其實不光是章桐，所有的一線法醫都很清楚自己的職業。說穿了很簡單，就是誘導死者說出他們的故事。

大型的 X 光機嗡嗡作響，章桐仔細地檢視著顯示器中死者的每一根骨頭。X 光機雖然很笨重，但是卻能使死者骨頭上每一個細小的傷痕都一清二楚地被展現出來。

當王亞楠來到解剖室時，屍檢已經結束。章桐一邊示意潘建拉開覆蓋在屍體表面的白布，一邊解釋道：「死者的舌骨有明顯的斷裂跡象，而上吊是不會形成這樣的狀況的，因為上吊只會形成一種環狀痕跡，除非是水平狀發力，才會在我們人類柔軟的舌骨上形成那麼大的斷裂創面。」

說著，章桐又遞給了王亞楠一張死者脖頸處的特寫照片：「在我用脫水酒精擦過死者的脖頸後，就很清晰地顯現出了兩道繩索的痕跡。上吊和勒死受害者雖然同樣是透過刺激受害者頸部的迷走神經導致機械性窒息死亡，但是上吊會繞開舌骨，在死者脖頸處形成一個典型的倒 V 字形，勒死受害者的繩索則會直接鎖住死者的咽喉部位，導致受害者窒息死亡。還有就是，我雖然在死者身體表面並沒有發現什麼外力所導致的傷痕，但是，

死者的血液毒物檢驗卻顯示死者生前服用了麻醉劑琥珀膽鹼，這樣也就能夠解釋死者的雙手為何沒有防禦性傷痕，指甲裡也沒有他人的 DNA 了。」

「說到底汪松濤跟顧曉娜一樣是被別人滅口的！」

「只能說目前看來是如此。我們法醫不能沒有證據憑空猜測。」章桐一邊摘下醫用橡膠手套扔進屋角的垃圾回收桶，一邊點頭說道，「我同時在死者的胃容物中發現了尚未完全被消化的食物，由此可以推斷，死者是在用餐後三個小時左右被殺害的，猜想餐後服用了飲料之類的東西，裡面加了麻醉劑琥珀膽鹼。如果是單純的水的話，這種麻醉劑，憑汪松濤多年的從醫經驗，他不會嘗不出來的。」

「也就是說，凶手也是懂醫的人！但是為什麼當我要找汪松濤的時候，他就這麼巧地死了呢？還刻意被偽裝成自殺的樣子，難道有人意識到我們即將懷疑到他們了嗎？」

「丟車保帥！」

＊　　＊　　＊

王金明怒氣沖沖地走進鄧嘉盛的辦公室，連門都沒有敲。

鄧嘉盛抬起頭，當他看清楚眼前站著的是王金明時，頓時雙眉緊鎖。他壓低了嗓門抱怨道：「你來幹什麼？現在不同於以前了，打個電話就可以了，你要注意我的身分。快把門關上！」

王金明張了張嘴，隨即重重地嘆了口氣，轉身發洩似的把門用力地帶上了。

看見門關上了，鄧嘉盛迅速換了一張笑臉：「說吧，找我有什麼事？」

「你現在可是急診科的主任了，立刻就擺臭臉了對不？別忘了我們可是

拴在一起的。你的提升沒有我能行嗎？做夢去吧！」王金明沒好氣地說道。

「王科長，你這話就過頭啦！我給誰擺臭臉也不會給你擺啊。我看我們之間肯定有誤會！」

「你說，鄭俊雅究竟是怎麼回事？供體是你們兩個一起搞的，不是說很健康嗎？怎麼現在人都死了？你叫我怎麼向人家交代？人家畢竟給了大數目的！」

鄧嘉盛一臉的愁容：「我也不知道，在血庫的記錄表上，他確實是很健康的，這一點我可以保證，不然我們絕對不會選他的。病人突然死亡目前看來只有一個原因，那就是突發性心肌炎，也就是說，供體本身就有可能帶有基因缺陷方面的毛病，我們沒有檢查出來，才會造成這樣的後果。」

「那為什麼死者在移植手術結束後一個多月時間裡都沒有任何異常反應呢？」

「病毒這種東西有時候就是很難捉摸的，這也只能怪她運氣不好，倒楣。」鄧嘉盛淡淡地說道。

「那她母親再來找我我該怎麼辦？再說了，如果屍體落在法醫手裡，一切很快就會暴露的！」

「你就不會想辦法不讓她見到嗎？」

「你的意思難道是……」王金明疑惑地看著鄧嘉盛毫無表情的臉。

「沒有屍體也就沒有了證據，王科長，我相信這一點你應該不用我再提醒了吧？」

「我……我明白了，說實話，你真狠！我以前還真是瞎了眼，以為你是個笨蛋！」王金明小聲嘟嚷了一句，「對了，汪松濤是你解決的？」

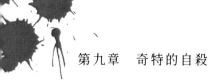

第九章　奇特的自殺

　　鄧嘉盛不置可否地笑了笑，目光重新集中到了面前辦公桌上的值班記錄上：「王科長，有一點你別忘了，我們不是老闆。相反，都是替人家跑腿的，拿人錢財替人消災！」

　　王金明頓時啞口無言。

第十章　首席女法醫

「好！好！我說！我說⋯⋯」他長嘆一聲，「其實，我也是不得已啊！兩個月前，汪松濤突然找到我，說想和我合夥做生意，是來錢快的買賣，我當時就答應了下來，現在物價飛漲，那麼點薪資說實在的也真的不夠花，一大家子的開銷啊！」

　　王金明走後，鄧嘉盛乾脆放下了手中的筆，閉目沉思了一會兒，很快就打定了主意。他站起身，穿上工作服，隨即向辦公室外走去了。

　　穿過忙碌不堪的急診室的時候，耳邊傳來護士長的大聲抱怨：「這個徐貝貝也真是的，說是請假半天，這又跑哪裡玩去了！小田啊，幫我再打打她的手機試試！」

　　「好嘞！」

　　鄧嘉盛並沒有停下自己的腳步，他直接向醫院地下室走去了。在經過護士值班臺時，他彎下腰小聲叮囑值班的小護士：「我去開會，有事情幫我留言，我不開手機了，院長要求的！」

　　「好的，主任，您放心吧！」小護士的臉上流露出崇拜和敬畏的神情。

　　醫院地下室的盡頭有一扇小門，是藍色的，平時緊鎖著，鎖頭上落滿了灰塵和雜物。但是今天，鄧嘉盛撬開門鎖的時候，門鎖上乾乾淨淨的，一點灰塵都沒有，顯然在不久前剛剛被人打開過。

　　鄧嘉盛閃身進入小門後，很快，就在裡面把門給鎖上了，門裡邊是一個完全不同的世界，通道鋪著白色的木質地板，上面蓋著油氈，頭頂上瀰漫著昏黃的燈光。天使醫院表面看上去是新建的，其實很少有人知道，它是建立在一個廢棄的日軍醫院基礎上的，地下室中有一個保留下來的暗道，裡面藏著很多不想被別人知道的祕密。

　　鄧嘉盛走下樓梯，轉了個彎，腳步聲在空氣中孤單地迴響，走廊的盡頭是一扇很寬的門。

　　門推開後，展現在鄧嘉盛面前的是一個白森森的房間，房間裡到處都貼滿了瓷磚，一張手術床在房間正中央擺放著，手術床上躺著一個人，確切一點說是綁著一個人。一聽到有人推門進來的聲音，手術床上的人立刻

回過頭，掙扎著尖聲叫道：「鄧醫生，你瘋了，快放我出去！」

「妳別費這個心思了，這裡你喊破喉嚨都不會有人聽到的。還是乖乖地待著吧，我們兩人都省事！」

「你到底想幹什麼？」或許是預感到了正步步向自己逼近的危險，徐貝貝的眼神中充滿了恐懼。她拚命掙扎著，可是無法掙脫牢牢捆住自己四肢的皮帶，只能眼睜睜地看著鄧嘉盛面無表情地向自己走來，在他的右手中，就像變戲法一般不知道何時出現了一個尖尖的針筒。針頭扎進皮膚的時候，徐貝貝感覺到自己整個身體在急速下墜，漸漸地，眼皮往下沉，嗓音也變成一種嘆息。她竭力想發出一聲尖叫，卻悲哀地發現自己連撥出一口氣都變得那麼困難。

這時，身邊出現了一個身著護士服的年輕女人。很快，徐貝貝身體裡的最後一絲意識就無聲無息地消失了。

「把她的衣服脫了，趕緊插管子！」鄧嘉盛說，「我們要抓緊時間，不然她就報廢了。器官儲存箱準備好了沒有？」

「準備好了，就在桌上！」

鄧嘉盛掃了一眼身後的工作臺：「不夠，至少五個，快打電話！」

年輕護士皺了皺眉：「五個？那她……」

「妳不用管那麼多了，有用的我們都要！快去，我們五分鐘後準備手術。」鄧嘉盛的嗓音變得異常興奮，「樓上還有人排隊等著呢！」

「可是，她不就沒救了嗎？」年輕護士並沒有馬上離開去打電話，反而一臉的困惑，「鄧主任，你說過不殺人的，只是拿我們要的器官，她不會死的！可是，五個器官，你這不是要了她的命嗎？」

鄧嘉盛不由得愣住了。他轉身，冷冷地說道：「她知道得太多了，所

以本來就不能夠再活下去了。我不能浪費了她身上的東西！我警告妳，妳要是再那麼有好奇心，被上面知道的話，妳的下場會和她一樣的！」

一聽這話，年輕護士頓時驚出了一身冷汗，她立刻牢牢地閉上了自己的嘴巴，驚恐的雙眼再也不敢往手術檯上看過去了。

＊　　＊　　＊

病理科化驗師助理員阿芳膽顫心驚地捧著最後一個紅色小箱子走出了地下室，儘管是在大太陽底下，可是她卻渾身發顫，臉色煞白。她緊緊地抱著那個用白袍包著的特殊的紅色小箱子，卻又不敢低頭去看，相反卻時不時地朝自己身後偷偷瞄上一眼。來到醫院門口後，她焦急地四處張望著，很快，一輛飛馳而來的紅色夏利車在她的身邊驟然停下，車窗隨即打開。沒有說一個字，阿芳只是看了車裡的司機一眼，就迅速打開包著的白袍，把裡面的紅色小箱子遞給了車裡人。夏利車沒做任何停留，連引擎都沒有關閉，就緊接著一踩油門，車子立刻離開了天使醫院的大門口，揚長而去。

直至此時，阿芳的臉上才微微露出輕鬆的神情，她抿了抿嘴，深吸一口氣，然後轉身匆匆走回了天使醫院的大門。

阿芳怪異的神情引起了一邊的門衛兼保全老王的注意。他認識眼前的這個女孩子，病理科的助理化驗員，一個非常嬌氣的女孩，好像和急診科的護士徐貝貝是同學，平時經常看見兩人一起上下班，親親熱熱的，關係似乎很不錯。

「請等一下，妳是徐貝貝的朋友吧？」老王忍不住叫住了阿芳，關切地問道，「好幾天都沒有見到她了，那小丫頭是不是生病了？沒事吧？」

聞聽這話，阿芳的眉宇之間閃過一絲慌亂，隨即搖搖手，不耐煩地應

付道：「我……我不知道，我也沒見到她，不知道她怎麼樣了，你找她護士長問問吧！」說著，阿芳匆匆忙忙頭也不回地跑回了醫院門診大樓，彷彿身後有什麼人在追她一樣。

老王愣了半天，搖搖頭轉身回到了自己的小值班室。坐在靠窗的椅子上，他不由得皺起了眉頭，前天見徐貝貝慌裡慌張地在上班時間走出醫院後，就再也沒有回來過，她究竟發生了什麼事？會不會生病了？這在以前是從來都沒有發生過的事情啊。老王越想越著急。

正在他坐立不安的時候，值班室的小門被人敲響了。

「裡面有人嗎？」

「有，等一下啊！這就來！」老王趕緊放下手裡的茶杯，走向門口，伸手打開門。

出現在他面前的是一個年輕的小夥子，長得很壯實，臉龐是那種健康的黝黑色，舉手投足之間有些靦腆。

「請問你有什麼事？」

小夥子一臉的愁容：「大爺，我想請問你個事，不知道你認不認識急診科的女護士徐貝貝？」

老王點點頭：「知道，矮矮胖胖的那個小女孩，臉圓圓的，經常見她上下班經過這邊，和她說過幾句話，她怎麼了？她應該有兩天沒來院裡上班了。」

「我是她男朋友，她好幾天沒回家了，這在以前是從沒有過的事情。我打過手機，但是關機，所以我到這邊來問問，結果，沒人知道，都說她沒來上班。大爺，你能幫幫我嗎？我剛來這個城市沒多久，什麼都不熟悉……」

第十章　首席女法醫

　　老王發愁了，隱約之間感覺到了一絲不安，病理科化驗師助理員阿芳臉上怪異的神情在自己眼前一閃而過，他不由得倒吸了一口冷氣，難道這女孩真的出事了？

　　「小夥子，我想……」老人猶豫了一下，隨即打定主意暫時安撫一下對方的焦急心情，「我想你女朋友應該沒事，猜想是加班了，這幾天院裡都很忙，人家顧不上理你也是很正常的，大醫院嘛，你說對不？要不，你先回去，我幫你找找，有消息馬上打電話通知你，你留個電話給我，好嗎？明天你還要上班的吧，快回去吧，別耽誤時間休息了！」

　　小夥子點點頭，想了想，留下電話號碼後，轉身離開了醫院大門。

　　老王長長地舒了一口氣，回頭看了一眼身後的門診大樓，想了想，打定了主意，快步走回自己的小值班室，拎起電話，同時在牆上找到了上次匆匆用鉛筆寫下的一個手機號碼，撥了過去，電話很快就接通了。

　　「妳好，是那個王警官嗎？我……我是天使醫院大門口的傳達室門衛老王，我有些事要向妳彙報……妳來吧，我等妳，就在警衛室。」

　　掛上電話後，老王又一次坐在了靠窗的椅子上，喝了一口已經冰涼的茶水，微微嘆了口氣，這醫院究竟怎麼了？這段日子怎麼總出事？

＊　　＊　　＊

　　就在王建匆匆忙忙趕到天使醫院的時候，他驚訝地發現，醫院裡竟然火光沖天，再仔細一看，著火的是醫院後面的那棟小樓。正是傍晚時分，風很大，火借風勢，沒多久就把整棟小樓都吞沒了。醫院大院裡站滿了人，除了醫生、護士以外，很多都是穿著病號服的住院病人，更有甚者還掛著點滴，人們的臉上寫滿了焦急和恐慌。消防車的警報聲已經清晰可辨就在耳邊，王建把車停好後，趕緊擠上前，詢問站在警戒帶外邊的醫生：

「能問下出什麼事了嗎？著火的是哪邊？裡面有人嗎？」

「哦，是太平間，那一棟小樓都是，我們醫院最古老的建築。還好裡面沒有活人，只是這樣一來，院方就沒有辦法向死者交代了！」

王建不由得一愣：「太平間著火？」

「那地方能不著火才怪！年代都這麼久了，電線早就老化了，院裡想到的是前面的新大樓，不是後面死人住的地方。要賺錢都得賺活人的錢，死人的錢沒得賺的。」對方的言語之間不乏諷刺的意味。

王建心裡一動。

足足燒了一個多鐘頭後，大火才總算被撲滅了，臨時被疏散到醫院大院落裡的病人和醫生護士們也都陸續回到了前面的住院部和門診大樓。偌大的醫院廣場上瞬間就只剩下了為數不多的幾個人，王建一看，自己幾乎都見過，尤其是那個灰頭土臉的矮胖子！

「王科長！出什麼事了？」

王金明顯然很吃驚警局的人這麼快就會出現，不過他迅速調整了自己的情緒：「哎喲，王隊長，你怎麼來了？這麼快！現在真是辦事講究效率啊！」

「我跟你說過多少次了，我不是隊長，我只是副手。」王建皺了皺眉，他打從心裡不喜歡眼前的這個男人，「還有，這次大火是怎麼回事？原因調查清楚了嗎？」

王金明剛想開口，不遠處就走出了兩個消防隊的負責人：「好了，裡面已經檢查過了，你們可以進去了，主要查一下停屍房吧，損毀很嚴重的！起火點應該就是在那裡面，我們仔細看過，可以確定是電線老化引起的。還好沒有人員傷亡。我們回去後會進一步調查的。」

「是！是！是！是我們工作的失誤，以後一定會按時檢查電線！」王金明點頭哈腰地送走了消防隊的人。正在這時，有一個人一臉慌張地跑出了火場，見到王金明就大叫：「王科長，數字不對！」

王金明一皺眉，小聲訓斥道：「幹什麼呢，小趙，大驚小怪的！到底怎麼了？有話不能好好說嗎？沒看見我們警察同仁就在身邊嗎？有什麼情況儘管說就是了！」

「我……我剛才仔細點驗了屍體數目，王科長，數字不對。多了一具……」

「你說什麼？」王金明和王建不約而同地瞪大了眼睛。

「我今天上午剛核對過停屍房裡的屍體，總共八具，都是有記錄的，可是，可是大火後，我再去檢驗時，卻發現了九具！」

「會不會你不在的時候人家家屬把剛去世的親人送過來的？」王建半信半疑地問道，因為這樣的情況發生也不是不可能的。

「不會的，每一具屍體入庫，都是我登記和安放的，這是我的工作，不會錯的！」小趙一臉的無辜，本來停屍房太平間突然著火就已經夠讓他著急的了，現在憑空多了一具無名屍體，小趙更加沒有辦法交代了，「我們一個班就兩個人，每人值班十二個小時，現在是我值班，不可能有屍體進去我會不知道的！」

「你再查檢視，大驚小怪的！肯定是你點錯了！」王金明偷偷瞥了一眼身邊一聲不吭的王建，邊說邊把他往前面推去，「我們再去看看！」

「王科長，等一下，我和你們一起進去！」

聞聽這話，王金明的臉上閃過一絲不安，但很快就被尷尬的笑容掩飾住了：「沒事的，王隊長，你忙你的去吧，這裡只是意外事故，我會好好

調查責任人的，就不耽誤你的工作了！」

王建微微一笑：「我不忙，和你們一起進去看看！」

十分鐘後，面對著角落裡輪床上那具面目全非蜷縮成一團，不足一公尺長的屍體，王建沒有遲疑，迅速掏出了手機，撥通了王亞楠的電話：「王亞楠，天使醫院太平間有情況，我就在這裡，妳馬上帶人過來吧，別忘了帶上法醫！」

＊　　＊　　＊

再次站在曾經是天使醫院太平間的地方，章桐的心情很複雜，屋裡被大火和黑煙燻得黑漆漆的，木質窗框早就化成了焦炭，現場一片狼藉。想想就在幾個月前，自己在這邊最後一次見到了李曉楠的屍體，當時無論如何也不會想到，李曉楠的死還只是所有悲劇的開始。如今，面目全非的太平間，要不是有沉重的冷凍櫃的保護，猜想櫃子裡的五具屍體和停放在外面輪床上的那幾具將會是同樣悲慘的命運了。

負責管理太平間的小趙拚命向王亞楠解釋著情況，不顧身邊王金明一再地使眼色。想想也能夠理解他此刻的心情，本來太平間裡著大火就已經是夠倒楣的事情了，現在又偏偏來了一具來歷不明的屍體，小趙現在滿腦子想的就是趕緊和自己撇清關係，這點渾水可別潑到自己身上來。

冷凍櫃裡的五具屍體是有主人的，而外面的四具，很快其中兩具也根據髖骨和盆骨的特徵辨認了出來，男性，年齡分別在六十到七十歲之間，這與登記簿上的屍體特徵也配上了。最後兩具，也很快就鑑定出了年齡和性別，章桐心中一怔，因為眼前的兩具屍體都是年齡在二十歲左右的年輕女屍，大火把屍體燒得面目全非，和腳底的幾塊被燒過的碎木頭相差無幾。

　　「小趙，麻煩你查一下登記簿上是否有年輕的女性，年齡在二十歲左右。」章桐抬頭問。

　　小趙點點頭，慌亂地翻動著夾在自己手臂底下的太平間遺體登記簿，很快就有了答案：「有，女性，十九歲，名字叫鄭俊雅，死因是突發心源性心臟病。」

　　「什麼？這就是鄭俊雅？」王亞楠臉色頓時變了，脫口而出，「前段日子還是好好的，怎麼這麼快就死了？不是說沒有問題嗎？」

　　「世事難料啊，王隊長，你也不想想，這是心臟移植手術，風險是最大的，家屬心裡也應該早就有準備了。」王金明插嘴說。

　　王亞楠的臉色頓時沉了下來：「能確定是哪一具屍體嗎？」

　　小趙點點頭：「左手邊那一個輪床上的，是我親手推過去的，因為冷凍庫滿了，暫時沒有空間放進去。」

　　「那右手邊這一具究竟是誰？」

　　小趙一臉的哭相：「我也不知道啊，所有登記簿上的都對上號了呀！」

　　「我想肯定是哪個不負責任的醫生把屍體送進來的，還沒來得及登記！我回去好好查查！」王金明小聲地嘟囔。

　　「不！等等！這屍體有問題！」章桐的話語頓時讓在場的所有人都不吭聲了，大家緊張地注視著她的背影。剛才王亞楠說話的時候，章桐一直在仔細檢視這一具躺在右手邊輪床上的屍體，自始至終沒有說過一個字。

　　「這屍體上的重要器官都被人取走了！」

　　「這不可能！」一聽這話，王金明一蹦老高，「你們不能胡說啊，這可是很嚴重的事情！別胡說，別胡說！」

王亞楠還沒有開口，章桐轉過身，冷靜地說道：「我不會看錯的，屍體上的心臟、肝臟、腎臟都被人取走了，還有屍體的眼角膜也被人取走了！」

「屍體都燒成這樣了，妳說話要有證據的！」王金明急了，竭力辯解道。

「你自己過來看！」說著，章桐向後退了一步，讓出了輪床邊的位置。

王金明愣了一下：「我……」

章桐微微一笑：「你看，死者是閉上雙眼的，所以大火燒過來時，眼球大部分沒有受到損傷，最多燒去眼皮組織，讓眼瞼和眼球外露，但是，死者的眼球上明顯有眼角膜摘除的痕跡，並且不是專業摘取的，所以在眼球上留下了很多傷口。還有……」她隨即伸手指向死者的腹部，「雖然被燒的外面表皮組織都已經被破壞了，但是由於受到腹腔膜組織的保護，其餘內臟組織還可辨別清楚。王科長，要麼，這是一具死後捐獻了自己身上所有有用器官的屍體，我想你們醫院應該有這方面詳細的紀錄，對嗎？要麼……」說著，章桐看向身邊站著的王亞楠，「那就是器官盜竊了！王科長，有人偷光了死者身上所有值錢的東西！」

王金明的臉都白了，他做夢都沒有想到會捅這麼大的婁子，汗水滴滴答答地順著他肥胖的臉頰滴落了下來，講話聲也變得支支吾吾了起來：「這個……這個……這個……我……」

王亞楠重重地嘆了口氣：「王科長，我們把這具屍體帶走，你也到我們局裡來配合我們做個調查。」

「好的，好的。」除了點頭，王金明突然感覺到了恐懼正在一步步地向自己靠近，他的腦袋開始嗡嗡作響。

　　離開現場的時候，王建沒有忘記四處尋找給自己打電話的看門人老頭。他一眼就看見老人正站在警衛室旁向自己這邊張望著，於是就趕緊向警衛室快步跑去。

　　「大爺，我是王建，警局刑警隊的，是你找我，對嗎？」

　　老王頭點點頭：「是我，你說過我有什麼情況都可以找你的，你上次來就是這麼告訴我的！」

　　王建勉強擠出了一絲笑容：「老大爺，你快一點說，我還要趕回局裡，我們有工作。」

　　「哦，好的，是這樣的。」老王頭就一五一十地把自己的所見所聞告訴了身邊站著的王建，最後掏出了一張寫有電話號碼的紙條遞給了他，「這是徐貝貝男朋友的電話號碼，小夥子，快去吧，我有種感覺，這小女孩可能出了什麼大事了！」

　　王建沉吟了一會兒，隨即點頭說：「大爺，你放心吧，我們會調查清楚的。謝謝你！」說完，王建迅速向自己停著的車跑去了。

　　看著汽車衝出了大門，快速拐上了馬路飛馳而去，老王的心不由得懸了起來。雖然說自己的年齡大了，在年輕人的眼中，自己老了，可是，腦子還清醒得很，他分明從這個年輕警察最後的眼神中感覺到了一絲不安的情緒。他不由得重重嘆了口氣，又回頭看了看被燒得黑乎乎的太平間小樓，搖搖頭，轉身向傳達室走去了。

＊　　＊　　＊

　　「你真的看見王科長被警察帶走了？」鄧嘉盛的目光中閃過一絲莫名的緊張。

阿芳點點頭：「沒錯，是警察把他帶走的，還有那具屍體！」

「哪一具？」

「就是你叫我送進去的，我去現場看了，也問過小趙，小趙說是多出來的那一具。」此時的阿芳不敢看鄧嘉盛的眼睛。

「王金明不知道我們又送進去一具屍體的事情，他也太笨了，這麼小的火，一點作用都沒有！」鄧嘉盛突然狠狠地一拳打在了辦公桌上，「反而讓警察抓了把柄！」

「他……他會不會？」阿芳沒有再問下去。

或許是感覺到了阿芳言辭之間的恐懼，鄧嘉盛迅速換了一種口氣，變得溫柔許多，他靠近阿芳，輕輕把她摟在自己的懷裡。

「沒事的，芳，相信我！我不會傷害妳的，我永遠都愛妳！這一點是絕對不會改變的！等有了足夠的錢以後，我們就遠走高飛，不再幹這種事了。」

阿芳在鄧嘉盛的懷裡一動不動的，就彷彿僵硬了一般，臉色煞白。

＊　　＊　　＊

天長市警局會議室裡，王亞楠正指著投影儀上呈現出的幾張大的表格：「這些表格上列出了我們所查到的所有和這十八個死者相關的資料，有市中心血站提供的血液採集時間以及血型，病歷上所標註的死者身上可能遺失的器官，還有十二小時內同等血型和器官進行移植的手術紀錄。大家可以注意到，有十六個手術是在天使醫院進行的，主刀醫生就是已經死亡的汪松濤！」

「但是這樣的手術不是一個人就能夠完成的，應該還有助手。」

第十章　首席女法醫

王亞楠點點頭：「據我們調查，所有的器官來源都被掩飾得很好，都有指明捐贈某人的無名捐贈者，我們沒有辦法確認這幾起移植手術和器官被盜有關，只能靠推測。」

「可是我們已經有證據能夠確認天使醫院裡存在著嚴重的器官盜竊！」李局神情嚴肅地說道。

「還沒有十足的把握，除非我們找到鄭俊雅的母親，看她能不能配合我們指證院方！我今天散會後去找找她，做做思想工作，不知道會不會有轉機。」

「對了，章法醫呢？她今天怎麼沒有來參加會議？」李局不解地問道。

「是這樣的，那具無名女屍還需要更多證據確認屍源，而醫院裡的病歷檔案我們已經查過了，包括我們市裡的器官捐獻機構，近期都沒有人捐獻全身有用的幾個大器官，所以，我們懷疑這個女死者是受害者之一，只要能夠確認身分，案情就會有很大的進展！」

「那就好，現在媒體已經注意到了這個案子。今天上午王局長和我交流過了，我們必須盡快破案，不然的話，我們沒有辦法向天長市人民交代啊！」李局滿臉愁容。

正在這時，王亞楠的手機響了起來，她低頭一看，是章桐的號碼。

「章法醫，妳稍等一下，我打開揚聲器，李局就在我身邊，你把情況向大家講一下吧！」

「好的，經過檢驗，死者為女性，年齡在二十至二十三歲之間，體形微胖，較為豐滿，已經懷孕四十五天，死因沒有辦法確認。」

王建不由得愣住了，他的腦海裡頓時回想起了徐貝貝男朋友的一句話——貝貝懷上了我的孩子，有一個多月了，我們打算今年年末就結婚！

「我想死者應該就是失蹤的女護士徐貝貝！」王建脫口而出，「年齡、體形、性別都吻合，懷孕這件事我也從她男友那邊得到了證實。根據天使醫院傳達室老王所提供的線索，我們可以找徐貝貝的好友，病理科化驗師助理員劉芳前來詢問情況。老王說過，劉芳這段日子情緒很反常，尤其是問起徐貝貝的事情的時候，更加不自在。」

「好，小王，你馬上去辦。把這個劉芳找來！我們這個案子再也不能拖了！」李局揮了揮手，「快去！」

＊　　＊　　＊

章桐收拾完了手頭的工作後，吩咐身邊的潘建：「這一次就由我去送屍檢報告吧，今天你早一點下班！」

潘建愣住了，繼而神情有些尷尬：「章法醫，我……」

章桐不由得笑了：「我什麼我，快去吧，你今天至少看了有三十次手錶了，別以為我沒有注意到！去吧去吧，你也老大不小了，也該為自己的事情好好動腦子了。去吧，肯和法醫約會的女孩不多的！要抓緊啊！」

話音剛落，潘建早就一溜煙地跑沒了影，見此情景，章桐無奈地嘆了口氣，微微一笑，拿起桌上的屍檢報告就向辦公室外走去。

二樓刑警隊辦公室，今天沒有幾個人在值班，都出外勤去了，王亞楠的房間裡更是靜悄悄的。章桐直接推開了她辦公室的房門，把屍檢報告在辦公桌上放下後，剛要轉身離開，突然，耳邊傳來了急促的電話鈴聲。

章桐皺了皺眉，剛想繼續走，可是，轉念一想，或許有什麼重要的事情，王亞楠現在又不在辦公室，別耽誤了，自己就幫忙接一下吧。想到這裡，她又回到辦公桌旁邊，伸手接起了電話。

「你好，請問你是哪位？」

「是王亞楠隊長嗎？」

章桐剛想否認，對方卻自顧自地說了下去：「我有重要線索，我知道是誰殺了徐貝貝，我知道是誰幹的這些壞事，我在天使醫院，你到病理科找我吧，我在那邊等妳。我有證據！快點，不然來不及了！」

「你是……」剛想追問幾句，可是話音未落，對方就立刻掛上了電話。章桐的心頓時懸到了嗓子眼，她想都沒想，迅速掏出手機撥打王亞楠的電話，可是電話卻被直接接入了留言信箱，一連撥打了好幾次都是這樣的情況。章桐急了，聽剛才電話中對方的口氣，應該不像是假的，而且電話直接打到了王亞楠的辦公桌上，時間來不及了，她一把抓過辦公桌上的便條紙，潦草地寫下了一句話：「亞楠，我去天使醫院病理科了，盡快來找我！」然後把紙筆壓在檯燈下面，轉身快步離開了王亞楠的辦公室。

＊　　＊　　＊

審訊室裡，王金明坐立不安，時不時地把目光投向牆上的掛鐘，眉宇之間盡是焦急的神態。

好不容易見到王亞楠和王建一前一後走了進來，王金明坐不住了，他一拍桌子站了起來：「你們這究竟是什麼意思？我又沒有犯法，把我帶到這種地方來，晾在這邊老半天也不吭聲，究竟想幹嘛？我醫院裡還是有很多工作的。要是耽誤了什麼事情，你們要負責任的！」

王亞楠和王建對視一眼：「王科長，別急，坐下，我們慢慢聊。」

「你們……」王金明剛想發脾氣，可是轉念一想，這畢竟是別人的地盤，自己再怎麼說也得按章辦事，省得惹是生非，「好吧，我就看你們究竟想怎麼樣！」坐雖然是坐下了，但是王金明的臉上卻有掩飾不住的怒氣。

「我們想請你先見一個人。」說著，王亞楠朝身邊的王建點點頭，後者伸手打開了緊閉著的審訊室大門，隨著一陣清脆的高跟鞋腳步聲響起，門口出現了一個身穿黑色風衣的中年婦女。

王金明只是瞥了對方一眼，瞬間臉色慘白，整個人就萎縮了下去，重重地塌進身下的椅子裡。

「是他嗎，鄭女士？」王亞楠問。

鄭俊雅的母親用力點點頭，咬牙切齒地說道：「就是他，我給了他一百萬元，本來以為我女兒有救了！誰想到……你還我女兒命來！」說著，她就作勢要往前衝。

王亞楠趕緊示意門口的女警把對方攙扶走。鐵門重重地關上後，王亞楠迴轉身再一次看向面前的王金明，不由得一陣冷笑：「王科長，你做過什麼，應該不用我再和你多說了吧。人家既然會當面指證你，手裡也是有證據的，而我們的政策相信你也明白。怎麼樣，是你說還是我說？哪一個先說，性質可就完全兩樣了！」

「我說……我說……」王金明喃喃自語。突然，他就像抓住了一根救命稻草一樣，抬頭說，「我只是替人辦事，這裡面操作的事情可不是我做的。你們別冤枉我！我只是個小人物而已！你們做事可是要講原則的啊！」

王亞楠上下打量了一番，眼前的這個男人和起先在醫院中見到的處處高人一等的王金明王科長簡直判若兩人。此時，他已經完全脫去了身上的偽裝，骨子裡的猥瑣顯露無遺。王亞楠強壓心中的厭惡感覺，臉上微微一笑：「坐下吧，我們好好談談，你把事情原原本本和我們坦白！我們會考慮向上級部門彙報，給你做自首處理。」

「好！好！我說！我說……」他長嘆一聲，「其實，我也是不得已啊！兩個月前，汪松濤突然找到我，說想和我合夥做生意，是來錢快的買賣，我當時就答應了下來。現在物價飛漲，那麼點薪資說實在的也真的不夠花，一大家子的開銷啊！」

王建皺起了眉頭：「廢話少說！扯東扯西的幹嘛！」

「好……好，我這就說，其實我也笨，沒有問對方究竟是發什麼財。汪松濤說他會叫我去市中心血庫的網站上查詢相對應的捐獻者名單和詳細家庭住址，每找到一個，就給我相應的分紅。我當時也沒有想那麼多，因為院裡就我和另外兩個科長有這個許可權，別人都沒有辦法查到對方的詳細住址的。」

「他們給了你多少錢？」

「總共萬把來塊吧！」

「接著說！」

「好的，好的，我就幹了這麼多！」王金明低下了頭，「我犯錯誤了我知道，我接受法律的制裁！」

「王金明，你老實點，別避重就輕！說說鄭俊雅的事情，她的心臟是哪裡來的？你再撒謊的話，性質就兩樣了，你明白嗎？」王亞楠厲聲喝斥道。

王金明的頭垂得更低了：「我……她的心臟是汪松濤找來的！」

「汪松濤的幫手是誰？」

「是……是……是急診科的鄧嘉盛！」王金明突然蹦了起來，「是他！是他和汪松濤一起幹的那些缺德事。汪松濤也是他滅的口。都是他！去抓他，他是主謀，我都是被脅迫的！」

「坐下！冷靜點！」王建用力一拍桌子，把王金明嚇了一跳，他左右看了看，無奈只能乖乖坐了下去。

「鄧嘉盛是汪松濤的徒弟，當初他來醫院實習時，就是跟在汪松濤的身邊的，只是後來因為名額分配的原因，他才被分到了急診科。我記得當時汪松濤還在全院醫生會議上發了一通脾氣，要不是因為他業務精，院長早就要他滾蛋了！」王金明的臉上閃過一絲得意的神情。

瞅準這個機會，王亞楠突然追問：「那麼這次大火究竟是怎麼回事？為什麼偏偏鄭俊雅的屍體被燒了？是不是你幹的？」

「是……是我。」王金明一臉的無奈，「我也是沒有辦法，我都是聽鄧嘉盛的，怕鄭俊雅的母親找上門來算帳，我們乾脆就……」

「那另一具屍體呢？」王亞楠的目光就像是一把錐子，深深地扎進了王金明的內心。

「我不知道！我真的不知道！這不關我的事！你們可要為我做主啊！那個女的，可不是我殺的呀！我也不知道是怎麼出現在那邊的。」王金明急得臉紅脖子粗，雙手拚命地擺著，「冤枉啊！」

「好了，別演戲了！」王亞楠皺眉說道，「我再問你一遍，這件事情幕後指使是鄧嘉盛，對嗎？」

「對！對！」王金明慌不迭地點頭。

「你胡說！鄧嘉盛只不過是汪松濤的助手，汪松濤被除掉後，他才接的手，而在這之前，你究竟聽命於誰？老實交代！」

愣了幾秒鐘後，王金明老實了：「我所有的指令都是汪松濤傳達的，不過，他後面好像有人，但是具體是誰，我不知道，鄧嘉盛和他有過接觸，應該會有連繫。汪松濤死後，就是鄧嘉盛給我指令的。」

「那顧曉娜和李曉楠的死呢，究竟是誰幹的？」

「都……都是汪松濤，上次他和我說李曉楠親自去找他了，害怕出事，我們就……就除掉了她。顧曉娜也是，至於是誰具體做的，你們去問鄧嘉盛，自始至終都是他參與的！」

「那你呢？你在當中造成了什麼作用？現在汪松濤已經死了，你完全可以把所有責任都推到他的身上，你自己就沒有做過什麼嗎？」

王金明不吭聲了，臉如死灰。

走出審訊室，王亞楠大大地鬆了口氣，她掏出手機，習慣性地按下了開機按鈕。

「王亞楠，那下一步怎麼辦？」

「我這就去開鄧嘉盛的拘傳令，你召集人在一樓等我！」話音未落，手機上一連蹦出了好幾個未接的號碼，王亞楠不由得皺起了眉頭，號碼顯示的都是章桐的手機，自己在審訊室突擊審訊重要嫌疑人的時候，一向都是關了手機的，難道章桐找自己有急事？想到這裡，她立刻回撥了過去，可是，電話那頭卻傳來了手機關機的提示音。王亞楠突然有了一種不祥的感覺，因為章桐職業特殊性的關係，一天二十四小時都是保持手機開機狀態的，難道她出事了？

＊　　＊　　＊

四十分鐘前。

由於已經來過好幾次天使醫院，所以章桐對這個醫院的大體結構還是比較熟悉的，只是位於地下室的病理科她倒從來都沒有來過。她按照指示牌上的提示，繞過一個走廊，下了好幾級臺階，拐了兩個彎後，最後在一

扇油漆斑駁的木門前停了下來。和自己在警局裡的辦公室差不多，這裡也看不見窗戶，走廊的燈光顯得有氣無力，因為年久失修的緣故，好幾盞燈泡都已經熄滅了，上面掛著厚厚的蜘蛛網，剩下的幾盞也搖搖欲墜。章桐覺得很奇怪，頭頂上面的天使醫院一切裝修都是最新的，窗明几淨，連牆壁的顏色都是那麼明亮，讓人看著心裡舒服，可是地下的病理科，卻彷彿是另外一個世界，陰沉沉的，一點生氣都沒有，如果不是寫著「病理科」三個字的那塊牌子就掛在油漆斑駁的木門上，章桐真會有一種錯覺：自己是來到了熟悉的停屍房。

章桐左右看了看，身邊一個人都沒有，她皺了皺眉，一邊伸手敲門，一邊大聲招呼道：「裡面有人在嗎？」

沒有回音，又用力敲了敲，還是沒有回音，章桐不由得愣住了，難道有人跟自己開玩笑？

正在這時，病理科旁邊的一扇沒有任何標記的小鐵門發出了沉重的吱嘎聲，緊接著一個身著醫院護士制服的年輕女孩探出了頭，問道：「妳找誰？」

章桐剛想說出電話中的事情，可是，轉念一想，還是保險一點為好。於是，她微微一笑：「我接到了電話，叫我過來有事，我找我親戚！」

「她是哪個科的？」小護士的臉上看不出任何表情。

章桐尷尬地伸手指了指自己面前的「病理科」牌子：「病理科的。」

小護士隨即往邊上一退，閃身讓開了身後的鐵門：「原來是妳啊！快進來吧，她在裡面等妳！」

「好的，謝謝，真不好意思啊！」章桐一邊說著，一邊微笑著向小鐵門裡走去。

　　鐵門隨即在自己的身後關上了，沉重的咣噹聲猛地在章桐耳邊響起，她不由得嚇了一跳，眼前一片漆黑，什麼都看不到。

　　「這裡有人嗎？快開燈好嗎？我看不見啊！有人嗎？有人在嗎？」

　　忽然，一陣怪異的風聲在章桐的耳邊響起，當她意識到自己處境危險時，卻已經來不及了，腦後一陣劇痛襲來，她瞬間失去了知覺。

＊　　　＊　　　＊

　　沒辦法掙扎，沒辦法呼吸，整個人就像被活活地困在了一個鐵桶裡，除了心臟還在跳動，還有漸漸恢復的意識，別的，什麼都做不了。

　　頭頂上的燈光傾瀉而下，明亮而灼熱，雖然已經清醒，但是章桐卻沒有辦法動一下，後腦還在隱隱作痛，想必剛才被人狠狠地在自己的後腦勺上來了一下子，以致現在還有些暈暈乎乎的。自己的腳踝被死死地綁在了檯面上，動都不能動一下。緊接著，一隻冰涼的手用力按在了自己的額頭上，腦袋順勢向後仰去，章桐看見了站在自己身後的那個人的外衣，是白色的，她馬上反應過來，是醫院裡的白袍。可是，不容章桐多想，一把冰冷的手術刀貼到了她的喉嚨上，一陣冰涼頓時劃過全身。章桐驚恐地瞪大了雙眼，在她竭盡全力試圖發出一聲恐懼的尖叫聲的一剎那，她的喉嚨被割開了，隨後一根塑膠氣管插管沿著她那被打開的喉嚨伸了進去，經過聲帶，一直插進器官深處，讓她作嘔和窒息。她無法轉過臉去，甚至無法吸入空氣。最後插管被熟練地綁在了她的臉上，另一頭被迅速連線在了一個小型呼吸袋上。

　　鄧嘉盛擠壓呼吸袋，章桐的胸口隨即上下起伏了三次，新鮮空氣順利地進入了她的身體。鄧嘉盛顯得頗為滿意，他摘下了呼吸袋，把插管接上了身邊早就準備好的一臺呼吸機，按下按鈕，機器開始工作，以有規則的

節律往她的肺部輸入氧氣。

鄧嘉盛這才直起腰，一臉的得意：「誰叫妳自己送上門來的？這下子妳進得來可就出不去了，死了都沒人知道妳在哪裡。」

章桐憤怒地注視著鄧嘉盛，可是卻一個字都說不出來。

鄧嘉盛招了招手，旁邊一個護士模樣的年輕女孩順從地走了過來。他突然狠狠地一把抓住她的頭髮，指著章桐厲聲說道：「芳，我對妳可不薄，妳看好了，這就是背叛我的下場。如果以後再發現妳這樣對我的話，我就會像殺了她一樣把妳一刀一刀地剮了。」

年輕女孩的眼中流露出了痛苦的神情，眼淚瞬間滑落了下來，她慌亂地點著頭，渾身發抖。

鄧嘉盛鬆開了拽著年輕女孩頭髮的手，惡狠狠地說道：「把胸帶給我綁緊嚜，不然的話再過一兩分鐘琥珀膽鹼的藥效就要過去了，我可不想讓她在我做靜脈注射的時候亂動！」

琥珀膽鹼！章桐的腦海裡頓時閃過了汪松濤屍體上檢驗出來的同樣的麻醉劑，看來，汪松濤也是這麼死的，沒有任何反抗，任人宰割。

藥效已經開始消退，章桐感到自己胸腔裡的肌肉在插管的傾入之下痙攣著，隱隱作痛，後腦勺的疼痛讓她陣陣作嘔，頭暈目眩。她竭力睜開眼皮，眼前的這個魔鬼正在饒有興致地剪開自己的衣服，然後像一個看見了寶藏的探險家一樣在她赤裸的胸口和腹部用專業手術筆認真地畫著。章桐憤怒地瞪大了雙眼，用力地看著自己眼前的這個男人。

「看什麼看，以為我不知道妳嗎？」男人的目光和章桐接觸後，不由得微微一笑，「我們見過好幾次，只不過妳沒有注意到我罷了！說真的，你和李曉楠還真的挺像的，死腦筋的人，妳知道嗎？死腦筋的人是沒有好

下場的！當初要不是妳非得查李曉楠的事，我們會走到今天嗎？報應啊！我真是沒有想到今晚來的人竟然會是妳。不過這樣也好，一舉兩得！」他彎下腰湊近章桐的耳朵，小聲說道，「告訴妳個祕密！還有妳的男朋友，那個檢察官，他也沒有好下場啊！知道嗎？不過妳很快就可以見到他了。你們就可以團聚啦！」

聽了這話，章桐猶如五雷轟頂，腦子裡頓時一片空白，她渾身冰冷，雙眼死死地盯著鄧嘉盛的臉，喉嚨裡發出了嗚嗚聲。

「妳不用求我！」說著，鄧嘉盛開始在章桐的手臂上打起了點滴，「妳有一個非常健康的完全匹配的心臟，可不能小瞧了！川江那邊有個老闆已經等了很長時間了！」鄧嘉盛從阿芳手裡接過一個鹽水袋，掛在架子上，然後他坦然地看著她，「妳反正是要死了的，留著這麼健康的器官火化簡直就是浪費，是要遭天譴的！我們怎麼了，我們只不過給人所需罷了，收點錢也是應該的，妳別一副恨死我的樣子，省點利器吧！再說了，他們那些人反正也是要死的，只不過是早晚的事情，我就是幫了他們一點忙罷了，妳呀，就是死腦筋！」說到這裡，鄧嘉盛重重地嘆了口氣，不再和章桐說話了。

他繼續忙碌著，把第二個鹽水袋也接在滴管上，讓不知名的藥水直接注入章桐的血管之中。

由於喉嚨被割開了，章桐發不出任何聲音，只能沉默不語地看著鄧嘉盛的一舉一動，一滴汗珠從太陽穴上緩緩流淌而下。空氣顯得異常悶熱。

鄧嘉盛在盤子裡擺上針筒，嘴裡嘟囔著：「阿芳，阿芳，妳死哪裡去了，快來幫我忙！」

章桐聽見門打開又關上的聲音，緊接著腳步聲挨近臺子。她看到了那

張熟悉的年輕女孩的臉，只不過這一刻這張臉上竟然沒有了方才的恐懼，取而代之的是無盡的麻木。

章桐的心都涼了，她痛苦地閉上了雙眼。

「把戊巴比妥遞給我，我們畢竟還是要人道一點，妳說對不對？」鄧嘉盛的神情就彷彿是在輕鬆地逛菜是場。

阿芳茫然地把一根針管遞了過去，鄧嘉盛接過針筒，走向鹽水架，拔掉針頭帽，把針頭插進注射孔。

針筒活塞緩緩推進。

章桐當然清楚戊巴比妥究竟是什麼東西，她知道自己的痛苦很快就要結束了，只要那一片深深的灰白色到來的時候，自己就徹底解脫了。

還沒有等藥效完全發作，鄧嘉盛就迫不及待地拿過了早就準備好的手術刀，他深吸一口氣，將刀鋒對準皮膚用力地插了下去。

一道長長的彎彎曲曲的切口在章桐的胸口出現了……突然，一聲槍響，鄧嘉盛臉上的表情瞬間凝固了。他一個踉蹌，隨即支撐不住跌坐在了地板上，臉上露出了怪異的笑容。

「小桐，你怎麼樣了？」王亞楠迅速跑到章桐的身邊，焦急地詢問道，雙手卻只能不知所措地緊緊地握在了一起，嘴裡喃喃自語，「我來晚了，我來晚了……」

章桐虛弱地睜開了雙眼，等看清了眼前站著的是王亞楠時，她不由得拚命掙扎了起來。

「快！快去找醫生！」王亞楠拚命地嘶喊著。

就在這時，阿芳突然上前拔掉了章桐的氣管插管，然後用膠帶補好了

傷口，低頭對章桐說道：「沒事，我沒有把戌巴比妥給他，妳放心吧，妳很快就會沒事的！」

章桐感激地點點頭，粗粗包紮好傷口後，她猛地從臺子上坐了起來。不知道是哪裡來的一股力量支撐著她搖搖晃晃地從臺子上爬了下來，一個不小心，重重地摔倒在了地上。

王亞楠趕緊上前攙扶，卻被章桐咬牙推開了。她幾乎是爬著來到了奄奄一息的鄧嘉盛面前，一把抓住了他的胸口，嘴裡發出嗚嗚的聲音。

鄧嘉盛緩緩地睜開了雙眼，見到一臉焦急的章桐，他微微一笑，輕輕地喘息著說了句：「妳永遠……都不會知道到底……是誰……殺了他的！妳死了……這條心……吧……」說完這句話，他冷冷地一笑，頭一歪，再也沒有了動靜。

章桐頓時如墜冰窟，她拚命搖晃著鄧嘉盛已經毫無聲息的身體，眼中流出了痛苦的淚水。

＊　　＊　　＊

一個月後。

在醫院裡待了這麼久，章桐唯一牽掛的就是家裡的饅頭。還好王亞楠一口答應會把饅頭當作自己的親生兒子看待，到哪裡都會帶著這個可憐的「孩子」。因為擔心母親會擔憂自己的身體，所以住院到現在，章桐都不敢跟母親講自己住院的事，只是說自己在外面療養。章桐知道，瞞著母親不對，但是有時候善意的謊言還是必須存在的。

時間過得很快，一轉眼，已經到了冬天，窗外飄起了無盡的雪花，章桐呆呆地坐在窗臺邊，看著眼前逐漸變得一片白茫茫的大地，突然之間感覺到了無盡的陌生。難道這就是自己生活了三十多年的熟悉的城市嗎？

突然，身後傳來了興奮的狗吠聲。「饅頭！」章桐剛脫口說出這個特殊的名字時，一個碩大的狗腦袋已經迫不及待地鑽進了她的懷裡，菊花般的大尾巴也如上足了發條的兒童玩具一般上下努力翻飛了起來。

章桐用力摟住了饅頭，眼淚卻不爭氣地流了下來：「傻孩子，想死我了！」

「還累死我了呢！」王亞楠沒好氣地嘟囔了一句，「都快要把我吃窮了！沒見過這麼吃起來不要命的，給牠多少吃多少，來者不拒啊！」

章桐這才意識到幾天沒見，饅頭居然長胖了，也長結實了：「是我不好，虐待你了，沒給你好好吃東西！」

「我今天可是費盡了口舌，人家護士小姐才終於勉強答應我把饅頭帶進來讓你看一眼的。妳可要好好謝謝我呀！」王亞楠一臉的俏皮。

饅頭倒是一臉的無辜，一會兒看看這個主人，一會兒看看那個主人，菊花般的大尾巴拚命搖個不停。

「對了，我不在的這段時間，這案子結了嗎？」

「早就結了，鄧嘉盛搶救無效死亡，而劉芳，也就是鄧嘉盛的情人，因為有自首，所以從寬處理，現在已經送交檢察院準備立案起訴了。」

「案件最後抓到幕後的主使者了嗎？」

王亞楠默默地搖了搖頭：「鄧嘉盛死後，線索就斷了，但是我們不會放棄調查的。妳放心吧，遲早會把那個真凶抓起來繩之以法！」

章桐沒有吭聲，她想了想，轉而皺眉問道：「鄧嘉盛在醫院裡沒有留下什麼話嗎？」

「沒有，在手術檯上就沒有再醒過來。妳問這個幹什麼？小桐，我正

要問妳，妳當時為什麼這麼緊張鄧嘉盛？他最後和妳說的話究竟是什麼意思？」

章桐嘆了口氣：「給我點時間，亞楠，我以後會告訴妳的。妳今天來是接我出院的，快走吧，下午開車帶我去一趟浩園。」

王亞楠點點頭，沒有再多說什麼。

＊　　＊　　＊

這是劉春曉死後，章桐第一次鼓起勇氣來到他的墓碑前，雪花依舊在天空中飄著，空氣中透著刺骨的清涼。

墓碑上，劉春曉的笑容清晰可見，章桐終於忍不住了，壓抑太久的淚水洶湧地奪眶而出。

「劉春曉，對不起，你的葬禮我沒有來，那時候，我還沒有勇氣來面對你，我甚至，甚至還恨你！恨你狠心拋下我一個人孤單單地在這個世界上。你走後，發生了很多事，我不知道以後的日子沒有你，該如何去面對！」聽著章桐聲淚俱下的傾訴，王亞楠的眼中也不由自主地流下了淚水。

天色漸漸暗去，雪花越飄越多，漸漸地，劉春曉的墓碑被白雪覆蓋了起來。王亞楠走上前：「小桐，我們走吧，天快黑了！我們回城裡還有一段路要走呢！」

章桐點點頭，拽了拽饅頭的牽引繩：「走吧，我們回家！」

看到自己的好朋友這麼痛苦，也或許從此以後就將永遠生活在痛苦之中，王亞楠的心裡不由得泛起一陣痠痛。

來到停車場，王亞楠正要打開車門，突然，章桐驚訝地叫出了聲：「快看，這是什麼？」

循聲望去，就在王亞楠的紅色比亞迪的擋風玻璃雨刷上，不知何時被人夾上了一個白色的信封，如果不仔細看，還真的很容易和擋風玻璃上的積雪混在一起被忽略。

　　王亞楠伸手拿下了信封，見上面沒有抬頭也沒有落款，信封乾乾淨淨的，她不由得和章桐對視了一眼，後者點點頭。王亞楠隨即摘下手套，打開了信封，裡面就一張小小的白紙片，上面用黑色鋼筆寫了一句話 —— 想要知道劉春曉自殺的真相嗎？ 172894360。

　　「天哪，小桐？這是怎麼回事？」王亞楠吃驚地轉頭看向身邊的章桐，風雪中，章桐面如死灰，嘴裡喃喃自語：「我早就知道他沒有騙我！我早就知道！早就知道……」

法醫檔案──墮落天使：

骨頭之語，無聲證據！法醫從業者的半寫實懸疑小說

作　　　者：戴西
責 任 編 輯：高惠娟
發 行 人：黃振庭
出 版 者：崧燁文化事業有限公司
發 行 者：崧燁文化事業有限公司
E - m a i l：sonbookservice@gmail.
　　　　　com
粉 絲 頁：https://www.facebook.
　　　　　com/sonbookss/
網　　　址：https://sonbook.net/
地　　　址：台北市中正區重慶南路一段
　　　　　61 號 8 樓
8F., No.61, Sec. 1, Chongqing S. Rd.,
Zhongzheng Dist., Taipei City 100, Taiwan

電　　　話：(02)2370-3310
傳　　　真：(02)2388-1990
印　　　刷：京峯數位服務有限公司
律 師 顧 問：廣華律師事務所 張珮琦律師

定　　　價：375 元
發 行 日 期：2024 年 07 月第一版
◎本書以 POD 印製
Design Assets from Freepik.com

國家圖書館出版品預行編目資料

法醫檔案──墮落天使：骨頭之
語，無聲證據！法醫從業者的半寫
實懸疑小說 / 戴西 著 . -- 第一版 .
-- 臺北市：崧燁文化事業有限公司，
2024.07
面；　公分
POD 版
ISBN 978-626-394-518-0(平裝)
857.81　113009752

電子書購買

爽讀 APP

臉書